JN077257

GC NOVELS
田中
TANAKA THE WIZARD
年齢イコール彼女いない歴の魔法使い
Story by Buncololi, Illustration by M-da S-taro
11

しかし、何故かご主人様はメイド姿。

それも膝上ミニのスカート着用。

手にはこれまで身に付けていた制服を抱えている。

更にそんな彼女の腕をオールバックの彼が掴んでいるぞ。

「み、見るなっ！　おい！　見るなって言ってるだろ!?」

GC NOVELS

年齢イコール彼女いない歴の魔法使い

著
ぶんころり
Story by Buncololi

画
MだSたろう
Illustration by M-da S-taro

CONTENTS

"Tanaka the Wizard"
11
Story by Buncololi, Illustration by M-da S-taro

南部諸国（一）

Southern Countries (1st)

ドラゴンシティの応接室から、周囲の光景が一変した。

見渡す限りの草原。

その只中に醤油顔を中心として、円を作るように少年少女たちが立ち並んでいる。身につけた衣服は一様で、ペニー帝国の王立学園の制服を彷彿とさせるパリッとしたデザイン。一人だけ見られる年配の男性は子供たちの引率だろうか。

つい今し方まで正面に座っていた陛下は見当たらない。どうやら場所を移ったのは自分だけのようだ。

しかも困ったことに全裸である。シャツやズボンはおろか下着まで剥ぎ取られているぞ。ご丁寧に靴まで脱がされて裸足だ。足の裏がチクチクとする。一糸まとわぬ姿を年頃の少女たちに晒すことに、少しだけ快感を覚えております。

「なっ……」

直後、いの一番に与えられたのは悲鳴じみた呻きだった。

見たところ十三、四と思しき年頃の少年だ。身なりの良さから貴族階級にあるのは間違いない。男性にしては少し長めに映るブロンドは、ショートのレイヤーボブ。頬に伸びたサイドの髪が、ハタハタと揺れる様子が印象的に映る。

大きな蒼い色の瞳はキリリとした目元と相まってキツイ感じを与える。

まぎれもなくイケメン。

「あの、すみませんがこちらは……」

「な、なんで人間が召喚されるんだっ！」

こちらの姿を確認して、少年の顔には驚愕と嫌悪が浮かんだ。

召喚。

召喚だそうだ。

「このような男が召喚獣だなんてっ……」

細かい事情はまるで分からない。

ただ、召喚というフレーズから、なんとなく自らの置かれた状況を理解することができた。きっと目の前に立った少年によって、我が身はこちらの草原まで呼び出されたのだろう。そうなると先方の驚愕にも納得がいった。

いきなり目の前に全裸のキモいオッサンが飛び出してきたのだ。

声を上げたくなるのも無理はない。

本人としては、もっと別の何かを呼び出そうとしていたのだろう。よくよく見てみれば、ブサメンの周りを囲んだ少年少女の傍らには、イヌっぽい四足の獣だったり、インコのような鳥だったりと、多彩な動物が窺える。

目の前の彼もそうした生き物を望んでいたのではなかろうか。

「なにあれ、気持ち悪い」「人間？　平民？」「絶対に平民でしょ」「なんか黄色くないか？」「それに顔が平たいぜ？」「なんであんなにのっぺりした顔をしているんだ？」「そもそも本当に人間なのか？」「たしかに気持ち悪いな」

「生理的に無理な顔よね」

パッと見たところ、学校の生徒さんって感じ。


どうやら屋外で催しの最中にあるようだ。

丈の短い草が延々と続く草原、サァと吹いた穏やかな風に草々が穂先を揺らす。気温は日本の暮春ほど。ポカポカとした日差しも手伝い非常に心地好い。何故か素っ裸で飛ばされた為、文字通り風を全身で感じております。

視線を少し遠くに向けると、石造りの建物の連なりが窺える。どれもこれも屋根の鋭く尖っている様相は、歴史の教科書で眺めたゴシック様式のそれを思わせる。ペニー帝国に立ち並んでいた建物と比較して、そう違いのない施工だ。

「あの、すみませんがこちらは……」

先方とコミュニケーションを試みる。

兎にも角にも状況を確認するべきだろう。

だって相手は見知らぬ他人様。

しかし、醤油顔の意志は相手に伝わらない。

少年の意識は早々、中年オヤジから他に移っていた。

「やり直しだ！　やり直すぞっ！」

「そ、そうですね。流石に平民の召喚獣というのは……」

彼が吠えた先には、周りの少年少女より二回りほど齢を重ねた大人が立っている。ローブ姿の男性だ。自分よりも少し年上だろう。それでもフサフサな頭髪が非常に羨ましい。一連の立ち振る舞いから、一団を牽引する立場にある人物と思われる。

課外授業に興じる生徒と、引率の先生って感じ。

あと、周囲の会話の流れから、平民認定を受けている予感。

「あのぉ……」

「よ、よしっ！」

既に少年の視界にブサメンの姿はない。

平たい族のポップアップ、無かったことにされているぞ。

流石に切ないじゃんね。

呆然と立ち呆ける醤油顔を放置して、少年は他所に向かい身構えた。こちらから数メートルほど脇に離れた地点だ。取り立てて何があるということもない草原の一角を見つめて、真剣な面持ちでブツブツと念仏のようなものを唱え始めた。

おそらく召喚魔法のやり直しを図っているのだろう。

居合わせた他の面々も彼の動向に注目している。

男女でデザインの統一された制服は、傍目にもお金が掛かっているように思われる。同時にこうして呼び出された醤油顔をまるで気に掛けた様子がない態度から、彼ら彼女らはペニー帝国でいうところの、貴族や王族に類する立場にありそうだ。

「…………」

仮にそうだとすると、交渉は困難を極めるだろう。

なんせ今の自分はブサメンの上に全裸だ。

全体の半数を占める女子生徒たちが、全力で顔を背けている点もまた非常に悲しい。これで召喚されたのがアレンだったのなら、きっと彼女たちは顔を手で覆いながらも、指と指の間に大いなる隙間を設けていたことだろう。

その間からイケメンの局部をガン見していたに違いない。

あのシチュって最高だよな。

清楚を装いつつエッチなことに興味津々な感じが、とても素晴らしいと思います。一度で構わないので、指と指の隙間から異性に局部を見つめられてみたい。そうして自らの肉体で興奮されてみたい。

しかし残念ながら、醤油顔を前にした彼女たちの指は、ぴたりと完全に閉じている。というか、そもそも顔すら背けている。心の底から見たくない感が迸っている。当然だと理解しながらも、心にはジクジクとダメージ。

「…………」

誰にも声を掛けられることなく、立ち呆ける全裸の中年野郎。

呼び出し元の少年は召喚魔法に再チャレンジ。

その両手が正面に向かい突き出されるのに応じて、ブォンと低い音を立てて魔法陣が生まれた。醤油顔から隣に数メートル、彼が見つめる先だ。周りを囲む生徒たちの視線も、同様に魔法陣に向かう。童貞野郎に注目している者は皆無だ。

「…………」

心が挫けそうな構図である。

せめて服が欲しかった。

下着だけでも。

「こ、こいっ！　僕の真なる召喚獣！」

少年が声を上げる。

切なる願いが付近一帯に響き渡った。

ブォンという低い音と共に、ブサメンの視界が暗転する。

何事かと周囲の様子を窺う。すると少しばかり、立っている位置が変化していた。距離にして数メートル。僅かではあるが確かに場所が移っている。しかも、そうして移動した先は、少年の視線が向かう地点でもある。

「なっ……」

目と目があった。

どうやら彼の魔法に反応して、我が肉体は再び召喚魔法のターゲットに選ばれたようだ。足元に浮かんでいた魔法陣が、醤油顔の立つ地点が移ろうのに応じて、瞬く間に輝きを失い霧散した。

こういうサプライズはいらない。

「どうしてなんだっ！」

荒ぶる少年。

そんなのこっちが知りたい。

「あの、すみませんが……」

「ぐっ……」

少年から真なる召喚獣に向けて、心底嫌そうな視線が与えられた。

そりゃそうだ。

だって相手は一糸纏わぬ小太りの中年オヤジ。視界に収めることさえ憚(はばか)られるワガママボディーの持ち主である。自分が彼の立場だったら、絶対にノーサンキューだ。本人も思わずダイエットしなきゃとか、意識させられてしまった。

実はこっちに来てから、多少なりとも引き締まったんじゃないかとか、そんなことを考えていた。あと数ヶ月もすれば、細マッチョになっちゃうんじゃないかなって、そこはかとなく期待していた。でも、決してそんなことはなかったみたいだ。

「お前はなんなんだ!?　訳が分からないっ！」

終(つい)に少年が醤油顔の存在を認めて声を上げた。

今にも泣き出しそうなお顔である。

「私は田中(たなか)と申します」

なんだもへったくれもない、全裸の中年ブサメンである。

＊

結論から言うと、何度繰り返しても少年の召喚魔法は醤油顔を呼び出した。

「な、何故なんだっ……」

場所は変わらず草原の只中である。ただし、最初に呼び出された当初とは異なり、同所には少年と醤油顔の他に、誰の姿も見受けられない。繰り返し召喚魔法を行使する少年に飽きて、皆々遠くに見える石造りの建物の連なりに向かい去っていった。

引率と思しき壮年男性もまた、召喚魔法を狂ったように繰り返す彼に向けて、程々にするようにとのアドバイスを投げかけた限り。飛行魔法で身体を浮かせて、他の生徒と共に飛んでいってしまったよ。

「くそっ……」

両膝に手を突いて、ハァハァと息を荒らげながら忌々しげに呟く少年。

そんな彼に醤油顔は、幾度目になるとも知れぬ声を投げかける。

「あの、すみませんが何か服などありましたら……」

「ああもう、うるさい！　これでも羽織っていろっ！」

ようやく与えられたのは、彼が身に着けていたマントだ。

問答無用で攻撃魔法を放たれてもおかしくないこの状況下、自身の装備をどこの誰ともしれない全裸のブサメンに与えてくれるとは、思ったよりも心優しい少年ではなかろうか。これが都内だったら、速攻で110番からの慰謝料請求は余裕である。

「ありがとうござ……」

「一体なんなんだよっ、お前は！」

「…………」

それは召喚された当初にも尋ねられたと思うんだ。

吠える少年は、やっぱり泣き出しそう。

幾十回と召喚魔法を繰り返したことで、高いところにあった日も、段々と地平線に向かい傾きつつある。よく晴れた空模様を思えば、もうしばらくしたら綺麗な西日が見られることだろう。

取り立てて悪いことをした覚えはない。

けれど、これにはブサメンも申し訳ない気分である。

「名前を田中と申します」

「っ……そ、それはもう聞いた！」

それと同時に一つ、助かったと感じている点があった。陛下から頂戴した王女様との縁談である。

どうして答えたものか、悩んでいる途中でのお呼び出しであった。結果的にすべてを放り投げて保留とできた点が、童貞的に極めて喜ばしい。向こうしばらく、策を練る猶予を得ることができたのだから。

決して悪いことばかりではない今回の出来事だ。

「申し訳ありませんが、事情をお聞かせ願えませんか？もしかしたら、何か力になれることがあるかもしれません。このような見た目をしてはおりますが、身の程は弁えているつもりです」

「…………」

心中を素直にお伝えすると、訝（いぶか）しげな表情で見つめられた。

え、コイツ何言っているの？　みたいな。

「これまでのやり取りから、何度か召喚獣との言葉が聞こえてきましたが」

「……そうだよ、僕らは召喚の儀の最中にあったんだ」

思い切って問い掛けてみると、お返事があった。繰り返し魔法を行使した疲弊も手伝ってだろう。当初は頑なにブサメンを無視していた少年は、ここへきて何かを諦めた面持ちとなり、ポツリポツリと語り始めるのだった。

曰く、学校の授業の一環で行われた召喚獣の召喚。

少年はこの近隣に所在する学校に籍をおく生徒さんらしい。そして、学内での専攻は召喚魔法。本日迎えた同所での催しは、彼が所属する召喚魔法学科とやらにおいて、初めて行われる召喚魔法の実習であったとのこと。

ちなみにそうして召喚された召喚獣は、召喚主である生徒と末永く生活を共にするケースが多いのだとか。大半の生徒は同実習で生まれて初めて獣を召喚する。故に愛着も一入（ひとしお）。誰もが大切に絆を育むらしい。

要はあれである。

私にとって最初の彼氏は特別なの、みたいな。

そんな人生の記念日とも称すべき機会に、少年は不細工で腹の出た中年アジアンを召喚してしまった。しかも呼ばれて飛び出て全裸でのご対面である。他人事ながら、とても可哀想な少年だと思うよ。

「それはなんというか、その、申し訳ありません」

思わず素直に謝ってしまった。

彼の心境を考えたら、最高にストレスフルだろうな。

「っ……だ、黙れよ！　謝られたところで状況は変わらないっ！」

「失礼ですが、お名前を伺ってもよろしいですか？」

「なんでそうなるんだよ⁉」

「いえ、これもまた何かのご縁と申しますか……」

「っ……」

醤油顔の挨拶を受けて、少年の表情がくしゃりと歪んだ。

今まで以上に忌々し気なものに変化した。

苛立ちを抑えるように、右手で前髪をかき上げて頭髪をくしゃくしゃとやる。サラサラの金髪が真っ白な肌の上に暴れる様子は、異性だったら胸キュン間違いなし。何気ない仕草一つとっても映画のワンシーンのようである。

「……オリバー・メイスフィールド」

「ありがとうございます、メイスフィールド様」

「…………」

頂戴した名前を素直に繰り返す。

すると先方は気味の悪いものでも眺めるように、身を一歩後ろに引いてみせた。よくよく眺めてみると、二の腕には鳥肌が浮かんでいるぞ。得体の知れない平たい黄色に名を呼ばれたのが、気色悪かったようだ。

出会った当初のエステルちゃんを彷彿とさせる塩対応である。

「どうされました？　体調が悪いようであれば回復魔……」

「もう、帰る」

自己紹介が果たされたのも束の間、少年は身体を飛行魔法で浮かせた。

短く呟いて見せた彼の面持ちは、それまでの憤怒(ふんぬ)とは一変して意気消沈。声を掛けるのが申し訳ないほどに、気を滅入らせていた。当初は力強く感じられた眼差しも虚ろとなり、空に向かい飛び立つ姿はフラフラと覚束ない。

これにはブサメンも空気を読んで、続く言葉を呑み込んだ。

原因がどこにあるのかは一目瞭然。

ところで、帰るのは結構だけれど、家は近くにあるのだろうか。

ペニー帝国の王立学園は全寮制であった。高等教育も疎ら(まば)なこちらの世界だから、ただでさえ数の少ない上流階級の進学事情に学区制は望めない。醤油顔を呼び出した彼の身形(みなり)を思えば、こちらも寮や下宿先が存在している可能性は高そうだ。

やはり遠くに見えるツンツンした屋根の建物群だろうか。

「メイスフィールド様、あの、私はどうすれば……」

「そんなの僕が知るか！　好きにすればいいじゃないかっ！」

数メートルの高さで浮かび上がった少年の背中が、段々と遠退(とおの)いてゆく。

向かう先はやはり、遠くに窺える屋根の尖った建物の並び。

これをブサメンは黙って見つめる他になかった。

追いかけるのは気が引けた。だって、絵面的に申し訳ない。ショタコン垂涎(すいぜん)の美少年を、半裸の中年ブサメンが後ろから追いかけるとか、いくらなんでも躊躇(ちゅうちょ)してしまう。しかも相手は今にも泣き出しそうな表情ときたものだ。

傍から見たら完全に変質者である。

「…………」

おかげでこれからどうしよう。

今の自分は草原の只中に立ち、お子様用のマントを腰に巻いただけ。出で立ちから周囲の環境まで、すべてが自由だ。何から何まで自由過ぎて、逆に選択に困ってしまう。遠く建物の連なりは見えるけれど、果たして町の中に入れてもらえるものなのか。

ドラゴンシティへ戻るにしても、現在地が分からないし。

「……いや、すぐに戻るのはよくないよな」

自然と思い起こされたのは、召喚魔法とやらで呼び出される直前の、陛下とのトークである。あの親馬鹿で有名な陛下が、自ら娘を嫁にどうかなどと、腑抜けたことを口にしたのである。その覚悟は決して伊達や酔狂ではあるまい。

だからこそ、提案を回避するには十分な支度が必要だ。

「…………」

前向きに考えよう。

これは神様が醤油顔に与えた、猶予の期間なのだと。

むしろこの期間を利用して、処女と脱童貞する心意気。脱童貞さえ果たしてしまえば、そこから先は夢のヤリチンサマーバケーション。王女様もカレーの脇に添えられた福神漬けくらいの気軽さで、パリポリと美味しく頂けてしまえることだろう。

「……よし」

とりあえず近隣で、当面の生活の場を用意しよう。

しばらく時間を設ければ、陛下も心変わりするかもしれない。王女様の一件に関しては、魔王討伐直後という状況も手伝い、感極まっての提案である可能性が高い。時間を設けることは非常に有用な作戦だ。

その上で更にもう一案くらい用意してからでも帰還は遅くない。

「行くか」

空の彼方、少年の姿が完全に見えなくなる。

これを確認して、ブサメンも同じ方向に飛行魔法で飛び立った。

＊

魔法で空を飛ぶことしばらく、少年が飛んでいった先には町があった。

そして、醤油顔はこちらにお邪魔することができた。

町の出入り口には、人の行き来を監視する兵の姿が見受けられたが、盗賊に襲われて身ぐるみを剥がされてしまったのです云々（うんぬん）、丁寧に説明をしたところ、そういうことなら仕方がないと中に入れてくれたのだ。

こちらの世界を訪れた当初、右も左も分からず牢屋にインされていた時分からすると、成長が感じられるやり取りではなかろうか。ただし、与えられた入場許可書は向こう数日で切れるとのことで、それまでに人頭税を納めるようにと指示を受けた。

無視した場合は、脱税で奴隷落ちだそうな。

このあたりは相変わらずハードモードな異世界仕様である。

そこでブサメンは日銭を稼ぐため、冒険者ギルドに足を運んだ。

過去には奴隷シスターズをお買い求めするべく、ペニー帝国の地方都市トリクリスで冒険者をしていた覚えがある。そちらと大して変わらない組織が、こちらの町にも存在していた。ならば利用しない手はない。

所在は町の出入り口に立っていた兵の人に確認した。分かりやすい場所にあったことも手伝い、迷うことなく目的地に到着だ。

大きな通りに構えられた建物は、トリクリスのそれと大差ない雰囲気である。腰にマントを巻いただけという風貌での入店は、いささか気が引けた。けれど、躊躇している余裕もなくて、ええいままよとご来店。

一歩を踏み込むと、店内に居合わせた人たちから一斉に視線を受けた。

小太りの平たい黄色族がマント一丁でやってきたのだ。すわゴブリンの襲来かと思われても致し方ない状況である。いいや、ゴブリンのほうがまだビジュアル的に格好いいのではなかろうか。

お客は誰も彼も、パッと見た感じ厳つい風貌をしている。自身が知る冒険者ギルドと大差ない光景があった。男性が多くを占めているけれど、女性の姿もチラホラと。下は十代中頃から上は初老過ぎまで、利用者の年齢層は幅広い。

そうした店内に一際若々しい少年の姿を発見した。

「おや、そこに見えるはメイスフィールド様ではありませんか？」

「なっ……」

フロアを出入り口から少し進んで、受付カウンターっぽい設備の正面。ギルドの職員さんとやり取りをしていらっしゃる。こちらを振り向いた彼は、視界にブサメンの姿を確認したことで、くわっと目を見開き驚いた。

「ど、どうしてお前がここにいるんだ⁉」

「こちらで向こうしばらく、日銭を稼ごうと思いまして」

人頭税の他に、宿代や食費も稼ごうと考えている。

一文無しの自分がギルドに仕事を求めるのは、至って自然な流れではなかろうか。一方で貴族の子弟と思しきアッパー階級の彼が、このような場所に何用だろう。もしや何か困りごとだろうか。依頼的な意味で。

「ところでメイスフィールド様こそ、こちらにどのような……」

「さっさと退いてくれませんかね？　次が詰まってるんですよ」

予期せぬブサメンとの遭遇に驚いたのも束の間、少年にカウンターの向こう側から声が掛かった。今まで彼の対応をしていたと思しきギルドの職員である。綺麗に剃られたスキンヘッドが印象的な、筋骨隆々とした大男だ。

さっさと他所へ行けと言わんばかり、顰めっ面で少年のことを見つめている。

対してお坊ちゃまはこれに食い下がった。

「待てよ！　期日まではまだ一日あるだろっ⁉」

「どうやって一日で依頼を終えるつもりなんですかね？」

「そ、それは……」

「調子付いて失敗したんですから、明日までに違約金を用意して下さいよ。お貴族様とは言え、規則は規則ですから。それともなんですか？　ニップル王国のお貴族様は、冒険者ギルドの違約金を支払うことも難しいんですかね？」

「ぐっ……」

「繰り返しますが、期日の延長は認められませんので」

職員にあしらわれて、彼はカウンター前を後にした。

その足は冒険者ギルドの出入り口に向けられる。

肩を落として、トボトボと歩いていくお坊ちゃま。

自ずとブサメンの傍らを過ぎる形となったので、気づけば声を掛けていた。ロイヤルビッチの中古穴から救って頂いたお礼もまだである。何かできることがあれば、是非お手伝いさせて頂きたし。

「お困りのようでしたら、私でよければ力になりますが」

「はぁ？　お前に何ができるって言うんだよ」

「それは事情を確認してから、改めてご提案させて頂けたらと」

「…………」

何を言っているんだコイツ、みたいな表情を浮かべられた。

めっちゃ胡散臭（うさんくさ）そうにこちらを見つめている。

ジトッとした面持ちが、どことなく姫ビッチを彷彿とさせるぞ。

ただ、どうやら彼は相当切羽詰まった状況に置かれているようだ。これまで繰り返し無視してきた相手を前にしながらも、目を伏せて思案してみせる。そうかと思えば、忌々し気な面持ちを浮かべつつも、小さく返事をしてみせた。

「……ちょっと付いてこい」

「承知いたしました」

人頭税の納入期限までには、まだ数日の猶予がある。

そこで本日は彼にお付き合いしようと決めた。

＊

冒険者ギルドを発った我々は、表通りから一本入った細路地に足を向けた。

ギルド正面の大通りが人で賑わっている一方、その裏手には人気（ひとけ）が見られない。喧騒も幾分か遠のいて感じられる。界隈に立ち並んだ建物の勝手口がズラリと並び、所々にゴミが捨てられている様子は、まさに路地裏然としたもの。

「はぐれワイバーンの討伐依頼、ですか？」

「ああ、そうだよ」

そこでお坊ちゃまから、彼の抱える問題について伺っていた。

端的に言えば、ギルドの依頼に失敗してしまったらしい。

いいや、厳密には失敗寸前とでも言うのか。

「どうだ？　お前なんか役に立たないって分かっただろう？」

「期日が明日というのは、どういうことでしょうか」

「そんなの言葉通りの意味だよ。明日までにワイバーンを討伐して、その証拠をギルドに提出しないとならない。それができない場合は違約金を支払う必要がある。そうでなければ、僕はギルドのライセンスを剥奪される」

「今から出発されても間に合わないのですか？」

「場所が遠いんだ。馬車で往復一週間は必要なんだから」

「なるほど、たしかにそれは大変なことですね」

以降、彼のお話に従えば、既に一度は現地まで赴いているらしい。そして、問題のはぐれワイバーンとやらに遭遇、討伐しようと意気込んだものの、返り討ちにあって町まで戻ってきたのだそうな。

そして、気づけばいつの間にやら、冒険者ギルドと約束した期日が目前に迫っていたとのこと。学業との兼ね合いやら何やら、色々と不運な出来事が重なってしまったのだとは、本人の言葉である。

「ところで一つよろしいでしょうか？」

「……なんだよ？」

「メイスフィールド様は貴族の出自とお見受けしますが、そのような方がどうして、冒険者ギルドで仕事を受けているのですか？　依頼の失敗に伴う違約金も、貴族様であれば大した額ではないように思います」

ブサメンも過去には何度か、冒険者ギルドでお仕事をしたことがあるから知っている。ペニー帝国のそれとこちらの町の組織が同じものかどうかは不明だけれど、平民を相手にしているとあらば、そこまで変わることはないだろう。たぶん。

「う、うるさいよ！　そんなのどうでもいいだろ!?」

「どうでもいいというか、お話の根幹に関わるような気がしますが」

「ぐっ……」

悔しそうな面持ちとなる少年は、思春期も真っ只中って感じ。

その跳ねっ返り具合は、出会った当初のショタチンポを彷彿とさせる。

いいや、あまり思い出したくないので、それ以上は考えないでおこうかな。

「いかがでしょうか？」

「…………」

繰り返し尋ねると、彼は俯き黙ってしまった。

人気（ひとけ）も少ない路地裏に少年を連れ込んで、エッチな悪戯（いたずら）をしようとするマント一丁のオジサン。そんな役柄が自然と想像されて、内心焦りを覚える。もしも他に人がやってきたら、絶対に勘違いされるでしょ。そういうのは趣味じゃないのに困ってしまう。

だからこそ、早急にこの場を脱するべきだ。

童貞は正面の彼に向かい、一つご提案をさせて頂こう。

「メイスフィールド様、貴方様の召喚獣から提案があります」

「……なんだよ？」

「これから私と共に、ワイバーン退治に向かいませんか？」

「はぁん？」

ブサメンの飛行魔法を利用すれば、馬車で一週間の道のりも、半日と要さずに往復することができる。上手いこと現地でワイバーンを見つけることができれば、明日の日暮れまでに戻ってくることも、決して不可能ではない。

「どうか私に任せて下さい。必ずや期日に間に合わせてみせます」

「まさかそれ本気で言ってるの？」

「ええ、もちろん本気ですとも」

「平民が貴族に嘘をついたらどうなるか、ちゃんと理解してる？」

「理解しております」

「僕のこと軽く見ているんじゃないの？　冒険者ギルドで適当に扱われていたから、コイツだったらぞんざいに扱ってもいいや、みたいなこと考えているんでしょ？　僕がニップル王国の貴族だからってさ。っていうか、絶対にそうだよ」

「そんな滅相もありません」

ニップル王国というフレーズは、冒険者ギルドでも耳にした。

ギルドの職員の人が口にしていた。

そちらの国の貴族様なら、平民であっても適当に扱ってもよろしいのだろうか。分からない。色々と情報が足りていない。そもそもこちらの町にしたって、どちらの国の何というシティなのか、未だに確認できていないのだ。

「お前、変態でしょ？」

「はい？」

「そういう調子のいいことを言っておいて、人気のない場所で僕のことを攫って、エロいことしようとか考えているんじゃないの？　それで飽きたら娼館に男娼として売り払って、日銭の足しにしようと企んでいるに違いない」

「…………」

先方の美少年っぷりを思えば、その危惧は分からないでもない。

周りを背の高い建物に囲まれた、薄暗い路地裏というロケーションも手伝い、醜悪な平たい黄色族の末裔は、自分が人攫いにでもなったような気分だよ。相手が彼ではなく彼女だったのなら、そのお言葉だけで幸せになれたのに。

「これ以上僕に近づいたら、ただじゃ済まないよ？」

お坊ちゃまが腰に差した杖を手に取った。

先端は油断なく醤油顔に向けられる。

露骨な嫌悪感、これを挽回する言葉をブサメンは持たない。

そこで代わりに魔法を伴い、問い掛けに応じることにした。

「承知しました。今後はこの間隔をキープするとしましょう」

「……何を言ってるの？」

自分のような得体の知れない相手にまで、あれやこれやと語ってみせた少年である。藁にもすがる思いであることは想像に難くない。こうして出会ったのも何かの縁だし、精々恩返しさせて頂こうではないか。

げに恐ろしきはロイヤルビッチとの婚姻である。

「これから飛行魔法を使います。驚かないで下さいね」

「まさか目的地まで飛んでいこうなんて考えているんじゃ……」

「決して悪いようにはしません。ご自身の召喚獣を信じて下さい」

「だ、誰が信じられるかよ、お前みたいな胡散臭い召喚獣っ！」

ふわりと浮かび上がる我々の肉体。

少年はこれに抗おうと、必死になって身体を動かしてみせる。けれど、醤油顔の飛行魔法は有無を言わさず、あっという間に上空まで彼を運び上げた。町中での飛行を禁止している場所も多いので、一息に高いところまで上昇だ。

　約束の間隔もちゃんと厳守しております。

「お前は常識も碌に知らないのか？　飛行魔法でそんな長い時間、飛んでいられる訳がないだろう？　魔力切れで墜落するのがオチだから、さっさと地上に降ろせよ！　それともやっぱり僕を誘拐するつもりか!?」

「もし仮に私が誘拐するつもりなら、この時点で既にメイスフィールド様には、選択の余地がないように思えるのです。必ずやメイスフィールド様のお力になってみせますから、目的地の方角をお教え下さい」

「誰が教えるものか！」

「素直にお教え頂けないと、誘拐してエッチなことをしますよ？」

「っ……やっぱりお前、僕みたいなのが好きな変態なんだな!?」

「それでメイスフィールド様、目的地の方角はどちらでしょうか」

　地味にこちらもダメージを受けているの、できれば気づいて欲しい。

　過去に経験したショタチンポとの交流が、この手の会話にリアリティを与えてくる。主に突起的な意味で。万が一にもヤツの耳に入っては大変なことだ。つい先日からは彼のみならず、ピーちゃんまでもが町長宅に入り浸っているし。

　お屋敷内の風紀が荒れてしまうのではないかと、ブサメンは心配でならない。

「…………」

「メイスフィールド様？」

「……あ、あっちだよ」

「ありがとうございます。それでは出発しますね」

　渋々といった様子で、少年は進路を指し示して見せた。

　その表情には怯えの色が垣間見える。

　これ幸いとブサメンは飛行魔法を操作して、一路、はぐれワイバーン退治に出発である。今回のお客様はお急ぎのことで、超特急での航行。異国情緒溢れる地上の風景を眺めながらの飛行は、それはもう気持ちいいものだ。

＊

空に飛び立ってから、どれほど時間が経っただろうか。

当初は非難の声を上げていた少年も、周囲の景色が移り変わるのに応じて、段々と口数を少なくしていった。そして、日が落ちて夜の帳が下りる頃には、いつの間にやら落ち着きを取り戻していた。

「本当にこんな長い間、魔法で空を飛んでいられるんだな」

「だから言ったじゃないですか」

「いいや、素直に信じろっていう方が無理な話だよ」

納得がいかない、といった面持ちで声を上げる。

魔道貴族からも以前、同じような指摘を受けていたので、彼の言わんとすることは理解できた。一方でロリゴンやエディタ先生といった人外勢は、割と普通に何時間も飛び回っていらっしゃる。恐らくは人類枠に限った常識なのだろう。

「お前、本当に人間か？」

「もちろんメイスフィールド様と同じ人間でございます」

「学園都市のジャーナル教授でも、果たしてどれほど飛べるものか……」

なにやら難しい面持ちとなり、ブツブツとし始めた。

大人しくしている分には問題ないので、召喚獣はご主人様と一定の距離をキープの上、目的地へ急ぐことにした。空中に浮かんでいながら、あぐらをかいて首を捻らせる少年の姿は、なかなかにシュールである。

そうして空を進むことしばらく。

ややあって彼が地上を指差して声を上げた。

「おい平民、あの小山の麓あたりだ」

「承知しました」

木々の生い茂る森の一角に、一部岩肌の露出した界隈が見える。控えめに隆起した小山は周囲を森に囲まれており、夜の暗がりにありながらも、空から眺めると一目瞭然であった。そのため醤油顔も迷うことなく、目的地に降り立つことができる。

指示されたとおり、岩肌と森の境目あたりに着地した。

「そこにある岩壁を見てみろ。向かって右手側だ」

「おや、なにやら焼け焦げた跡がありますね」

「以前に来たとき、僕がワイバーンと戦った形跡だよ」

「なるほど」

ちゃんとここまで来てたんだぞアピールだろうか。

　こういう細かなところでアピってみせるの、思春期の男の子って感じがする。でも個人的には、同世代の女の子がご主人様だったら嬉しかった。そうしたらきっと、より前向きに召喚獣ライフを楽しめたと思うんですよ。

「失礼ですが、先方の巣は確認されているのですか？」

「少し歩いたところに洞窟がある。そこが寝床のようだ」

「では早速ですが向かいましょうか」

「お、おぅ……」

　頷きながらも、ちょっと腰が引けているぞ、少年よ。

　一度敗退したというのは事実のようだ。

けれど、今回はどうか安心して下さいませ。こちらのブサメンは過去にもワイバーンと遭遇した覚えがある。万が一の場合もファイアボールで対応可能。十や二十の群れであれば、物の数には入らないだろう。

　ちゃんと成長している自分に、おもわず達成感とか覚えてしまうよ。

「っ……お、おいっ！」

「はい？」


　ペペ山でのドラゴン退治を思い起こしてホッコリとしていると、少年から急に声を掛けられた。その視線は頭上に向けられている。なにがどうしたとばかり、こちらも空に意識を向ける。

　するとそこには、我々に向かい迫るワイバーンの姿があった。

　おそらく飛行魔法で飛んでいるところを捕捉されたのだろう。夜だから目に付くこともないだろうと考えていたのだけれど、意外と敏（さと）いじゃないの。こちらとしては先方を探し回る手間が省けて大助かりだ。

「森の中に逃げるぞっ！」

「あ、ちょっ……」

　グイッと腕を引かれた。

　そのまま木々の合間に引きずり込まれる。素肌に触れる葉っぱがくすぐったいのなんの。鬱蒼（うっそう）と茂った木々の枝に晒されて、腰に巻いたマントが取れそうになった。

　これを空いた手で必死に押さえながら、少年の後に続く。

「メイスフィールド様、戦わないのですか？」

「なに馬鹿なことを言っているんだよ！」

「はい？」

「あの状況で強襲を受けたら、やられるのはこっちだろ⁉　これだから物を知らない平民は困る！　空から襲ってくるワイバーンの攻撃は、とても強力なんだ。ぶ厚い金属の鎧だって穴が開く。こういうときは相手が地上に降りてから挑むんだよ」

「なるほど」

どうやらワイバーン退治には定石が存在しているようだ。前に出会ったときは空の上、しかも飛空艇に搭乗しての遭遇であった。地上に降りるも何もなかったので、この手の相談が話題に上ることはなかったと記憶している。

そうこうしているうちに、ワイバーンが大地に降り立った。

つい数日前、暗黒大陸で遭遇したグレートドラゴンと比較したら、かなり小柄に映る。レッドドラゴンと比べても尚のこと小さい。しかし、それでも我々人間と比べたら、猫とライオンほどのサイズ差が感じられる。

「それとアイツは僕がやる！　お前はここで見ていろ、平民」

「よろしいのですか？」

「はぐれワイバーン退治は僕が受けた仕事だ！」

想像していたよりも、自尊心に満ち溢れた少年である。てっきり泣きついてくるとばかり考えていた。

そういうことならブサメンは、こちらで待機させて頂こう。もし仮に失敗しそうになっても、神様印の回復魔法を利用すれば、彼の安全を確保することは十分可能である。この場で優先するべきは、勇敢な少年の成功体験だ。

「……承知しました」

「いいか？　ここを動くなよ？　それと万が一にも僕が負けたら、このまま森を進んで距離を取るんだ。開けた場所に出たら、まず間違いなくワイバーンに襲われる。そして、なるべく空が暗いうちに飛んで逃げるんだ」

「そんなまさか？　私はメイスフィールド様の勝利を確信しています」

「っ……う、うるさいよっ！　だったらそこで大人しくしていろ！」

「承知しました」

もしかして照れているのだろうか。

声も大きく吠えて、彼は木々の間から飛び出していった。

さて、ここで醤油顔はステータスチェックのお時間。

両選手の具合を確認させて頂こうじゃないの。

まずはワイバーンから。

名　前：ミケランジェロ
性　別：男
種　族：ワイバーン
レベル：56
ジョブ：ホームレス
Ｈ　Ｐ：８１００／８８９０
Ｍ　Ｐ：１５５３／１５５３
ＳＴＲ：５４１１
ＶＩＴ：４５００
ＤＥＸ：４１７６
ＡＧＩ：１３３００
ＩＮＴ：２１７０
ＬＵＣ：１４１０

ペペ山でエンカウントしたフレアワイバーンと比較して、レベル差を加味しても、全体的に少し低めなステータスである。耐久力に劣る一方で素早さが突出している

など、下位互換と称しても過言ではない配分だ。

それでは少年はどうだろう。

名　前：ヴィクトリア・ニップル
性　別：女
種　族：人間
レベル：44
ジョブ：王女
Ｈ　Ｐ：４４９９／４５１１
Ｍ　Ｐ：９９１０／９９１０
ＳＴＲ：９１０
ＶＩＴ：５８０
ＤＥＸ：２３１０
ＡＧＩ：９９９
ＩＮＴ：６０１０
ＬＵＣ：４５９

ふぅん？

＊

少年改め、美少女とワイバーンの争いは一瞬で決着した。

前者が撃ち放った七色に輝く魔法が、後者の肉体を真正面から貫いたのである。過去にはエステルちゃんやゾフィーちゃんが好んで利用していた魔法だ。なんでもタイマン時における攻撃魔法としては、鉄板のチョイスなのだとか。

ただし、それなりに消耗したようで、一撃を放った彼女はとても辛そうだ。膝に手をついて背を丸めると共に、ハァハァと荒く呼吸を繰り返している。ステータスを確認してみると、ＭＰがほとんど枯渇していた。

持てる力のすべてを注ぎ込んだのだろう。

こうなるとブサメンの続くアクションは決まったも同然だ。

「メイスフィールド様！」

愛しのご主人様のもとへ一直線である。

だって、見目麗しい男装の美少女。

つまり、逆ショタチンポ。

しかも僕っ娘。

これはもう懐くしかあるまい。

懐いて懐いて懐きまくるのが正しい召喚獣の在り方だろう。

古来より人は穴と棒を使うことによって、生活を豊かにしてきた。

釘穴には釘を、錠には鍵を、シリンダーにはピストンを、ちくわにはキュウリを。様式や環境は変われど、穴に棒を入れるという行為は、人が人である限り、自ずと求めてしまう行いではなかろうか。生理的欲求と称しても過言ではない。

それくらい人という生き物は、穴と棒に固執している。

何故ならば凸と凹の出会いは、自然界が生命を育む為に生み出した原初の規則。これを阻むことなど、何人たりとも許されない。そして今まさに、自身の目の前には穴が空いている。惜しみない愛情を送って然るべき穴が、ぽっかりと一つ。

これに棒を入れることを望んだとして、誰が我が身を責められよう。

「お怪我はありませんか？　メイスフィールド様」

「っ……い、いきなり寄ってくるなっ！　ビックリするだろう!?」

「申し訳ありません。とても苦しそうにされていらしたので」

「ふんっ、苦しくなんてないね！　これくらい僕には序の口さ」

性別が違っていれば、名前も偽名。

更に肩書きは王族ときたものだ。

見たところ中学生ほどと思しき年齢を思えば、王族である点も踏まえて、その膣に膜を湛えている可能性は非常に高し。いと高し。その上で常に男装しているとあらば、これはもう処女確と考えて差し支えないのではなかろうか。

どうしよう、処女が膣に膜を張ってやってきた。

こんなのヨイショするしかないじゃないの。

見たか、キモロンゲ。

ついに醤油顔も理想のご主人様をゲットである。

「流石はメイスフィールド様、とても勇ましくございます」

「な、なんだよ。今の魔法がそんなによかったのか？」

「ワイバーンを一撃、それはもう見事なものでした」

「……本当か？」

「貴方様に召喚獣として呼ばれたことを、私は誇らしく思います」

「そ、そうかい……」

貴方様に召喚獣として、のあたりを強調しつつお伝えさせて頂く。

是非とも飼育されたい。

末永く躾けて頂きたい。

陛下との婚姻相談から逃れられるわ、処女と思しき美少女とお話しできるわ、召喚されてよかったと心の底から思わざるを得ない。せっかくの機会だし、向こうしばらくは彼女のもとで召喚獣として励みたい。

そうなると、あぁ、この場はアレだよ。当初は舐めた態度を取っていた召喚獣が、主人の人間味溢れる活躍を目撃したことで、急に態度を軟化させるタイプの展開でいこう。いわゆるツンデレってやつだよ。

「しかも先程は私のような、どこの馬の骨とも知れない者にまでお気遣い下さり、心より感謝申し上げます。その寛大なお心に敬服いたします。もしよろしければ微力ながら、メイスフィールド様にお仕えさせて頂けませんでしょうか？」

「っ……」

ブサメンからの問い掛けを受けて、ご主人様の顔が引き攣った。

え、マジかよ、みたいな。

やはりマント一丁の不細工な平たい黄色族は嫌か。

そりゃ嫌に決まっている。

自分が彼女の立場だったら、絶対にお断りだもの。

「そ、それは構わないが、人らしい扱いを受けられると思うなよ？」

「ええ、当然です。我が身はメイスフィールド様の召喚獣ですから」

「……お前、本気で言っているのか？」

劣悪な条件を提示して、お引き取り願う作戦であったか。

気づかなかったぜ。

牢屋に突っ込まれたり、着の身着のまま戦場に放り出されたり、その手のイベントには事欠いていないからな。

馬小屋に放置された程度では凹まない自信があるぞ。今もマント一丁で活動しております。

「差し当たり、冒険者ギルドまでお送りさせて下さい。併せてこちらのワイバーンの亡骸を町まで運びましょう。どのような約束をギルドと交わしているのかは定かでありませんが、即日で担当者を納得させることができると思います」

「…………」

召喚獣によるご主人様へのアピールタイム。

いつかその御御足をペロペロさせて頂けたらとは切に。だってきっと絶対に美味しい。

「如何でしょうか？」

「……わ、わかったよ」

「本当ですか？」

「お前を僕の召喚獣として認めてやる。見た目は気持ち悪いけど、やたらと持続時間の長い飛行魔法は魅力的だ。今後も足として使ってやってもいい。召喚獣の主立った仕事には、主人の移動のサポートも挙げられるからな」

「ありがとうございます、メイスフィールド様」

「だけど贅沢なことを言うようなら、すぐにでも放逐するからな」

「それはもう重々承知しておりますとも」

　やったぞ召喚獣、正式に就任でございます。

　ブサメンと異性の関係は、きっとこれぐらいがベスト。世継ぎだとか、婚約だとか、どう考えても荷が重い。生活圏の傍らで付かず離れず、ふと気づいたら手が届かないテレビのリモコンくらいの距離感がきっと素敵。

　どうか今後とも、末永くよろしくお願い致します。

＊

　はぐれワイバーンの討伐を終えた我々は、町まで一直線に戻った。往路でおおよその位置関係を把握していた為、復路はこれといってご主人様の指示を受けることなく、目的地まで飛ぶことができた。

　到着したのは昼過ぎ。

　その足で我々は冒険者ギルドに飛び込んだ。

　お持ち帰りしたワイバーンは軒先に放置。

　ご主人様と共に受付カウンターに向かうと、そこには昨日にも勤めていたスキンヘッドの男性が立っていた。日も高い時間帯となり、フロアには人の姿が大勢見られる。そんな中でも先方はこちらに気づいたようで、早々に目があった。

　その下に彼女は勇み足で向かう。

「依頼を達成した、外に出て確認をして欲しい」

「はい？」

　男性職員は首を傾げて疑問の声を上げた。

　コイツ、何言ってんの？　みたいな。

　これに構わずご主人様は声高らかに語ってみせる。

「報告にあったとおり、尻尾の付け根に瘤（こぶ）のある個体だ。こちらの冒険者ギルドで説明を受けたワイバーンと、相違ないものと考えられる。あぁ、それと併せて素材の査定についても、急ぎで作業を進めてくれないか？」

「いやいや、ちょっと待って下さいよ」

「獲物は店の前に用意した。さっさと外に出て確認するといい」

　有無を言わさぬご主人様の物言いを受けて、ギルド職員は渋々といった面持ちで歩みだした。先方は見たところ平民、ご主人様が貴族である点を思えば、なかなか勿体ぶった対応だ。ペニー帝国であったら無礼討ちは免れまい。

　こちらの国での貴族に対する扱いが軽いのか、それともニップル王国なるご主人様の祖国が軽んじられているのか。昨晩、彼女から受けた説明を思うと、どうやら後者のようだけれど、だとしたら理由が気になるところだ。

「たった一日で何ができるっていうんですか……」

　男はブツブツと呟きながら、カウンターを迂回して建物の出入り口に向かった。

　ギルド職員を先導するように我々も動く。

　建物の正面には、現地から運び込んだワイバーンの亡骸が横たわっている。道の一部を塞いでいる都合上、周囲にはいつの間にやら人垣が生まれていた。なんだこりゃという疑問の声が、そこかしこから聞こえてくるぞ。

　そして、これは職員の人も例外ではなかった。

「な、なんだこりゃ……」

「依頼にあったはぐれワイバーンだよ。さっさと確認したまえ」

「…………」

　建物を出た直後、驚きから身を強張らせるギルド職員。

　これに対して大仰に腕など組みつつ、得意気に語ってみせるご主人様。鼻を明かしてやったぜ、みたいな表情が愛らしい。恐らく相応に鬱憤が溜まっていたのだろう。もしかしたら、それなりに付き合いがある仲なのかもしれない。

「どうだよ？　ギルドから説明を受けたとおりの個体だ」

「た、たしかに、どうやらそのようですね……」

「理解したのなら、早いところ処理を進めてもらえないか？」

「いえしかし、どうやってこちらを？」

「まさかお前、貴族の正当な仕事に文句を付けるつもりか？」

「っ……い、いえ、決してそのようなことはありません」

　ギルド職員さん、めっちゃ悔しそうである。

　けれど、彼は素直に応じてみせた。

「だったらこれで話は済んだだろう？　早くしてくれないかい」

「……承知しました。討伐対象を受領します」

「それと次からはもっと、高度な依頼を受けてやってもいい」

「…………」

　ここぞとばかりにイキってみせるご主人様、なんて器が小さいのだろう。そういうところも相手が膣に膜を張っていると思うと、とことん愛らしい。つい半日前までの涙目が嘘のような煽り顔である。なかなか表情豊かな人物だ。

　一方でギルド職員は、納得がいかないと言わんばかりの表情を浮かべながらも、駆け足でギルド施設内に向かっていった。そこからすぐに作業は進められて、ブサメンのご主人様は無事に案件をクローズすることができた。報奨金については査定が済み次第、後日支給とのこと。用事を済ませた我々は、すぐに冒険者ギルドを出発した。

　足を向かわせたのは町の中心部に所在する建物群だ。なんでも貴族や一部の裕福な平民の子供たちに対して、魔法や教養を教える学校であるとのこと。ご主人様もこちらに通っているのだという。敷地内には学生寮や食堂もあって、基本的に生徒はそちらで寝起きしているのだそうな。

　学生寮の造りはペニー帝国の王立学園と似ている。建物は総石造りの四階建てで結構な規模がある。正面エントランスを越えると、内部は内廊下が続く。似たようなドアが延々と並んでいる。

　建物は男女で分かれており、ご主人様の部屋は男子寮に所在していた。やはり彼女は周囲にも、自らの性別を偽っているようだ。つまり今後とも醤油顔は、彼女に対して男性として接することができる。素晴らしきは同性同士の近しい距離感。

　また、学生寮は室内も外観相応に立派なものだ。都内に建てられた少し高めの新築マンション。その販促チラシに眺める、モデルルームなど想像すればドンピシャリ。ただし、そうした居室内の風景は、ひと目見て違和感を覚える。チグハグな印象、とでも称すればいいのか。

　ソファーセットやドアなど、大型の家具がやたらと高そうである一方、カーペットを筆頭とした一部の家財については、妙に安っぽく感じられる。それこそ平民の自宅にある品々と大差ない。あと、部屋の広さに対して、家具の数が少ないような。

　ちなみに間取りは１ＬＤＫ。

建物の内廊下の先には玄関が設けられており、奥に向かって廊下が続いている。突き当りにはドアが設けられて、その先にはリビングがある。他にも幾つか並んだ戸口はトイレやキッチン、寝室となる。

そんなこんなで辿り着いた、ご主人様の居室でのこと。

「メイスフィールド様、こちらは？」

「お前の寝床だ」

リビングと思しき空間、その隅っこでシーツがくしゃっとなっている。

つい今し方、ご主人様が寝室から持ってきたものだ。これを足もとに眺めて、我々は粛々と言葉を交わしている。

「なるほど」

「外に馬小屋がある。そこで具合の良い藁を工面するといい」

藁の上にシーツを敷いて眠れということだろう。

こちらの世界、平民の自宅にも普通にベッドがあったりする。その前提で考えると、さっさと出ていけという、ご主人様からの圧なのかもしれない。自身の顔面偏差値を思えば、割と妥当な扱いではなかろうか。

当然ながら、この程度で堪える童貞ではない。

ソフィアちゃんに次いで二度目となる、異性との二人きりの同居生活。その魅力を前にしたのなら、ベッドの有無など誤差。思い起こせばペニー帝国の地下牢でも、似たような生活環境で普通に何日も過ごしていた。

あぁ、メルセデスちゃんの太ももで首を吊りたい。

「お疲れのところ、わざわざ用立てて下さり恐れ入ります」

「それと僕の部屋には絶対に入るんじゃないぞ？　これは厳命だ」

「承知しました」

「夜通し活動して疲れた。僕はしばらく眠るから、お前も休め」

交わす言葉も少なにご主人様は踵（きびす）を返すと、寝室に戻っていった。

俄然、今後の生活が楽しみになってきたぞぅ。

＊

翌日、リビングを訪れるご主人様の気配で目が覚めた。

寝起きで最初に目撃するのが、膜確の男装美少女とか、これ以上ない目覚めではなかろうか。その制服姿を視界に捉えた直後、もう少し眠っていたいな、などとボンヤリと微睡(まどろ)んでいた意識が、一瞬にして覚醒するのを感じた。

シーツを藁から引っ剥(ぺ)がして、花開いた朝顔を隠すことも忘れない。一連の自然な行いは、これを先方に気づかれることもなし。ソフィアちゃんと同居していた時分、彼女のモーニングサービスに際して培った技術である。

「……起こしたか？」

「いえ、既に起きておりましたので」

なんでも人体に走っている動脈のうち、ペニスのそれはかなり細いらしい。故に朝立ちの有無は血管の健康状態を計る指標になるのだそうな。毎日のおっきの喪失は、血管の老化を示すパロメータ、とかなんとか前にネットで見た覚えがある。

いつかご主人様の面前、立派に花咲かせてみたいものだ。

朝顔に限ることなく、昼顔、夕顔、夜顔とフルコンプを目指したい。

「メイスフィールド様、ご朝食の用意をしましょうか？」

息子の静まりを待って身体を起こす。

ついでにご主人様へのアピールも忘れない。

使える召喚獣を印象付けていかないと。

「そういうのは結構だ。あと、僕の朝は既に決まっている」

「どちらかに食べに行かれるのでしょうか？」

「お茶で済ませる。食べると頭の巡りが悪くなるんだよ」

「なるほど」

お若いのに意識が高くていらっしゃる。

自分が彼女くらいの年頃には、一日三食しっかりと食べても足りなかった。ドラゴンシティの面々も、朝昼晩とガッツリ食べている。夜型のエディタ先生など、深夜に調理場でガサゴソと、食料を漁る姿を目撃することも度々。

「……お前も、いるか？」

「恐れ入りますが、お茶を頂けると嬉しいです」

「ならキッチンで勝手に用意するといい」

「メイスフィールド様の分も、併せてご用意しますね」

「…………」

ここぞとばかり、率先してキッチンに向かった。普段は淹れてもらうことが多いので、なかなか新鮮な気分である。ブサメンを見送るご主人様は、なんとも複雑な面持ちをしていたが、これといって声は上がらなかった。

ファイアボールでお湯を沸かしつつ、盆に二人分のカップを用意する。キッチンは閑散としており、必要な道具はすぐに見つかった。設備的には上等でありながら、そこに納められた道具はどれも、年季の感じられるものだった。

端的に申し上げると、安物の上に使い古されていらっしゃる。

ご主人様、金銭的に苦労しているのかもしれない。

冒険者ギルドでの出来事からも、ふとそんなことを考えた。

ポットにお茶の用意が整ったので、盆に載せてリビングダイニングに戻る。すると彼女はダイニングセットに腰を落ち着けて、何やら書面を片手に難しい顔をしていた。声を掛けることも憚られたので、無言で正面のテーブルにカップを差し出す。

一方でブサメンは彼女から少し離れて床に座った。

推定平民である醤油顔が、貴族であるご主人様と同じ

席に着くことはできない。まず間違いなく、怒られるのではなかろうか。そこで仕方なく、テーブルの正面に少し距離を設けて、床上に自身のスペースを確保した。

「…………」

視線を上げると、椅子に座ったご主人様を見上げる位置取り。

丁度こちらの顔の高さに、彼女の股間が存在する。

あぁ、なんて仕方がないんだ。

こんなにも仕方がないから、床に座って頂くお茶が美味しい。

今後とも日々の習慣にしていこうと思う。

それでも悔やむべき点があるとすれば、それはご自慢の男装だ。当然ながらズボン姿のご主人様である。スカートだったら、最高だった。ミニスカだったら、もう言うことはなかった。せめて半ズボンとか、穿いてくれたりしないだろうか。

「あぁ、そうだ。今のうちにお前に言っておくことがある」

しばらくして、ご主人様が呟いた。

手元の紙面に落とされていた視線が醤油顔に向かう。

「僕は学校に行くけど、お前は部屋で大人しくしていろよ？」

「ご一緒しなくてよろしいのですか？」

「なんか嫌だ。一緒にいるところを誰かに見られたくない」

「…………」

　まあ、そうですよね。

　過去にも仕事の都合上、若い女性の担当者と一緒に行動することが何度かあった。誰も表面上は朗らかに接してくれるけれど、ホームで電車を待っている時とか、他者の目があるシーンで微妙に距離を取られていたこと、ふと思い出す。

「いやでも、ここに放置するのも不安なんだよな」

「あの……」

　うーんとしばらく悩む素振りを見せるご主人様。

　ややあって改めて伝えられた。

「とりあえず、学校までは一緒に来るといい。僕はいつもどおり授業を受けるから、お前は適当に過ごしているんだ。食事は食堂でまかないをもらえるように話を通しておく。それでいいだろう？」

「承知しました」

「それとこれで服を買ってこい。その姿はあまりにも醜悪だ」

　硬貨を幾枚か放り投げられた。

　ペニー帝国のそれとは大きさやデザインが異なっている。たぶん、こちらの国で流通している貨幣なのだろう。見たところ銀貨っぽいけれど、どの程度の価値があるのかは想像がつかない。

「ありがとうございます、メイスフィールド様」

「はぐれワイバーンの退治を手伝った正当な報酬だ」

「ところで一つ、お伺いしたいことがあります」

「……なんだよ？」

「こちらの町の名前と、治めている国をお伺いしたいのですが」

「チェリー王国の町、フィストだけど？」

「なるほど」

　マジかよ、チャラ男ブラザーズの国じゃないの。

　下手に目立つと、ヤツらの目に留まる可能性があるぞ。なんたって平たい黄色族は目立つ。向こうしばらく召喚獣生活を楽しむのであれば、十分に気をつけるべきだろう。早めに確認しておいてよかった。

「この辺りも昔は、学校しかなかったらしいよ。それが周りに段々と人が集まっていって、今みたいな町になったって授業で学んだな。まあ、他所の国の貴族である僕には、そう意味のある知識じゃないけどさ」

「流石はメイスフィールド様、博識でございますね」

「ここの生徒なら誰でも知っていることだよ」

「ちなみにどのような魔法を専攻していらっしゃるのですか？」

「……召喚魔法。っていうか、それって嫌み？」

「そんな滅相もない」

「お前みたいなのが召喚されたおかげで、僕のお先は真っ暗だよ。いっそのこと殺してしまえば、新しい召喚獣を呼び出すことができるだろうか？　なんならこの場で試してみても構わないんだけれど」

「…………」

「でもまあ、お前を殺したとしても、またどこかの平民が呼ばれてくるかもしれない。それだったら飛行魔法が得意なお前のほうが、まだマシだろう。だから向こうしばらくは、こうして生かしておいてあげるよ」


なかなか説得力の感じられるお言葉である。見捨てられないように頑張らなくては。

当面のライバルは他所様の召喚獣に決定だな。

「そういう訳だから、くれぐれも変なことは考えないように」

「それはもう、重々肝に銘じておきますとも」

「あと、これは昨日も説明したけど、学校の生徒は基本的に、貴族や裕福な家の平民しかいない。お前がどうして時間を過ごそうと自由だけれど、何か問題に巻き込まれても僕は助けないからな？」

「はい、お気遣いありがとうございます」

「き、気遣ってなんていないから！　お前がどこの田舎から呼び出されたのか知らないけど、大きい町ほど貴族と平民の隔たりは大きいんだ。他所の貴族が僕みたいに寛容な人物だとは思わないことだなっ！」

いつの間にかカッペ認定されているぞ。

けれど、ブサメン的にはその方が都合がいいから、このまま黙っておこう。チェリー王国に関する知識が浅いのは事実だし、下手に知ったかぶりをして、わざわざ恥をかくこともない。こういうときには流されておくのが吉だ。

「それじゃあ出かけるぞ！」

叫ぶように言って、ご主人様はダイニングチェアから立ち上がった。

＊

学生寮を発った醤油顔は、ご主人様の指示通り町で衣類を調達した。

頂戴した銀貨数枚の価値が分からなかったので、平民向けの古着屋でも比較的安価そうな店舗で一式揃えた。換えの下着や靴、財布代わりの革袋といった小物も含めて、上から下まで用立てたところ、ご主人様から頂いた軍資金は八割が消えた。

感覚的にはペニー銀貨と大差ないように感じられる。物価も然り。

そこで自ずと意識が向かったのはチェリー王国の経済規模。

ペニー帝国と比べたら、どちらが大きいのだろう。ふと脳裏にチャラ男ブラザーズの顔が浮かんで、ちょっと悔しい感じ。ドラゴンシティに戻ったのなら、北の大国と併せて諸外国についても学ぼうと心に決めた。

そして、買い物を終えた後は真っ直ぐに学園まで帰還。

ご主人様が授業を終えるまで学内で待機だ。これといって行動の制限は受けていない。彼女の帰宅以降に学生寮まで戻れば、ちゃんと屋根の下で眠らせて頂ける。ただし、学内でお貴族様に絡まれて私刑に遭ってもしらないよ、とのこと。

そこで初日は学内を見て回ることにした。

せっかくの機会なので観光を楽しませて頂こう。ここ最近は魔王様絡みで忙しかったから、たまにはこういうのもいいじゃないの。異国情緒溢れるこちらの世界の建造物は、未だ目新しいものとして映る。

廊下を行き交う女子学生も可愛い子が多い。

スカートの裾先から覗く太ももを視界の隅に捉えて、チラリチラリとこれを拝見する。磨いていこう、チラ見の技術。つい先日にも跡目騒動の折に知らされたとおり、ドラゴンシティの面々にはバレバレであったブサメンの視線だ。

だからこそ今後は、より高みを目指す必要がある。

十代と思しき女の子たちの太もも見放題。この恵まれた環境を利用しない手はない。旅先で技術を磨き、再びドラゴンシティに戻った暁には、誰にもバレることなくチラ見を行えるようになっていなければ。

もう二度と視線がどうのとは言わせやしない。

そうしてスキルを磨きつつ、学内を散策することしばらく。

どこからともなく、人の言い合う声が聞こえてきた。

「ニップル王国の貴族は、平民のような食事を口にするのだな？」

「う、うるさいな、黙れよ！」

「そんな体たらくだから、召喚魔法で平民を呼び出してしまうのだ」

「っ……」

外廊下に面した中庭で、互いに見つめ合う二人の生徒がいた。

内一方はブサメンのご主人様だ。

彼女の手元には、サンドイッチを思わせる料理の包みが見受けられる。対してその正面に立った男子生徒は、これといって何を手にしていることもない。中庭で昼食を食べていた前者が、後者から一方的に絡まれている、みたいな雰囲気だった。

恐らく両者は、苛めて苛められての関係にあるのだろう。

召喚魔法云々を語っているあたり、以前からの面識が想定される。

「あの平たくて黄色い平民は一緒じゃないのか？」

「アレがどこにいようと、お前には関係ないだろう？」

「いやなに、貧乏人にはお似合いの召喚獣だと思ってな」

「こ、このっ……」

ご主人様、めちゃくちゃ悔しそうである。

サンドイッチを支える手がプルプルと震えているぞ。

平たくて黄色い平民は申し訳ないばかりだ。

「寮費を浮かせるために朝食を食べないなどと、この学園においても前代未聞の珍事だ。ニップル王国は貧しい国だと話には聞いていたが、まさかここまでとは思わなかった。いやはや、世の中は広いものだ」

ご主人様を煽っているのは、同じくらいの年頃の男子生徒だ。茶色めの長髪をオールバックに撫で付けた髪型や、ギラギラとした鋭い目付きが印象的な人物である。

パッと見た限りであっても、粗暴そうな内面が感じられた。

十代中頃にしては長身で、ブサメンと同じくらい背丈がある。身体もかなり鍛えているようで、制服の上からでも厚みの感じられる胸板が羨ましい。華奢なご主人様が並ぶと、彼女のメスっぽさが強調されて、そこはかとなく寝取られの気配が。

いやいや、そういうの良くないよ。良くない。

「黙れよ！　僕は朝は食べない主義なだけだ」

「ふぅん？」

「……な、なんだよ？」

中庭には二人の他にも、あちらこちらに生徒さんの姿が見受けられる。

言い合いを始めたご主人様たちを遠目に眺めて、彼ら彼女らはヒソヒソと言葉を交わし始めた。止めに入る者はおらず、そうかといって騒ぎ立てすることもない。二人のやり取りは日常的な出来事なのかも。

「君は特待生として学園の援助を受けながら、召喚魔法科に籍を置いているだろう？　肝心な召喚魔法をまともに扱えないとなったら、そうした待遇もどうなるものかと、ふと気になったのだよ」

「そんなのお前には関係ないだろ？」

「あぁ、特待生といえば担当の教諭も大変なことだ。彼は魔法使いとしては一流だけれど、身分は平民に過ぎないからね。学園がお金を掛けて育てた生徒に平民を召喚させたとあっては、職場での風当たりも強いものになることだろう」

「っ……」

「そもそも日々の食事にさえ事欠く君が、果たしてこの学園の授業料を卒業まで支払い続けられるのか、なかなか見ものではないか。そうだ、もしもこの場で跪（ひざまず）いて、僕の靴を舐めてみせたのなら、代わりに支払ってあげてもいい」

「お、お前っ……」

ご主人様のお顔が激情に染まる。次の瞬間にでも、目の前の彼に殴りかかりそうだ。そして、一度でも手を上げたのなら、先方からは手酷い反撃が待っていそうな雰囲気である。魔法という不確定要素があるので、一概に判断はできないけれど。

ここはデキる召喚獣として、活躍を見せるべきだろう。

「おや、そこに見えるはメイスフィールド様ではありませんか？」

「噂をすればなんとやら、君の召喚獣がお出ましのようだ」

醤油顔の声を受けて、二人から同時に視線が向けられた。

これに構わずブサメンは足を動かす。ベンチに腰を落ち着けたご主人様の傍ら、共にオールバックな彼に向かう位置取りだ。もし仮に先方が攻撃魔法を放っても、この位置なら確実に彼女をお守りすることができる。

耳に届けたられたやり取りから察するに、ご主人様の召喚魔法の出来栄えは、その進退にも大きく関係しているようだ。そうなるとこちらのブサメンも、ただのアッシーという立場に甘んじている訳にはいかない。

それをこの場で示させて頂こうじゃないか。

彼女にとって、より重要な存在になる絶好の機会である。

「失礼ですが、おふた方の会話を聞かせて頂きました」

「おい、平民が貴族の会話に割り込むのか？」

声を上げたのは、正面の彼ではなくお隣のご主人様。

羞恥から顔を真っ赤に染める姿がとても可愛らしい。

こういう娘さんに一度でいいから、性的に襲われてみたい。

「メイスフィールド様、我が身は貴方様の召喚獣でございます」

「そ、そんなこと聞いてないっ！」

「そこでこのように考えてはいかがでしょうか？　メイスフィールド様の召喚獣である私が呼び出した召喚獣は、私の主人であるメイスフィールド様の召喚獣にも等しい存在なのではないかと」

「……お前、いきなり出てきて何のつもりだよ」

「言葉通りの意味でございます」

「お前みたいな平民が、召喚魔法を使える訳がないだろ？」

「さて、それはどうでしょうか」

スキルポイントには余裕がある。

魔王様を倒したことで、多少なりともレベルが上がっているはずだ。

パッシブ

魔力回復：ＬｖＭａｘ
魔力効率：ＬｖＭａｘ
言語知識：Ｌｖ１
アクティブ
回復魔法：ＬｖＭａｘ
火炎魔法：ＬｖＭａｘ
浄化魔法：Ｌｖ５
飛行魔法：Ｌｖ55
土木魔法：Ｌｖ10
残りスキルポイント：１５３

おう、来てる。

想像した以上にガッツリと頂戴してしまっているぜ。

これを――

パッシブ
魔力回復：ＬｖＭａｘ
魔力効率：ＬｖＭａｘ
言語知識：Ｌｖ１
アクティブ
回復魔法：ＬｖＭａｘ
火炎魔法：ＬｖＭａｘ
浄化魔法：Ｌｖ５
飛行魔法：Ｌｖ55
土木魔法：Ｌｖ10
召喚魔法：Ｌｖ１
残りスキルポイント：１５２

こうだ。

今回は飛行魔法のときと違って、全部突っ込まずに済んだ。やっぱりこういうのは加減が大切だよな。あまり大層なアニマルを呼び出してしまっても、それはそれで食事の支度とか、散歩とか、身の回りの世話が色々と大変である。

高級外車よりも、国産軽自動車。

性風俗よりも、オナホール。

それがエコってもんだ。

「召喚魔法っていうのは、通常の魔法よりも高等な技術を要するんだよ。十分な素養を持ち合わせた者が、多くの時間を掛けて学ぶことで、初めて実現できる魔法なんだ。それを碌に教育を受ける機会もない平民が、行使できるはずがないだろ？」

「早速ですがメイスフィールド様の召喚獣を呼び出しましょう」

「ひ、人の話を聞けよ！　もうなんなのお前はっ！」

ああだこうだと賑やかにされているご主人様に構わず、醤油顔は召喚魔法をスタンバイ。それなりにレベルも上がってきた昨今、レッドドラゴンあたりが呼び出されて暴れ始めたとしても、殴り合いで制するくらいのことはできる。

サクッと挑戦してみよう。

「ぬぅん！」

それっぽいポーズと共に声を上げる。

間髪を容れずブサメンの足元に魔法陣が浮かび上がった。

どのような相棒が登場するのか、ドキドキワクワク、胸を高鳴らせての行使である。こうして自ら主観的に経験することで、召喚魔法に望む人の気持ちが理解できた。全裸の不細工な中年オヤジを呼び出してしまったご主人様の心中を。


「そんなまさか、本当にお前みたいな平民がっ……」

足元に浮かんだのとは別にもう一枚、醤油顔の正面に魔法陣が描かれる。

きっとそこに召喚されますよ、ということだろう。

ユーザビリティがなってるじゃないの。

ところで、いざ召喚体勢に入ったことで、ふと思った。万が一にもドラゴンモードのロリゴンのような、巨大な生き物を呼び出してしまったらどうしよう。とんでもない騒ぎになるのではなかろうか。

できれば小さいのがいい。

お願い、小さい子でお願いします。

「召喚！」

今更になって焦り始めたブサメンは、祈るように声を上げる。

すると時機を合わせて、一際強く魔法陣が輝いた。眩(まばゆ)い閃光を受けて、居合わせた皆々は咄嗟に目を背ける。

果たしてどのようなアニマルが呼び出されたのだろうか。

真っ白に染まった視界の中、なにやら像の結ばれる気配が窺える。

それからしばらく、輝きは数秒ほどで収まった。

魔法陣が大人しくなるに応じて、皆々の注目が再び戻ってくる。

するとどうしたことか、そこにはフルフェイスのヘルメットほどの、ずんぐりむっくりとした鳥がいた。思ったよりも可愛いのが出てきてしまった予感。もしかして、小さい子が欲しいと願ったから、だったりするのだろうか。

『ふぁっ、ふぁっ……』

しかも、何故か死にかけだ。

見た感じふくらスズメのようなシルエットである。ただし、羽の色は真っ白。更にこれでもかとフカフカしている。一方で目玉は赤色、クチバシや趾（あし）は黄色だ。そんな生き物が全身血まみれで、ピクピクと痙攣している。

今にも事切れてしまいそう。放っておけば数分と耐えられまい。足は両方とも有らぬ方向に曲がってしまっている。片羽は大きくえぐられて、赤く濡れた羽の先に内臓をちらりと窺わせる。あちらこちら羽を毟（むし）られた身体が哀れを誘う。

「そんな馬鹿なっ、ほ、本当に召喚したのかっ!?」

とても驚いた様子でご主人様が声を上げた。


まるで墓場に幽霊でも見つけたように、鳥さんを凝視している。

それは彼女以外の生徒も同様だ。平たい黄色族が召喚した鳥さんを目の当たりにして、誰もが驚いている。ご主人様に絡んでいたオールバックの彼も含めて、中庭に居合わせた多くの生徒さんたちから視線を感じるぞ。

ブサメンが召喚魔法を成功させるとは思わなかったようだ。

「…………」

『ふぁ……』

鳥さんと視線が合った。

こちらの生き物が、ブサメンの召喚魔法に応じて呼び出されたのは間違いないだろう。責任ある召喚主として、このまま放ってはおけない。というより、あまりにも可哀想な光景だったもので、反射的に身体は動いていた。

醤油顔は鳥さんに向けて回復魔法を全力である。

「ヒール！」

掛け声に応じて傷だらけの肉体が癒えていく。傷は瞬く間に塞がり、抜けてしまった羽も元あったとおりフサフサと。身体に付着した血液こそ拭えないが、その間に見えていた怪我はすぐに消えていった。

その光景を眺めていて、ふと思った。

野生の生き物はいいよな。

体毛という生態装備を身にまとっている。激しい戦闘で傷付いても、ヒールさえあれば一張羅(いっちょうら)は元通りだ。一方でこちらの醤油顔はどうだ。イベントのたびに服を剥ぎ取られているような気がする。

そんなこんなで数秒と経たぬ間に、鳥さんは全快した。

『ふぁっ!?』

声も大きく鳴いたかと思いきや、驚いた様子で立ち上がった。

これを確認してブサメンはホッと一息だ。

『ふぁーっ！　ふぁきゅー！』

回復魔法の出処が醤油顔だと理解したのだろう。少し興奮気味となった鳥さんは、こちらに向かい羽をバサバサとやりながら、声も大きく鳴いている。一生懸命にぴょんぴょんしている。果たして彼は何を伝えたいのだろう。

恐怖状態から威嚇しているのか。

感謝の言葉を述べているのか。


はたまた我を忘れて混乱しているのか。

さっぱり分からない。

それもこれも外見がぬいぐるみじみている為だろう。

「大丈夫ですか？」

『ふぁきゅー！　ふぁきゅー！』

正直、威厳や貫禄がまるで感じられない召喚獣だ。

けれどなんか、見ていて癒やされる。

自ずと思い起こされたのは、社畜業に挫けそうになったとき、動物園の鳥コーナーで日がな一日、ぼうと過ごした記憶だ。

当初予定した小動物とのふれあいコーナーは、ちびっこに占拠されており、中年ブサメンが単体で交じっては通報必至。これはパンダを筆頭に大型哺乳類の界隈も同様で、動物園の園内はどこも家族連れやカップルばかりだった。

動物とのふれあいで癒やされようとしたブサメンは、むしろ心にダメージ。

そんなお一人様の童貞を温かく迎え入れてくれたのが、過疎りに過疎った鳥コーナー。碌に人気がなかった。おかげでじっくりと観賞することができた。ほどほどに動

き回り、檻越しながらブサメンの一挙一動に反応してくれる点に癒やされた。

翌日からも頑張れた。

以来、彼の種族には少なからず敬愛を感じて候。

ご主人様から問い掛けられた。

「……お前は、な、何者なんだ？」

お返事は決まっている。

「強いて言えば、メイスフィールド様の召喚獣でしょうか」

別に必要はなかったのだけれど、ちょっとばかり格好つけてみた。

＊

【ソフィアちゃん視点】

タナカさんが応接室で消えてから一晩が経ちました。

我々ドラゴンシティの面々は、日の出と共に執務室に集まって会議の最中にございます。ゴンザレスさんやノイマンさんのみならず、フィッツクラレンス公爵までもが足を運んでおり、町に関係する方々が一人の例外なく顔を合わせております。

タナカさんの不在を受けまして、今後の対応を検討している次第です。

会議の議題は大きく二つあります。

一つは魔王様討伐の事後処理についてです。事務処理だけなら、タナカさんが不在であっても進めることができます。しかしながら、対外的な発表はそうもいきません。当事者が不在のまま戦勝パレードなど、前代未聞でございます。

そこで重要になってくるのが、もう一つの議題、タナカさんの行方の捜索となります。果たして彼はどこへ行ってしまったのでしょうか。現在も執務室では、集まった皆様の間で意見が飛び交っております。

「今すぐにでも各国へ通達を出すべきだわっ！」

「リズ、それは待ったほうがいい。この状況で彼が行方不明だと他所の国に知られるのは得策ではない。それこそタナカ伯爵の努力がすべて無意味になってしまう。情報の開示は最低限にするべきだ」

「けれどパパ、それではどうやって捜すと言うの⁉」

「リズの言いたいことは理解しているし、私も君と同じ気持ちだよ」

「だ、だったら今すぐにでもっ……」

「フィッツクラレンス家としては、西の勇者様を担ぐほうが、彼を担ぐより遥かにやり易い。しかし、それでも今回の件に関しては、私もタナカ伯爵に報いたいのだよ。魔王を討った名誉は他の誰でもない、彼のものなのだから」

「でも、し、死んでしまったらそれっきりなのよ？」

「大丈夫だよ、リズ。彼ほどの男がそう簡単に死ぬものかい」

エステル様、とても荒ぶっていらっしゃいます。

彼女と受け答えをするフィッツクラレンス公爵も、なかなか難しそうなお顔をしておられますね。エステル様の心配は十分に理解できますし、一方でフィッツクラレンス公爵の仰ることも、分からないではありません。

魔王討伐の栄誉です。

誰だって喉から手が出るほどに欲しいことでしょう。

そうしたお二人とは別に、テーブルを囲んであれこれと言葉を重ねていらっしゃるのが、エルフさんやファーレン様、それに学園都市からいらしたジャーナル教授といった、魔法にお強い方々です。

「エルフの錬金術師よ、何か魔法的な痕跡は残っていなかっただろうか？」

「昨晩から色々と試しているのだが、今のところこれといって手掛かりは掴めていない。だが、ヤツを攫った魔法が召喚魔法の類いであることは間違いない。もう少し時間を掛ければ、あるいは何か分かるかもしれない」

「そうか……」

「この者でも見つけられないとなると、流石に難しいかもしれんのぉ」

エルフさんは昨晩、徹夜で作業に当たっていらっしゃいました。目の下には大きなくまが浮かんでおります。メイドもまた何度か、彼女の下にお夜食やお茶など運ばせて頂いたので、その努力は存じております。

しかし、それでも残念ながら、手掛かりは掴めていないようです。

本当にタナカさんは、どこへ行ってしまったのでしょうか。

『ええい、さっさと捜しに行くぞっ！』

痺れを切らしたドラゴンさんが声を上げました。

いつの間にか場所を移動しており、彼女の背後には廊下に通じるドアがございます。たしかにドラゴンさんの機動力があれば、他の方々が行うより効率的にタナカさんを捜すことができるかもしれません。

しかし、それでも当てのない人捜しというのは、とても大変だと思われます。自ずと思い返されたのは、大聖国での一件でしょうか。たった一つの町の中であっても、人一人を捜すのは大変でございました。

「捜しに行くとしても、最低限の当たりはつけておくべきだ。世界は貴様が思っているより、遥かに巨大で複雑にできている。手当たり次第に向かったところで、ヤツの飛ばされた先を引き当てることは難しい」

『ぐるるるる、私の翼なら大丈夫に決まっているっ！』

「馬鹿を言え、そのような運任せに向かってどうにかなるようなものでは……」

そう口にしたところで、ふとエルフさんが何かに気づいた様子です。

ドラゴンさんに向けられていた視線が、不意にこちらへ移りました。部屋の隅の方でお盆を片手に控えていたメイドと、バッチリ視線が合います。彼女はジッとこちらを見つめて、皆さんに訴えるように呟かれました。

「いや、なるかもしれん」

その口元にはニヤリと笑みが浮かんでおりますよ。

なんでしょう。

どうにもこうにも嫌な予感がしてまいりました。

＊

醤油顔が放った召喚魔法は、可愛らしい鳥さんを呼び出した。

『ふぁきゅー！　ふぁきゅー！』

一生懸命に羽ばたいて、それでも一向に飛び立つ様子がない姿は、とても微笑ましいものとして映る。聞きなれない妙ちくりんな鳴き声も、こうして繰り返し耳にしていると、心地好く感じられるから不思議である。

「メイスフィールド様、いかがでしょうか？」

「いやお前、こ、この小さいのは……」

「こちらが本日から貴方様に仕える、真なる召喚獣です」

「…………」

鳥さんを見つめて呆然とするご主人様。

あまりの可愛らしさにメロメロなのだろうな。

ということにしておく。

「さぁ、我らが盟約に従い、彼(か)の者より共にご主人様を守りましょう」

正面に立つオールバックの少年を見つめて、鳥さんに指示を出す。

別に盟約など交わした覚えはないのだけれど、召喚魔法ってそういうものなんじゃなかろうかと、適当に台詞(せりふ)を口にしてみた。本人にしてみれば、瀕死の重症から復帰した直後のことで、大変申し訳ないと思う。

ただ、それでも鳥さんは童貞の声に応えてみせた。

オールバックの男子生徒に向き直る。

くるりと方向転換して、ブサメンにお尻が向く形だ。

『ふぁっきゅー！』

どうやらこちらの意図は正しく伝わったようだ。

ラブリーなお尻をぷりぷりと振りながら、威嚇するように鳴き声を上げる鳥さん。バサバサと羽をバタつかせたりして、とても一生懸命な感じ。頑張って戦おうとしている振る舞いが、見ている側にもひしひしと伝わってくるぞ。

なんかこう、拾い上げて抱きしめたい気持ちになってきた。

持って帰ってエディタ先生に自慢したい。

「如何でしょうか？　メイスフィールド家が誇る魔獣の恐ろしさは」

「っ……」

問い掛けると、ハッと我に返ったようにオールバックの少年が答えた。

今の今まで召喚獣に意識を奪われていたようだ。

「こ、こんな小さな鳥に何ができると言うのだね？」

「見た目に騙されると、痛い目を見ますよ？」

適当に語ってみたけれど、実際のところどうなのだろう。

こういうときこそステータスウィンドウの出番である。

名　前：ダフィ
性　別：男
種　族：フェニックス
レベル：7
ジョブ：派遣

ＨＰ：３１２０／３１２０
ＭＰ：４２０１／４２０１
ＳＴＲ：４３０２
ＶＩＴ：３２００
ＤＥＸ：１８３９
ＡＧＩ：５２０１
ＩＮＴ：６２１０
ＬＵＣ：６２０１

マジかよ。

もしかしなくても、いつぞや暗黒大陸で遭遇した鳥さんと同じ種族じゃないか。サイズ的に考えて、あれの幼生であると思われる。こんな可愛い子が、あんなに大きくなっちゃうのかって、普通に驚いた。

今のところはヌイと大差ない程度であるが、これが成長したらどうなるのかを考えると少し怖い。しかも過去に争った成体は、かなりお馬鹿であった。あれは果たして個体の特性であったのか、それとも種としての性質であったのか。

「この学園の生徒ならまだしも、平民風情が召喚魔法だなどと烏滸（おこ）がましい。どこからか拾ってきた鳥ではないのかね？　今の魔法陣もどうせ目隠しだろう。そもそもこのような畜生風情に何ができるというのだ。私の魔法の前には塵（ちり）にも等しい」

オールバックの彼は鳥さんを見つめてつまらなそうに語る。

するとそんな彼に対して、周囲からはヒソヒソと声が。

「見て見てあの鳥、凄く可愛らしいわ！」「あんな可愛い子に魔法を撃つつもりなのかしら？」「いくらバーズリー家の方でも、ちょっと酷いわよねぇ」「あんな可愛い子をどうこうするなんて残酷だわ」「あの平民、どこから持ってきたのかしら？」「パパにおねだりして、動物商を当たってみようかな」「あ、わたしも！」

非常に心強い援護射撃である。

取り分け女子生徒からの声が顕著なものとして響く。

こうなると先方はやり難（にく）そうだ。

「ぐっ……」

一方で鳥さんは変わらず羽をバサバサとさせている。ぴょんぴょんと飛び跳ねたりしながら、威嚇の構えを継続だ。呼び出された直後にもかかわらず、どうやら醤油顔からのお願いを真摯に受け止めて下さったようである。

思ったよりも忠実な生き物だ。

なんだか逆に申し訳ない気持ちになってきたぞ。

そうした彼の頑張りも手伝って、先方の態度に変化があった。

「ふんっ、くだらない！」

オールバックの少年は忌々しげに呟いて、我々から踵を返す。

こうして世界を異にしても、学生生活でイニシアチブを握るのは、女子生徒を味方に付けた者のようだ。結果的に男子生徒は捨て台詞を吐いて、何をすることもなく去っていった。中庭を足早に抜けて、これに面した外廊下から建物の内部に消えていく。

内廊下に通じる角を曲がった辺りで、我々からも見えなくなった。

その背を確認したことで、鳥さんが醤油顔を振り返る。そして、どこか自慢げに胸を張ると、一声大きく鳴いてみせた。

『ふぁきゅー！』

なかなか良い仕事をするではないか。

とても頼もしく映る。

女子学生を相手にしては、無敵と称しても過言ではないな。

「な、なぁ、この魔物は本当にお前が呼び出したのか？」

「色々と疑問があることとは存じます。ですがメイスフィールド様、まずは自らに与えられた仕事を見事に果たしてみせた彼に、栄養のある食事と、お褒めの言葉をどうか与えては下さいませんでしょうか？」

『ふぁ！　ふぁ！』

「……まあ、いいけどさ」

納得がいかない、そう言わんばかりの表情で彼女は頷いた。

＊

鳥さんの登場を受けて、我々は場所を学内から町中の広場に移した。

学園的にもお昼休みとのことで、時間には余裕があるらしい。そこで同所に設けられた噴水脇のベンチに腰を落ち着けて、露天で購入した料理を口にしている。中庭での約束通り、ご主人様の奢りだ。

献立はナンのような生地で肉や野菜を包んだ代物。

少しピリッとした濃い目のソースがとても美味しい。

横並びに座ったご主人様とブサメンの間では、鳥さんも包み紙の上に広げられたそれを食している。肉だけではなく、生地や野菜も満遍なく啄（ついば）んでいらっしゃる。そういう健康志向なところ、凄く素敵だと思う。

ただし、ご主人様だけはサンドイッチ。

オールバックの彼が訪れる以前から食べていた品だ。

「……なぁ、どうしてお前なんだ？」

「というと、どういうことでしょうか？」

「本当にこれはお前の魔法で召喚されたんだよな？」

キュウキュウと喉を鳴らしながら、美味しそうに食事を食べている鳥さん。その姿を眺めながら、どこか寂しげな面持ちでご主人様は問うてみせた。儚さを感じさせる横顔が、とても処女っぽくて魅力的でございます。

ベロチューしたい衝動に駆られる。

「どうして僕ではなくて、お前なんだよ？　意味が分からない」

醤油顔の召喚魔法を目の当たりにして以降、ご主人様の具合がよろしくない。とても気落ちした様子で、ただ呆然と鳥さんを眺めるばかり。手にしたサンドイッチも、食べかけのまま止まってしまっている。

「自分が天才だとは思わない。けど、それでも人並み以上に努力してきたという自負はあるんだ。並の魔法使いには負けないと、そう信じられるだけの努力は重ねてきたし、実際に特待生として優秀な成績をキープしてきた」

「…………」

「それがどうして、こんなことになっているんだよ……」

そう言われると耳が痛いブサメンである。果たして彼にどのような目的や目標があるのかは知らない。ただ、その道を遮ってしまったのが、予期せず呼び出された平たい黄色族にあることは理解できた。

「メイスフィールド様は、何か成すべき使命をお持ちなのでしょうか？」

「っ……」

それとなくお伺いしてみると、眉がピクリと震えた。

もしかして、地雷だったろうか。

今は亡き家族の敵討ち、とか言われたらどうしよう。

「……使命は、ある」

「そのために召喚魔法が必要なのですか？」

「ああ、そのとおりだよ」

「召喚魔法でなければ困難な行いなのでしょうか？」

魔法なんて他にも色々とあるだろう。

醤油顔的にはファイアボールなどオススメだ。あれは素晴らしい魔法である。日々の照明代わりから始まって、オーク退治、ドラゴン退治、最近では魔王退治などにも利用されている。これほど頼もしい魔法はない。お風呂を沸かすのにも便利だ。

「もしよろしければ、詳しくお伺いしたいのですが」

「…………」

ちょいと格好つけてのお問い合わせ。

ダンディズム、どうでしょう。

するとご主人様は顔を伏せて、ジッと手元のサンドイッチを見つめ始めた。思い悩んでいる姿も絵になる。胸の内に抱えた憂いさえも魅力に変わる。自分が同じことをしたのなら、お腹が一杯で食べ物の処理に困っているように見えることだろう。

これをすぐ隣から窺える距離感が凄くいい。

建前上、男同士。

だからこその二人仲良くランチタイム。

今後とも大切にしていきたいご主人様との関係だ。

「……お前、グラヌスの戦いって知ってる？」

「いえ、存じ上げません」

「かつてこの辺り、南部諸国において絶対の勢力を誇った大国が、隣接する小国を攻めたことがあったんだ。国力の違いは圧倒的であって、誰もが大国の圧勝になるだろうと考えていた。それこそ数週間と掛からずに、小国は陥落するだろうと」

「そのような戦争があったのですね」

「だけど、勝ったのは小国だった」

「それはまた何故でしょうか？」

「小国に与（くみ）した、たった一人の召喚術師によって、大国の軍勢は破れたんだよ。それも敵を退けたのではなく、完全に瓦解させたんだ。その戦争を受けて大国は、国力を大きく落とした。逆に第三国から付け込まれる隙を作り、後に滅亡したほどさ」

「それはまた、お伽噺（とぎばなし）のような出来事ですね」

「グラヌスの戦いは百年以上昔の話だ。事実が歪んで伝わっている可能性もあるだろうさ。学園都市の研究者であっても、懐疑的な見方をする者は多いと聞いたことがある。けれど、小国が今も残る一方で、大国が滅亡しているのは事実なんだよ」

「なるほど」

「そして、僕はこの話が眉唾だとは思わない。きっとそれはあったんだ」

　語るご主人様の瞳には、熱いモノが宿っているように思えた。

　ここまでご説明を受けたのなら、ブサメンも彼が何を求めているのか理解できる。しかし、そうなるとご主人様の使命というのは、相当スケールの大きな話になりそうだ。ペニー帝国の伯爵という自らの立場を思えば、続きを聞くのに躊躇(ちゅうちょ)してしまう。

「メイスフィールド様は大きな使命をお持ちなのですね」

「だからこそ、こんなところで躓(つまず)く訳にはいかないんだよっ……」

「…………」

　できることなら、ご主人様の力になりたい。しかし、彼女は他所の国の王女様。下手に手を出しては陛下やリチャードさんに迷惑が掛かる。それでも国益の為であれば、多少のヤンチャは考えないでもないのだけれど。

「なにも召喚魔法ばかりが魔法ではありません。他に魔法を学ばれては如何でしょうか？　この世界にはたった一撃で、巨大なお城を破壊するほどの強力な魔法も存在します。メイスフィールド様はまだまだお若いのですから」

「それってまさか、魔王が撃ってきた魔法のことか？」

「ええまあ、あれもその一例ではありますね」

　魔王様の人類に対する攻勢は、こちらの界隈でも話題になっているようだ。そうなるとプッシー共和国と同様に、大きな被害を受けた国があるのかもしれない。ご主人様の祖国は大丈夫だったのだろうか。

「僕の生まれ故郷は小さ過ぎて相手にされなかったようだけど、隣の国は国の中枢が一撃で壊滅したと聞いた。たしかにそれほどの魔法があれば、召喚魔法を学ばなくても、僕の使命は達せられるかもしれない」

「はい」

「だけど、あれほどの魔法を人間が放つことは不可能だ。世に名高いペニー帝国のファーレン卿や、学園都市のジャーナル教授といった人たちなら、もしかしたらできるのかもしれない。けど、少なくとも僕には絶対に無理だよ」

こんなところでまで、魔道貴族の名前を耳にするとは思わなかった。

想像した以上に有名人なのな。

「こうして学園で魔法を学んでいるからこそ、自分の限界というものが見えてしまうんだ。そして、これを越えることができる唯一の可能性が、召喚魔法なんだよ。質を数で補う、それが召喚魔法の真髄だと僕は考えている」

召喚魔法ってそういうものなのだろうか。

鳥さんを眺めては疑問に思う。

『ふぁきゅ』

すると何を勘違いしたのか、彼はクチバシに挟んだ野菜の一切れを飲み込む直前、遠慮がちに醤油顔の前に置いた。もしかして、おすそ分け、というやつだろうか。そんなに物欲しそうな顔をした覚えはないのだけれど。

異文化コミュニケーション、難しい。

だからこそ、こうした一つ一つの機会を大切にして、信頼関係を築いていきたいと思う。ブサメンは頂戴した野菜を指先で摘(つま)んで口に運び、シャクシャクと美味しく頂いた。代わりにこちらからはお肉をプレゼントしよう。

手元のサンドから肉を幾らか、指先で摘み彼に差し出す。

『ふぁ、ふぁきゅっ!』

喜ぶ鳥さん可愛い。

たしかに召喚魔法は素晴らしい魔法だ。

でもこの子、オスなんだよな。

「お前が本当に召喚魔法を使えるというのなら、それを僕に教えてくれないか？　何度繰り返しても、お前しか召喚できない僕の魔法に意味があるのなら、きっとその為なんじゃないかと思うんだけれど」

「いえ、それは……」

魔法をお教えするとか無理である。エディタ先生や魔道貴族あたりであれば、きっと上手く教えたに違いない。しかし、醤油顔の魔法はどれもこれも適当なものだ。人に教えるということができない。

「これまで辛く当たったことは謝罪する。だから、どうか頼む」

「…………」

ただ、ご主人様は必死の形相だ。

困ったな。

こうなったらあれだ、精神論を語って話題をそらす作戦。

「メイスフィールド様のお言葉どおり、召喚魔法はとても大きな力です。過ぎた力は自身のみならず、周囲にまで害を与えます。ですから安易に授けることはできません。これは私の師からの教えでもありまして、どうかご容赦いただけたらと」

「……なんだよ、ケチなやつだな」

「申し訳ありません」

「だったら聞いてくれないか？　僕の身の上話を」

「メイスフィールド様？」

このまま乗り切れるかな？　なんて考えていたら、思いのほか食い下がってみせるご主人様。彼女が胸の内に宿した使命というのは、それくらい大切なものなのだろう。話せば話すほど勢い付いていく先方に不安を感じる。

「僕の出自は前にも話題に上げたとおり、ニップル王国だ」

「はい」

「ただし一点、お前に伝えた内容には嘘がある」


「嘘、ですか？」

「僕はメイスフィールド家の人間じゃない」

「……どういうことでしょうか？」

「ニップル王家の血筋、第一王子の地位にある者だ」

「…………」

また面倒くさそうな話を聞いてしまった。

しかも彼女が語って聞かせたい相手は、つい最近になって召喚魔法で呼び出したばかりの、見ず知らずの中年オヤジである。身元不定にも程があるだろう。っていうか、そういうの公共のスペースで語ってしまって大丈夫なのだろうか。

広場には他にも大勢、人の姿が見受けられる。お昼時ということも手伝い、なかなか賑やかなものだ。だからこそ誰も我々の話など気にしていない、といえばそのとおりなのだけれど、だとしても乱暴なぶっちゃけ具合である。

あと、王子様じゃなくて王女様でしょうに。

「メイスフィールド様、私のような者にそういったお話は……」

「気にするなよ。お前の協力がなければ、それも数年の命なんだから」

「それはまた物騒なお話ではありませんか」

「事実なんだから仕方がないだろう」

「……理由をお伺いしてもよろしいでしょうか？」

段々と深刻になっていくご主人様とのお話。

我関せずご飯を食べている鳥さんが羨ましい。

「お前、南部諸国統一の動きは理解しているか？」

「いいえ、あまり詳しくは……」

以前、誰かがそんな感じの話をしていたような、していなかったような。単語の響きは覚えているけれど、それが具体的にどのようなモノなのかは覚えていない。きっと知り合いが話しているのを、近くで耳にした程度なのではなかろうか。

「僕の祖国であるニップル王国や、この町があるチェリー王国を含んだ近隣一帯、南部諸国と呼ばれる界隈は今現在、様々な理由から国々の垣根を越えて、一つの連合として纏まろうという動きが起きているんだよ」

「なるほど」

「平民のお前に理解できるかどうかは分からないけど、経済的にも政治的にも、かなり意義のある行いなんだ。しかし、なにぶんスケールの大きな話だから、そう簡単には纏まらない。過去にはお互いに幾度となく争い合ってきた経緯もある」

どこぞの欧州連合であっても、代表者が重い腰を上げてから実現に至るまで、一世紀半以上の時間を要したという。当時生まれたばかりの子供が老年となるほど、長い月日をかけて為されたらしい。ネットの記事で読んだもの。

「結果的に割を食うのは小さい国々なんだ。もう少し分かりやすく説明しよう。たとえば魔力に長けた魔法使いと、魔力に乏しい魔法使いがいる。それぞれはこれまで、自身にあった場所で、自らに与えられた仕事を全うしてきた」

「はい」

「だが、もしも統一が為されたのなら、それこそ明日からでも、魔力に長けた魔法使いと魔力に乏しい魔法使いは、肩を並べて共に戦うことになる。当然、足並みを揃えることなど夢のまた夢だろう。後者は瞬く間に魔力を切らしてしまう」

ご主人様くらいの年齢だと、むしろ魔力に長けた魔法使いが、魔力に乏しい魔法使いを支えて、成長させてくれるのではないかと、期待するものではなかろうか。少なくとも統一の謳い文句の一つには、そういった内容が入っているはずだ。

何が彼女をそこまで悲観的にさせるのか。

幸の薄そうな表情が、ブサメン的にはとても興奮する。乳首に洗濯バサミを装備させたくなるような面持ちだ。

「決して統一を否定している訳ではないんだよ。統一が行われたことによって救われる者も多いだろうさ。ただ、僕は祖国であるニップル王国をより優位な立場で、後世に送り出す使命があるんだ」

「……もしや既に条文の類いが？」

「父上のもとまで届いている」

ハァと大きなため息を吐いて、ご主人様は頷いてみせた。

恐らくニップル王国に不利な条約だったのだろう。

これまた重苦しいお話である。

自然と食事の手も止まってしまうよ。鳥さんから向けられる気遣うような眼差しが申し訳ない。しかし、こちとら万年平社員だった社畜風情である。国家間の統一とか、口を出すにはスケールが大き過ぎる。ドラゴンシティの運営だけで手一杯だもの。

「理解した？」

「丁寧な説明、ありがとうございます」

「統一の決議が成される二年後までに、国力を上げる必要があるんだ。けれど、国は既に枯れてしまっている。各国と競い合えるまで育て上げることは不可能だ。だからこそ、他所から調達するしかないんだよ」

「だからこそメイスフィールド様は、戦力を求めているのですね」

「更に言えば来週にも、統一に向けた会議が控えている」

「…………」

限界集落が企業誘致に必死となっているようで非常に切ない。また、仮に達成できたとしても、一時的な時間稼ぎに過ぎないような気がしてならない。しかし、それでも頑張らなければならないのが、王族という立場の辛いところ。

近い将来、国内で暴動や革命が起こると確信していらっしゃる。

「仰ることは理解しました」

「……本当か？」

「というと？」

「魔法使いとはいえ、平民に今の話が理解できるものなのか？」

「ええまあ、概要に触れた程度かとは存じますが」

できることなら全力で応援したい。推したい。

だって相手は処女のお姫様。

けれど、自身のペニー帝国での立場を思うと、一歩を踏み出すことに躊躇してしまう。同時に彼女の口から一連のお話を耳にしたことで、召喚魔法の教示をお断りする為の、いい感じの言い訳が思い浮かんだ。

「あと、その場合だと私の召喚魔法では、お役に立てません」

「どうしてだ？」

「私の召喚魔法はメイスフィールド様と同じように、望んだ相手を希望通り呼び出すことができるわけではありません。また、先程は偉ぶっておりましたが、対象の命令権を確保することも不可能です」

「えっ……呼び出した相手、制御できないの？」

「こちらの彼も、今は他の誰でもない彼自身の好意から、我々に付き合ってくれております。そこに主従関係はありません。なので私の魔法では、メイスフィールド様の目的に沿った運用は不可能です」

「な、なんだよ、それ。期待してたのに……」

「ご期待に沿えず、申し訳ありません」

それとなく鳥さんに視線を向ける。

するとブサメンの視線に気づいて、彼のクチバシが動いた。今度は細かく千切った肉の一切れをこちらへ進呈である。もしや先程のお肉のお返しだろうか。

温かい心遣いへの感謝から、醤油顔はデザートの果実を献上。

『ふぁ？　ふぁっ!?』

この鳥さんに対して、自身が支配権を持っているかといえば、それはきっとノーである。きっと幼生がゆえの純粋さが、この癒やし空間を形成しているに違いあるまい。あとは召喚して当初の回復魔法が影響しているのかも。

そうでなければ先方も、繰り返し料理を差し出したりはしないだろう。こちらのブサメンは、彼の食事を食べたいとは一度も思っていないし、意識したりもしていない。むしろ申し訳ないと感じているくらい。

　このように意思疎通が上手くいっていない時点で、両者の間に結ばれた関係は乏しいと思われる。ご主人様が想定するような、兵としての用途は厳しいのではなかろうか。下手をしたら敵国に飼いならされて、敵に回る可能性すらある。

「けどまあ、それが平民の召喚魔法の限界なのかもしれないな」

「私もそのように考えております」

　最低限で取得した召喚魔法のスキルレベルを上げれば、もう少しこう、召喚した対象との結束を強固にできるかもしれない。ただ、もしも仮にそれが正しいとすると、なんだろう、これ以上はレベルを上げたくなくなってきた。

　やっぱり大切なのは相思相愛ラブラブ交尾である。

　重視すべきは相手の自意識。

　自発的なラブ。

　まだ見ぬ獣耳ロリータを思えば、召喚魔法のレベル固定は必須だ。

　異性との出会いに恵まれないブサメンにとって、強制的に相手を呼び出せる出会い系魔法ほど刺激的な手立てはない。欲しいのは自意識の欠如してしまった肉便器ではなく、自分と対等な関係にある肉便器なのだ。膜付きの。

　好みの獣耳ロリータが召喚されるまで、気長に切磋琢磨してゆきたいと思う。

　しかしなんだ、とんだランチタイムになってしまったな。

＊

　同日はご主人様の授業が終えられるのを待ち、共に学生寮まで戻った。

　都合半日ほど暇な時間があったが、そちらは学内を散策しているうちに、いつの間にか経過していた。貴族や豪商の子弟たちが通っているだけあって、どこもかしこも豪華な施設内は、眺め歩くだけでも楽しいものだった。

　共連れに鳥さんが一緒だった点も大きい。

　足元をトコトコと歩いて付いてくる彼の姿は極めてラブリー。

女子学生のスカートから覗く太ももと併せて、心が癒やされるのを感じた。

そうして帰宅した同日の晩、学生寮のダイニングスペースでのこと。

「メイスフィールド様、こちらは？」

「お前とその鳥の夕食だ」

「…………」

テーブルの下、朝方にもブサメンがお茶を飲んでいた場所には、金属製のお皿に載せられて、パンと肉の切れ端が窺える。気になるのは質と量だ。お世辞にも多いとは言えない。というか、小学校の給食よりも少ない。

コッペパンくらいのパンが一つと、ジャーキーの切れ端みたいなのが二つ。

食事というよりは、保存食をお皿に載せただけ、みたいな。

「悪いとは思うけれど、今は手持ちがないんだよ。明日にはワイバーン討伐の報酬が入るから、今日のところはそれで我慢して欲しい。お前のおかげで素材を丸ごと持ち帰れたから、売却益も期待できるだろうな」

「承知しました」

『ふぁぁー』

如何に貧乏とはいえ、王族が食に事欠くなんてありえるのだろうか。

いや、まてよ。

ニップル王国、どんだけ貧乏なんだよって。

もしかしてこれは召喚魔法の教示を断ったことへの腹いせ、あるいは本格的に平たい黄色族を召喚獣の枠から罷免（ひめん）するべく、策を巡らせての行いかもしれない。事実、彼女の掛けたテーブルには、これといって何も食事が見受けられない。

「メイスフィールド様はお食べにならないのですか？」

「僕は学内で食べてきたから」

この語り草、やはり後者の可能性が高そうだ。

しかし、この程度のことでご主人様を諦めるほど、こちらの召喚獣の忠義心は軟弱なものではない。更にいえば二、三日くらい断食したところで、お腹は減るかもしれないけれど、肉体的には回復魔法で健康的に保つことが可能だろう。

「恐れ入りますが、ありがたく頂戴させて頂きます」

「ところでこれから、僕は用事があるから少し出てくる」

「でしたら我々も部屋から出ていましょうか？」

「いいや、すぐに戻るからここで食事を取っていて構わない」

「お気遣いありがとうございます」

『ふぁー！　ふぁー！』

鳥さんと共にご主人様を廊下に見送った。

その背中が見えなくなったところで、足元のまんまるフカフカに向き直る。そこでは大人しく床に立ったまま、こちらをジッと見上げるフェニックスの幼生が。食べ物を前にして大人しく待っていられる彼は、とても賢い鳥さんだ。

「どうぞ、今晩の食事ですよ」

ご主人様から頂戴したお皿を鳥さんの前に移動させる。

すると彼は食事とブサメンの顔を交互に眺めて鳴いた。

『ふぁぁー？』

「遠慮はいりませんよ？」

もう少しばかり皿の位置を近づけてみる。

これを受けて鳥さんに反応があった。

クチバシで肉の切れ端を一つ啄み、こちらに向けて差し出してみせる。


『ふぁー！　ふぁー！』

鳴き声を上げるのに応じて、肉がぽとりと皿の上に落ちた。

これを再び咥えて、今度は無言でクチバシを掲げてみせる鳥さん。

もしやこれは半分このご提案を受けているのだろうか。

「くれるのですか？」

『…………』

まさかとは思いつつも問いかけるが反応はない。

鳴くと肉を落としてしまうと学習したようだ。

静々とこちらを見つめていらっしゃる。

なんて義理深い鳥類だろう。

「……そういうことであれば、ありがたく頂きます」

『ふぁきゅ、ふぁきゅ』

醤油顔がクチバシからお肉を摘み上げると、彼は小さく声を上げて、残るもう一つを美味しそうに啄み始めた。足で一辺を押さえながら、もう一辺にクワッと食らいついて、引き千切らんとする姿が愛らしい。少しずつ味わって食べていらっしゃる。

その姿を眺めながら、ブサメンも手にしたお肉を口に運ぶ。

　手にした一切れを腹に収める。

　そうした直後の出来事だ。

　部屋の外から怒鳴り声が聞こえてきた。

「だから離せって言ってるんだよっ！」

　まさか聞き間違えることはない、ご主人様の声である。

　鳥さんもピクリと身体を震わせて、足元のお肉から廊下に意識が移った。ダイニングからでは何も見えないけれど、居室のドアを越えた先で、何かしら問題が起こっているのは間違いないだろう。

　自然と我々の足は動いていた。

　食事は中断、駆け足で学生寮の内廊下に向かう。

　するとドアを開けた直後、遭遇したのはショッキングな光景だ。

「ん？　あぁ、メイスフィールドの召喚獣か……」

「っ……」

　そこにはブサメンのご主人様の他に、本日のランチタイムにも中庭で遭遇したオールバックの男子生徒の姿があった。それだけならば、こちらは学園の男子寮なのだからと、あまり驚く話でもなかっただろう。


　しかし、何故かご主人様はメイド姿。

　それも膝上ミニのスカート着用。

　手にはこれまで身に着けていた制服を抱えている。

　更にそんな彼女の腕をオールバックの彼が掴んでいるぞ。

「み、見るなっ！　おい！　見るなって言ってるだろ!?」

「あの、これはどういった……」

『ふぁー？』

　我々の存在を確認するや否や、メイドさんは羞恥の表情で声を上げた。

　もしかして、プレイだろうか。

　そんな馬鹿な。

　ブサメンのご主人様は膣に膜を張った素敵な女性。けれどそれは誰も知らない彼女だけの秘密。

　そのはず。

　なのにどうして、寮内でこんな格好をしているのだろう。

　もしや学友に女体バレ、していたりするのだろうか。寝取られ系のエッチな漫画を読み進めたときのような、なんとも言えない感慨が一瞬にして胸の内に育まれたぞ。

オールバックの彼はもれなくイケメンである。

だけど、同時に興奮してしまう。

心とオチンチンがバラバラに動いているこの感じ、危険だ。

「このぉっ！」

「っ……」

怒れるご主人様の足元に、ブォンと魔法陣が浮かび上がった。

強硬策の予感。

これを受けては先方にも反応があった。

「ちぃっ！」

腕を掴んでいたのとは違うもう一方の手で、ご主人様の頭部に掌底打ち。

勢いづいた一撃は的確に顎を捉えていた。

直後に魔法陣は音もなく消失。魔法も不発。どうやら軽い脳震盪でも起こしたようで、メイドさんはガクリと床に倒れると、そのままピクリとも動かなくなった。オールバックの彼、かなり喧嘩慣れしていらっしゃる。

「おい、そこの平民」

「なんでしょうか？」

「メイスフィールドを部屋に運んでおけ」

短く呟いて、彼は我々から踵を返さんとする。

これにブサメンは待ったを掛けた。

「私はメイスフィールド様の召喚獣です。主人を傷つけられて、一方的に下がることはできません。せめて事情の説明くらいは行って頂けませんか？　場合によっては学園に報告させて頂きます」

「……平民が貴族に口答えするのか？」

「私は平民である以前に、メイスフィールド様の召喚獣です」

『ふぁー！　ふぁー！　ふぁっきゅーっ！』

取り急ぎ、膜の存在を確認したい。

やってしまったのか。

やってしまったのだろうか。

その是非はブサメンの今後の召喚獣生活において、非常に重要なファクターである。この場で確認しないまま、彼と別れる訳にはいかない。ご主人様に尋ねても、まさか答えてくれるとは思えないし。

「言っておくが、提案に乗ってきたのはメイスフィールドだ」

「提案、と言いますと？」

「私の部屋を訪れてメイドの格好で奉仕をしたら、金を工面してやるという約束をしていた。だというのにその男は、ちょっと腰に手を回した程度でギャーギャーと喚き立てた上、部屋から逃げ出してくれた。なんともつまらないヤツだよ」

「…………」

男、男とのことである。

オールバックの彼はご主人様を男性として認識しているようだ。

しかし、だというのにメイド姿でのご奉仕。

これはもしかして、あれか。ショタチンポやピーちゃんと相性が良いタイプの人なのではなかろうか。中庭でご主人様に対して一方的に絡んできたのも、そういった下心が根底にあったのではなかろうか。

「失礼ですが、貴方様は男色の気が？」

「性差など些末なものだ。美しいものは美しい」

「なるほど」

めっちゃ堂々と頷かれてしまった。

どうやらバイセクシャルのようだ。

たしかにご主人様は美しい。

結果的に召喚獣のメンタルは救われた。

プレイは未遂であった。

あぁ、よかった。

胸の内が安堵で満たされていく。

同時にメイドの格好をして、何もされないと考えていたご主人様の頭の中のお花畑具合が気になった。こんなことではその身に湛えた大切な膜を、とてもくだらない理由からロストする日が訪れるのではないかと、召喚獣は不安を覚える。

いいや、普通は顔見知りの男同士なら、そこまで考えたりはしないか。どうだろう、即断できない自身に驚愕を覚える。ショタチンポやピーちゃんとの交流が、ブサメンの一般常識を少しずつ書き換えているような。

「失礼な物言いをして申し訳ありませんでした。メイスフィールド様を部屋に運ばせて頂きたく考えておりますが、失礼してもよろしいでしょうか？　分不相応な発言については、どうかこのとおり、深く謝罪させて頂きたく存じます」

「……いいだろう、主人思いの根性に免じて許してやる」

「寛大なお心遣いに感謝致します」

ブサメンの謝罪を受けて、オールバックの彼は不服そうな面持ちとなった。しかし、それ以上は絡むこともなく、素直に我々の下から去っていった。学生寮という場所柄、騒動を大きくしたくないのか、他に何か理由があるのか。

その背は廊下の曲がり角に消えて、すぐに見えなくなる。革靴が床を叩くカツカツという気配も、早々に遠退いていった。

後に残されたのは、気絶したご主人様と、その召喚獣が二体。

内廊下に並んだ他所の部屋からは、少しだけ開けられたドア越しに、我々の様子を確認する視線が見受けられる。意識を失って倒れたメイスフィールド様を晒し者にする訳にはいかない。大慌てでこれを居室に運び込んだ。

玄関先ではヒールも欠かせない。

それからブサメンは彼女を自室に運ぶことにした。

過去には勝手に入るなと厳命されていたけれど、気を失っている処女をリビングのソファーに寝かせることも気が引けた。翌朝、同じくリビングで目覚めた醤油顔と顔を合わせて、絶対に気まずい雰囲気になる。

そこで申し訳ないとは思いつつも、居室にお邪魔させて頂くことにした。

だってヒールを掛けても寝たままなんだもの。

部屋の鍵は彼女が抱えていた制服のポケットに入っていた。

そうしていざ足を踏み入れた一室。ブサメンはどうしてご主人様が、自室への立ち入りを禁止としたのか、その一端を理解した。

もちろんそれは、見ず知らずの平たい族に私室を荒らされたくない、という思惑もあってのことだろう。ただし、それにプラスアルファ。

「…………」

ご主人様の居室はとても閑散としていた。

部屋にはベッドとデスクしかない。

十畳以上ある広々とした居室では、ベッドとデスクの豪華さが際立つ一方で、足元にはカーペットさえ敷かれていない。なんとも寂しい光景ではなかろうか。数少ない私物はデスクの上に並べられた教本と思しき書類くらい。

あとはベッド脇に設けられた小さな木棚に、着替えと思しき衣類がいくらか積まれているのが確認できた。棚の作りは簡素なもので、王族らしさの欠片も感じられない。平民向けの安宿に設けられているような代物だ。

恐らくベッドとデスクのみ、部屋に備え付けの備品なのだろう。

それと一歩踏み込んだ瞬間から、どことなく獣臭い。

ただ、出処が処女確の女体だと思うと、ぜんぜん嫌じゃない不思議。

『ふぁきゅ』

「もしかして、鳥さんも匂いますか？」

『ふぁきゅ、ふぁきゅ』

リビングの光景を脳裏に描いてみる。

あちらには最低限の用意が見られた。それは豪華なリビングセットの下に敷かれた安物のカーペットであったり、食事に際して利用する古びたティーセットであったりと、恐らく客人の来訪を想定して支度されたと思しき品々。

一方で私室までは、手を入れる余裕がなかったのだろう。

しかも、ベッドからはシーツが失われていた。

自然と思い起こされたのは、つい先日のやり取り。こちらの召喚獣の寝床を巡り、彼女の手から与えられた一枚のシーツ。それはどうやらご主人様が、日頃から利用していたものであったようだ。

ブサメンを追い出すための圧だなどと、とんでもない。

むしろ、これ以上ない好意を頂戴していたのだ。

「……ご主人様のために、我々も頑張らないといけませんね」

『ふぁ？』

ニップル王国、めちゃくちゃ貧乏だ。

それこそ学友にメイド姿でのご奉仕を検討するくらい。

グーと鳴いた彼女のお腹を眺めて、召喚獣は自らの意識を改めた。

＊

翌日、デキる召喚獣は金策に励むことを決めた。

少しでもご主人様の生活環境を改善するためだ。

　彼女が祖国を思い倹約に努めていることは間違いない。ならば自身も無駄飯食らいの穀潰しでいる訳にはいかない。せめて自分の食い扶持ぐらいは確保の上、あわよくば彼女の生活レベルを向上させるべく、一役買う気概で臨もうと考えた次第である。

　鳥さんのご飯代だって、きっと馬鹿にならないだろう。

「本日から我々は金策に走ります。いいですか？」

『ふぁー？』

「ご主人様のため、共に召喚獣として頑張りましょう」

『ふぁきゅ！』

　当面の寝床となる藁とシーツの傍ら、床に正座したブサメン。その正面に立って羽をバサバサとやりながら、軽やかな鳴き声で応じてみせる鳥さん。果たして彼はこちらの言葉を理解しているのか。

　そうこうしていると廊下に通じるドアが開いた。

　やって来たのは制服姿のご主人様である。

「……お、おい、お前」

「なんでございましょうか？」

　朝っぱらから居心地の悪そうなお顔をされていらっしゃる。

　きっと昨晩の出来事を引きずっているのだろう。

「倒れた僕をベッドまで運んだの、やっぱりお前なの？」

「勝手に部屋に入ってしまい申し訳ありません」

「…………」

　下手に隠し立てをしても、相手の心象を損ねるばかりだろう。なのでこの場は素直に受け答えすることにした。すると彼女はより一層、面倒臭そうな表情となり、お口を閉ざして悩み始めた。

『ふぁー？』

　鳥さん、ご主人様を見上げてキョトンと首を傾げている。

　ブサメンも黙って返事を待つ。

　時間にして十数秒ほどの間があっただろうか。

「二つ確認したいことがある」

「なんでしょうか？」

「お前は昨晩、僕を運ぶに当たってメイド服の下を確認したか？」

「いいえ？　そのような趣味はありませんので」

「それじゃあ、あの男はどうだ？　僕を気絶させたヤツだ」

「あの方もメイスフィールド様が倒れられて、すぐに去られました」

「そ、そうか……」

ブサメンの返事を受けて、少しだけご主人様の顔色に改善が見られた。

多分だけれど、性別を偽って活動している点について、第三者に知られてしまったのではないかと危惧していたのだろう。まあ、こちらの召喚獣はメイド服に手を掛けるまでもなく、その膣に膜の存在を確信しているのだけれど。

顔面騎乗位されるなら、やっぱり膜付きに限ると思うんだ。

「ところで一つ、私からもよろしいでしょうか？」

「……なんだよ？」

「メイスフィールド様にばかり苦労をお掛けする訳にはいきませんので、本日から私と彼とで町に働きに出ようと考えております。そこで申し訳ありませんが、メイスフィールド様が学業に励んでいらっしゃる間、自由に活動をさせて頂けたらと」

「ぐっ……や、やっぱり、あの部屋を見たんだな？」


「他に選択肢もありませんでしたので」

問うてくるご主人様の顔に羞恥の色が浮かぶ。

ギュッと拳を握る仕草が可愛らしい。

「ああ、そうだよ。僕は貧乏さ！　祖国を出たのなら、ニップル王国の名前を出すだけで笑われる、からかわれる。お前も見ただろう？　この町の冒険者ギルドでは、平民にまで軽んじられる有様だっ！」

たしかに冒険者ギルドでは、自身も疑問に思った。貴族であるにもかかわらず、冒険者として出稼ぎをしている時点で、色々と邪推されていたことだろう。身分を偽って冒険を楽しんでいたチーム乱交の面々とは別物である。あれは完全に娯楽だった。

そして、こういった周囲の想像は当たらずとも遠からず。

「祖国の為に身を削るメイスフィールド様を私は敬愛しております」

「そんなもの口ではどうとでも言える」

いかん、ご主人様が拗ねてしまわれたぞ。

やはり貧乏はお辛いようだ。

「お前も見たとおり、家財さえまともに揃えられない。

備え付けの家具だけで生活している生徒など、僕以外にどれだけいることか。その上、肝心の召喚魔法は失敗続き。特待生の立場を失ったのなら、来期の授業料の支払いすら怪しい」

それでも母国を出なければ、ここまで苦労はしなかっただろう。周りを他国の貴族に囲まれたことで、より一層ご自身の立場を惨めに感じているものと思われる。そうして昨晩には、メイド仕様の男装処女が生まれてしまった。

ミニスカメイド、見たくないと言えば嘘になる。

毎日でも拝見したい。

しかしそれは学友への女体バレ、からの本番ご奉仕に至る危険なルート。その処女性を大切にする召喚獣としては、まさか許容などできない。だからこそブサメンは、彼女に繰り返しご提案させて頂く。

「ですから本日より、我々も出稼ぎに出たいと考えております」

「僕に哀れみを感じているのか？」

「主人への侮辱は召喚獣に対する侮辱に他なりません。ならばこれに憤りを覚えるのは当然のことだとは思いませんか？　今後はメイスフィールド様が周囲から軽んじられることがないように、力を尽くしたく存じます」

お金持ちの只中にあって光る貧困がラブい。

たとえばエディタ先生やソフィアちゃんなども、経済的には小物感がある。金銭感覚が愛らしい。けれど、ブサメンのご主人様は一線を画している。何気ない日常のワンシーンがサバイバルなの、無性に応援したくなる。

「歯が浮くような台詞だな。お前にはまるで似合っていないよ」

「見て下さい、こちらの彼も意気込んでおります」

『ふぁー！　ふぁー！』

ご主人様から鳥さんに視線を移す。

すると彼はバサバサと羽を動かし応じてみせた。

たぶん、本人は何も理解していない。こうして我々に見つめられたから、とりあえず羽ばたいてみただけだろう。けれど、前後にそれっぽい言葉を並べてみると、これが意外と悪くないものだ。説得力すら感じるぞ。

「……勝手にすればいいさ。でも、僕に迷惑を掛けるなよな？」

「ご快諾ありがとうございます」

よし、当面の予定が決定したぞ。

ついでに自身の人頭税も支払ってしまおうかな。

南部諸国（二）
Southern Countries (2nd)

【ソフィアちゃん視点】

その日、執務室に妙なものが運び込まれました。

ソファーテーブルの上に置かれたそれは、両手で抱えるほどの大きさで作られた、小綺麗な四角い木箱です。どの辺も同じくらいの長さで、上の一面には人の腕が入るほどの大きさで、丸い穴が開いております。

ゴミ箱か何かでしょうか。

「どうだ？　これを使ってみようと思う」

運び込んだのはエルフさんです。

木箱の正面に立って、自慢気な表情をされています。

昨日、お打ち合わせの最中に自室へ戻られたかと思えば、何やら賑やかにしていらっしゃいました。目の下のクマは夜通し頑張られた証ですね。どうやらこちらを用意されていたようです。

居合わせた方々から向けられたのは疑問の視線でした。

執務室には私とエルフさんの他に、エステル様、アレン様、ドラゴンさん、ゴッゴルさん、ゴンザレスさん、ノイマンさん、縦ロール様と従者の方、ファーレン様、アシュレイ様、西の勇者様、ジャーナル教授の姿がございます。

タナカさん捜索に向けたご相談の場ですね。

室内の中央に設けられたソファーセットを囲む形で、皆さん壁沿いに立っていらっしゃいます。それなりに広い執務室が、手狭に感じられる人数です。その中程でソファーテーブルの傍らに立つのが、今まさに語ってみせるエルフさんとなります。

部屋の外には窓枠に張り付いて、東の勇者様も見受けられます。怖いです。

『なんだこれは、貴様の糞壺か？　汚いヤツだな』

エルフさんの提案を受けて、最初に反応したのはドラゴンさんでした。

嫌そうな表情で木の箱を見つめていらっしゃいます。

たしかに腰掛けて用を足すには、ちょうど良い大きさです。心なしかデザインも似ていますね。ゴンザレスさんやノイマンさんが利用するには小さく映りますが、一方で小柄なエルフさんやドラゴンさんには具合がいいように思えます。

「ち、違うっ！　そんなんじゃないぞ!?」

「……痰壺？」

「それも違う！　っていうか、汚いものじゃない！　ほ、本当だぞ？」

ドラゴンさんに続いて、ゴッゴルさんが追い打ちを掛けました。

顔を赤くして必死に訴えるエルフさん可愛いです。

ここ最近はメイドも、ゴッゴルさんの性格が分かってきました。出会った当初は冷淡な性格の方だと思っていたのですが、意外とお茶目な面も併せ持っているようです。ただし、そうした振る舞いを見せるのは、距離が近しい相手に限られます。

より具体的に言うとタナカさん、エルフさん、ドラゴンさんの三人ですね。

「これはヤツの居場所を予想するための道具だ！」

『なんだとっ!?』

ヤツとはタナカさんを指してのことでしょう。

ご説明を受けてドラゴンさんが驚かれました。

もちろんメイドも驚きました。

何故ならばそれは、木箱に穴を開けただけのモノにしか見えません。とてもではありませんが、タナカさんを捜し出すような機能が付いているとは思えません。中に何か凄いものが納められていたりするのでしょうか。

『そんなので本当にアイツの居場所が分かるのか？』

「ああ、そのはずだ」

『ただの木の箱にしか見えない！』

「貴様の言うとおり、ただの木の箱だからな」

『え……オマエ、そんなのを作るのに一日もかかったのか？』

「その点については申し訳なく思う」

『おい、まさかふざけてるのか!?』

「私は至って真面目だ。そして、木の箱は入れ物に過ぎない。重要なのはこの内側に納められているモノなのだ。昨日の打ち合わせから丸一日も時間がかかったのは、そちらの用意に時間を要した点が大きい」

『……どういうことだ？』

「その者の協力が必要だ」

こちらに向き直ったエルフさんと視線が合いました。

釣られて他の皆様の意識もメイドに向かいます。

「おう、そういうことか！」

「たしかにそれは試してみる価値がありそうね」

間髪を容れず、ゴンザレスさんが頷かれました。

エステル様からも同意のお言葉が。

それとなく執務室に集まった皆さんの表情をお窺いしますと、誰も彼もがメイドを見つめていらっしゃいます。そのお顔は納得がいったと言わんばかりです。他の誰でもない、私自身もなんとなく分かりました。

ヒントは木箱の形状でございます。

しかし、それはいくらなんでも適当過ぎやしないでしょうか。

「さぁ、この中に手を突っ込むんだ！」

「あ、あの、そちらの中には一体何が……」

一応お伺いを立てさせて頂きます。だってエルフさん、とても聞いて欲しそうなお顔をしていらっしゃいます。どことなくワクワクとした面持ちを目の当たりにしたのなら、これを裏切る訳にはいきません。

「私が知っている限り、様々な町や集落、あるいは地域の名を記載した木の札が入っている。この中から一つだけ、その手で引き上げて欲しい。そうして貴様の手により引き当てられた札に書かれた場所こそが、ヤツの所在に関係していると考える」

「お言葉ですが、流石にそれは無理があるような……」

「ソフィ、貴方ならきっと大丈夫よっ！」

エステル様、呼び名が以前のそれに戻ってしまっております。

記憶喪失はよろしかったのでしょうか。

「過去の実績を思えば、たしかに悪くない賭けよねぇ？」

縦ロール様まで、納得された表情で頷かれました。

あまりにも過程が大雑把なので、外れたときのショックが大きい気がするのですけれど、そこのところどうなのでしょうか。ガリガリと削られるだろうメイドのメンタルのサポートは、ちゃんと行って頂けるのでしょうか。不安でなりません。

「どうした？」

「いえ、そ、その……」

「一度で当たりを引けるとは考えていない。気軽に引くといい」

「…………」

そうは言いますがエルフさん、もしもご自身が同じ立場に立たされたのなら、きっと困ったお顔をされるのではないでしょうか。緊張から頬など引き攣らせて、それでも全身全霊を込めて、鬼気迫る表情で札を引く彼女の姿が容易に想像されます。

ええ、そうですね。きっと彼女はそのようにして、何事に対しても真正面から、正々堂々と挑まれることでしょう。それは普段から浅ましいことばかり考えているメイド風情には、あまりにも眩しい姿にございます。

承知いたしました。

せめて今この瞬間くらい、頑張ってみましょう。

「わ、分かりました。それでは、あの、失礼しまして……」

「一息に引くといい。あ、二つ引いたりしたら駄目だぞ？」

「はい」

居合わせた皆様の注目の只中、メイドは札を引かせて頂きました。

硬い木札の感触が指先に伝わります。

引き上げるに際しては、脇に汗が滲むのを感じました。

そして、恐る恐る手にした札に目を向けます。

するとそこには、おや、これはどうしたことでしょう。

その他、との文字が。

「あの、こ、これは……」

メイドは自ずと疑問から声を上げておりました。

まさかこのような地名があるとは思えません。完全に番外です。私のすぐ近く、木札に目が届く位置に立っている方々からも、息を呑むような気配が届けられました。とんでもないことを仕出かしてしまった気分です。

これに対してエルフさんは、甚く感心した面持ちで言いました。

「効果の程を確認する為に入れておいたのだが、まさか一発で引き当てるとは思わなかった。魔王との一戦であの男の命を救ってみせたのも、決して伊達ではないということだろ。ヤツの留守を預かっているだけのことはある」

「……え」

「札は他にも用意があってだな、これからが本番だ」

　そうして語ると共に、エルフさんの腕が動きました。皆様の見つめる先で、彼女は足元に置かれた革袋をソファーテーブルの上に動かしました。緩んだ口紐の奥に覗くのは、大量に用意された木の札です。

「本命はこの中に入っている」

「な、なるほど……」

　流石はエルフさんです、賢さ炸裂ですね。

　メイドは脇の下がぐっしょりです。

　彼女の手により木箱の中に札が追加されてゆきます。上面に開いた穴に向けて、革袋の口からガラガラと音を立てて入っていきます。結構な数があるようで、昨晩のエルフさんの努力が偲ばれる光景ではないでしょうか。

「これでよし！」

　すべてを入れ終えたところで、再び彼女の視線がこちらに向かいました。直後には箱に腕を突っ込んで、ガラガラと混ぜることも忘れません。準備は万端だと言わんばかり、キラキラとした眼差しでメイドを見つめて下さいます。

「さぁ、引いてくれ」

「……はい」

　私は観念して木箱に手を突っ込みました。

　先程と比較して、ずっと中身が詰まっていますね。

　悩んでどうにかなる問題でもないので、ひと思いに引かせて頂きましょう。一度で当たりを引けなくてもいいと、エルフさんも仰って下さいました。こちらのメイドには、その一言が何よりの救いでございます。

「あの、こ、こちらでお願いします」

　取り出した木札をエルフさんに差し出します。

　その表面には、地名と思しき名が彫られておりました。メイドの貧相な頭には覚えのないものです。

「……グラヌス、か」

　札を目の当たりにして、エルフさんのお顔が渋いものに変わりました。

　もしかして、引いてはいけない札を引いてしまったのでしょうか。大慌てで他の方々の様子を窺います。すると現場の反応は完全に二分されておりました。大半の方々はメイドと同様に疑問の表情でございます。エルフさんの反応を確認してのことでしょう。

　一方でドラゴンさんと縦ロール様の従者の方、それと西の勇者様に限ってはしょっぱい顔です。表情を変えられたのが人以外の方、あるいは人以外の方と近しいところで活動していた方である点を鑑みるに、何某(なにがし)か魔法的な事柄が絡んでいる気がします。

「…………」

これは幸先がよろしくない気配を感じますよ。

お腹の内側が、シクシクと痛くなって参りました。

＊

ご主人様と別れたブサメンと鳥さんは、町へ出稼ぎに向かった。

足を運んだのは冒険者ギルド。魔法以外に取り柄のない平たい黄色族にできるお仕事となると、他に選択肢は浮かばなかった。それに同所であれば、短期間のお勤めであっても、それなりにまとまったお金を得ることができる。

本日中にでも人頭税分は稼いでしまおうと考えての来店だ。

可能であれば、ご主人様への上納金も用意したい。

そんなことを考えつつ受付カウンターに足を運ぶと、窓口には見覚えのある男性職員の姿があった。つい一昨日にも、はぐれワイバーンの案件で対応してくれた人物だ。スキンヘッドが印象的な壮年マッチョである。

先方もこちらを覚えていたようで、正面に立つと先んじて声を掛けられた。

「おぉ？　アンタ、一昨日も来てたよな？　ニップル王国の貴族と一緒に、ワイバーンを運んできた異国の魔法使いだ。もしかして報奨金の受け取りに来たのか？　それならもう少しだけ待ってくんな。まだ用意をしている最中だ」

「いえ、そちらについては後ほど主人が参りますので」

「そうなのか？　じゃあ今日はどうしたんだ」

意外と愛想がいいぞ、この人。

以前、ご主人様と会話をしていた時分には、もう少し冷たいイメージがあった。よほど彼女が冒険者ギルドで無茶をしていたのか、それとも平民贔屓(びいき)の気があるのか。

仔細は定かでないが、ありがたい限りである。

「私事となり恐縮なのですが、入町に伴う人頭税の支払いがまだ済んでいません。近日中に支払ってしまいたく考えておりまして、多少難易度が高くても実入りのいい仕事をご紹介してもらえないものかと」

「あぁ、そういうことか」

以前はハイオーク相手に死にかけていたブサメンだ。しかし、レベルアップを重ねた昨今であれば、どのような依頼であっても、それなりに対応することができるのではないかと企んでいる。

「そう言えばアンタ、飛行魔法が得意っていう話だったな？」

「他の方よりは長く飛べると思います」

はぐれワイバーンが出没していた地域までの足については、獲物を納品した前後で先方にも伝えた。説明した当初は訝しげな反応であったが、現地でやり取りしている間、小一時間ほど浮かんでみせたところ、彼も納得してくれた。

ご主人様がそうであるように、飛行魔法がやたらと上手い珍妙な魔法使い、として認識されているようだ。それならそれで構わないので、当面はこちらのスタイルで冒険していこうかなと考えている。

大切なのはチャラ男ブラザーズに見つからないこと。冒険者ギルドの仕事でも、目立つような真似は極力控えておきたい。

「だったら丁度いいのがある。つい先日に入った仕事なんだが」

「本当ですか？」

「急ぎで届けて欲しい荷物があってな。ちょいと遠方の町まで向かう必要があるんだが、行き先の都合から人の集まりが悪い。このまま待っていたら時間が掛かるってんで、こっちも扱いに困っていたんだ」

「なるほど」

「アンタの飛行魔法が本物なら、上手く行けば明日には帰ってこられるだろう。距離的には前に世話になったはぐれワイバーンの出没地域と大差ない。一人で行って帰ってこれるなら、報酬的にもかなり旨みがある仕事だ」

「人頭税的にはどうでしょうか？」

「そんなもん払って余りある額になるぜ」

職員の言葉が本当なら、まさにうってつけのお仕事だ。急げば日が昇っているうちに目的地まで到着できる。配達先の事情にもよるだろうけれど、すんなりと受け渡しが済んだのなら、本日中、ギルドの営業時間内に戻ってくることも不可能ではなさそうだ。

　タイムアタック、挑んでみようかな。

「そういうことでしたら、是非お受けさせて下さい」

「よし、それじゃあ早速だが説明に入らせてもらうぜ」

　先方も乗り気のようで、早々にお仕事の受注が決定である。

　するとここでマッチョな職員から驚きの事実が続けられた。

「荷物の配達先はニップル王国の首都ラックだ」

「ニップル王国、ですか？」

　貧乏で有名なご主人様の母国である。

　こんな形で他所様の口から耳にするとは思わなかった。

「あぁ、アンタが仕えている貴族の出身地だったな？　これがまた辺鄙（へんぴ）なところにあって交通の便がとんでもなく悪い。馬車で向かうにも時間がかかる。そこでこうして空を飛べる魔法使いの出番って訳だ」

「なるほど」

「荷自体はそこまで大したものじゃない。ワイバーンを丸ごと運べるアンタなら、これと言って苦労なく浮かせられるだろう。飛空艇が出せれば早かったんだが、流石にそこまでの余裕は依頼主にもなかったみたいでな」

「承知しました。ところで荷物ですが、具体的に何なのでしょうか？」

「薬だよ。なんでも流行病（はやりやまい）が猛威を奮っているらしい。ここまで運んできたヤツもニップル王国の人間だったんだが、数日前に発症して今は宿屋で寝込んでいる。このまま治るのを待ってたら時間が掛かるってんで依頼が回ってきた」

「それはまた緊迫した事情ですね」

「だからアンタも届けるものを届けたら、すぐに戻ってくるといい。出発前には同じ薬を支給するから、村に到着する前くらいに飲むのを忘れるなよ？　健康な大人なら滅多に死なねぇが、年寄りや子供に感染（うつ）るとなかなか馬鹿にならない病だ」

　ご主人様に話を通したほうがいいかも、とは一瞬思った。

　しかし、彼女が肩書きを偽って学校に通っていることを思うと、下手な顔合わせはリスクが伴う。万が一にも荷運びを担当していた人物が、王族の関係者であった場合、また別の問題が発生する可能性が考えられた。

そこで今回は淡々と薬の運搬係として頑張ろうと思う。

場合によっては神様印の回復魔法で対応できるかもだし、わざわざ彼女に事の次第を伝えて、不安を煽るような真似はしたくない。ただでさえ平民にディスられたり、同級生にセクハラされたりと、ストレスを溜め込んでいるし。

まあ、一番のストレスは平たい黄色族との同居に違いないだろうな。

「ところでアンタ、なんだその丸っこい鳥は……」

「可愛くありませんか？」

『ふぁきゅ』

ブサメンの脇に抱えられた鳥さん、元気良くご挨拶。

今更だけれど、かなり人に馴れていらっしゃる。

我々が話をしている間も、ちゃんと大人しくしていたし。

「……まあ、荷物さえ届けてくれりゃなんでもいいけどよ」

以降、ギルドの施設内で荷物を受け取り、我々は空に旅立った。

＊

本日は雲ひとつない快晴、絶好の飛行魔法日和である。

こうなると空の旅はなかなか快適なものだ。覚えた当初は真っ直ぐ飛ぶにも四苦八苦していたけれど、昨今では自身の他に荷物を浮かべながらであっても、これといって苦労なく進むことができる。

感覚的には原付きを転がしているような感じ。

移動速度を思うと、新幹線や飛行機などの方が近しいけれど。

『ふぁー！　ふぁー！』

傍らにはお薬が納められた木箱がプカプカと浮かんでいる。

また、その上にはちょこんと座した鳥さん。

後者については、地上の風景を眺めて楽しげに鳴いている。ただし、自らの翼で飛び立つ気配は見受けられない。召喚してから一日が経過したけれど、これまでに一度として空を飛んでいない彼である。

多分だけれど、空を飛ぶ方法を学ぶ前に、ブサメンが呼び出してしまったのではなかろうか。あまりにも巨大な親鳥に対して、とても小柄な彼の体格を思うと、生まれて間もない感じがするもの。

「……一緒に空を飛びますか？」

『ふぁー？』

「もしよければ、こちらも速度を落としますが」

『ふぁー？　ふぁー？』

醤油顔からの問い掛けに首を傾げるばかりの鳥さん。

キョトンとした面持ちがアホ可愛い。

しばらくは長い目で成長を見守るとしよう。

フェニックスの寿命は我々よりも遥かに長いのだ。

そうして鳥さんと共に空を飛ぶことしばらく。山やら森やらをいくつか越えた先、行く手に町と思しき建物の連なりが見えてきた。周囲は背の高い壁に囲まれており、中央にはお城っぽいデザインの比較的大きな総石造りの建造物が見受けられる。

町の規模としては、エステルちゃんが治めているトリクリスと同じくらい。

確証は持てないけれど、飛行時間的に考えて目的地の可能性が高い。

ニップル王国の首都ラック。

冒険者ギルドで地図と方位磁針を借り受けているとはいえ、目印らしい目印も碌にない大自然の只中、郵便局を右手に曲がって、みたいなやり取りで位置関係を把握する現代人にしては、かなりの快挙のように感じられた。

「あちらに降りてみましょうか」

『ふぁー！』

鳥さんの返事を待って、段々と高度を落としていく。

町中への着地は避けておこう。

規制のある町は多いので、正門前と思われる界隈に着地した。

門の前後では人の出入りが見受けられる。ただし、自身が知るトリクリスや首都カリスといったペニー帝国の町々と比較すると、その流れは穏やかなものだ。端的に申し上げると、過疎っていらっしゃる。

しかも出入りする人たちの表情が覚束ないものであれば、これを確認している兵の人たちも元気がなさそうだ。

傍目にも不安を感じさせる往来の風景ではなかろうか。

ご主人様の母国だと思うと、尚のこと心配になった。

鳥さんと共に薬を服用して、入町の列に並ぶ。

荷物はすぐ隣に浮かせたままだ。

その上に乗った鳥さんも変わらず。

受付の順番はほとんど待つことなくやってきた。

そこから先は冒険者ギルドから発行された依頼書の存在も手伝い、あれよあれよと事が進んだ。どうやら病気の流行はかなり深刻なようで、すぐにでも薬を納品して欲しいと、鬼気迫る面持ちで説明を受けた。

納品先は王城とのこと。

門に立っていた兵の一人が案内役を買って出てくれた。

移動の間に軽く言葉を交わしたところ、なんでも妹さんが問題の病を患っており大変なのだそうな。冒険者ギルドで話を聞いたとおり、子供や老体が罹患した場合、命を失うことも間々あるから恐ろしいと語っていた。

個人的には神様印の回復魔法を試してみたいところである。二日酔いにも効果があるので、多少の病であれば完治できるのではないかなと考えている。けれど、まずはお薬の納品を優先することにした。

正門から王城まではそれなりに距離があった。

その道すがら垣間見た町中の風景は、お世辞にも活気づいているとは言えなかった。ご主人様の財布事情さながら、地方都市のシャッター街、みたいな単語がしっくりと来る光景が広がっていた。

建物と建物の間に垣間見えた路地裏では、人と思しき物影の横たわる様子がちらほらと確認できた。首都カリスにもスラム街はあったけれど、こちらの町ではそれが、より生活圏に近しい場所に位置しているような気がする。

ご主人様の語っていた数年後の未来が、かなり近いものとして感じられた。

決して伊達や酔狂で、自らの死を予感しているのではないのだろう。

そして、王城に到着してからは、その足で王様に謁見する運びとなった。

こちらの流れについては、当然ながらブサメンも驚いた。てっきり荷物を渡して終わりだとばかり考えていたから。まさか素性がバレたのかと考えて焦りもした。しかし、どうやらそういった訳ではないようだ。

「その方が薬を届けてくれた冒険者か？」

「ははっ！」

謁見の間と思しき一室で、膝を床に付き跪いている。

首都カリスの王城に設けられた謁見の間とは雲泥の差

だ。広さが半分以下なら、装飾もほとんど見られない。立ち会っている貴族も疎らで、身につけた衣服も安いっぽいものが目立つ。そんな寂しい光景が広がっていた。

鳥さんは控え室で待機だ。

大人しくしていてくれると嬉しいのだけれど。

「この度は火急の仕事、まことに大義であった」

「いいえ、滅相もありません」

醤油顔に語り掛けているのは、玉座に掛けた人物。

ニップル王国の王様。

年齢は五十代後半から六十代ほどと思われる。ふさふさとした頭髪の茂り具合に対して、妙にシワの多い顔立ちが印象的な人物だ。ほっそりとした身体付きや、しわがれた声も手伝い、威厳よりも頼りなさが先立って感じられる。

ちなみに髪や目の色はブサメンのご主人様と同じだ。

「だがしかし、本来であればその方が持ち込んだ薬は、この国の騎士が持ち帰る手はずとなっていた。それがどうして他所の国の冒険者が持ち込むこととなったのだ？ギルドからの書状は本物のようだが、説明が為されていない」

なるほど、そのあたりの事情を確認したいのか。

事前に冒険者ギルドで話を聞いておいて良かったと胸を撫で下ろす。同時に今回の仕事については、ご主人様に報告をしない方がいいだろう。国の騎士が出張っていたとあらば、彼女の男装の秘密が妙な方向に働く可能性がある。

そもそも王女様の留学はどこまでの人が知っているのか。

少なくとも王様はご存知だと思うけれど、それ以降は判断がつかない。

「貴国の騎士様については、職務の途中で病を発症されました。現在はチェリー王国の町、フィストにて療養を取っております。これに代わり冒険者ギルドの依頼を受けて、私が薬を届けに参りました」

「そうか、そのようであったか……」

こちらからの返答は、先方もなんとなく想像していたようだ。

だからだろうか、素直に納得を得ることができた。

もしも相手がペニー帝国の王侯貴族であったのなら、あれやこれやと難癖を付けられていたに違いあるまい。

こんな何気ないお届け物一つでも、何かに付けて謀の尽きない我らが母国の貴族模様である。

「あの者たちは無事だろうか？」

「既に峠は越えていると聞きました。体力が戻るまでには時間が掛かるかもしれませんが、しばらくしたら戻ってこられると思います。もしも必要でありましたら、私の方で手紙をお預かりすることもできますが」

「それは助かる。是非ともそうしてもらいたい」

「承知いたしました」

「それとこれはギルドに向けた受領証だ」

王様の手から一枚の書面が差し出された。

近くに立っていた近衛と思しき騎士の一人が動いて、これをブサメンの下まで持ってきてくれる。膝を突いた姿勢のまま受け取って紙面を確認すると、そこには達筆な文字でニップル国王との記載があった。

どうやら王様が直々にサインしてくれたみたいだ。

なんてアットホームな王宮だろう。

ペニー帝国であれば、現場の人が対応するレベルのお届け物である。

「それと本日は城に泊まり、旅の疲れを癒やすといい」


「せっかくのご厚意、とても嬉しく思います。しかしながら、他にも急ぎで薬を届ける予定がございます。陛下の面前にありながら誠に恐れ入りますが、こちら謹んで辞退を申し上げたく存じます」

王様に対する言い訳は適当だ。こうして受領証にサインを頂戴した時点で、ブサメンのお仕事は終了である。あとはチェリー王国の町フィストまで戻って、冒険者ギルドに報告をすれば報酬がもらえる。

辞退の理由はひとえに、ご主人様の下に戻りたいから。貴方の娘さんに飼育されたいからです、とは口が裂けても言えないな。

「そうか、であれば仕方がない」

「ご配慮のほど、ありがたき幸せにございます」

「代わりに褒美を取らせよう。何か欲しい物はあるか？」

「そちらにも及びません。私は冒険者ギルドの仕事を受けてこちらに参りました。対価についてはギルドから支払われる予定となっております。ですが、こうして陛下からお気遣いを受けたこと、心より感銘申し上げます」

「それはまた欲のない冒険者もいたものだな……」

そんな滅相もない。

ご息女からの調教に勝る褒美はございません。

＊

【ソフィアちゃん視点】

ペニー帝国を発つことしばらく、我々はグラヌス湿地帯に到着しました。

それもこれもクジ引きの結果にございます。

クジを引いたのはこちらのメイドですが、クジを作られたのはエルフさんです。なので私にはこれと言って意志や責任はございません。そう自分に繰り返し言い聞かせて、心の平穏を守っております。

ちなみにドラゴンシティから同所までは、本来であれば馬車で数週間の距離だそうです。これをエルフさんの魔法と、元の大きなドラゴンに戻られたドラゴンさんの背中をお借りすることで、僅か半日と要さずに到着しました。

ドラゴンさんのお背中が、また少しオシッコ臭くなってしまったのは、私だけの秘密でございます。

気になる選抜メンバーはと申しますと、エステル様、エルフさん、ドラゴンさん、ゴッゴルさん、縦ロール様、縦ロール様の従者の方、ファーレン様、ジャーナル教授、西の勇者様といった錚々（そうそう）たる方々です。

誰もがタナカさんを心配されてのご参加ですね。

ちなみにゴッゴルさんはドラゴンさんの背中に乗ることなく、ご自身で空を飛んでおられ。また、縦ロール様も従者の方に抱かれての移動です。イケメンの胸を借りてのお姫様抱っこ、メイドはとても羨ましゅうございます。

当初はこれに加えてゴンザレスさんも手を上げておられました。ですが皆様のお手を上げる様子を目の当たりにして、最終的にはドラゴンシティに残られました。町を守ることもまた、タナカさんの為になるのだと仰っていました。

それはもう格好良かったです。思わずお嫁に行きたくなりましたとも。

あと、東の勇者様はなんか怖かったので、同行をお断りさせて頂きました。メイドが怯えておりましたところ、西の勇者様が仲介に入って下さったおかげで、事なきを得た次第にございます。

『いないぞ？』

湿地帯に到着して早々、人の姿に戻ったドラゴンさんが呟かれました。

メイドの手により、お洋服を召されつつのお言葉でございます。

真っ白でシミ一つない綺麗なドラゴンさんのお肌、とても羨ましいです。時折指先に触れる、つるつるぷにぷにとした感触が堪りません。ぷっくりとしたほっぺのお肉とか、触ったら絶対に気持ち良さそうです。

「そりゃそうだろう。そう簡単には見つかるまいよ」

彼女とやり取りをされているのはエルフさんです。

大聖国での一戦以来、本来の力を取り戻されたのだというエルフさんは、ドラゴンさんとも対等にお話をされています。日常の何気ない言い争いでも、一方的に言い負ける姿は、あまり見られなくなりました。

ただ、それでもドラゴンさんが大きな声を上げたりすると、ビクッと身体を震わせて、一歩を譲ることがあります。長い隠居生活の影響でしょうか、反応が染み付いていると思われます。ですが、それでもきっと対等、対等でございます。


『だったら次はどこへ行けばいいんだ？』

「そうだな……」

延々と続く湿地帯を眺めて、エルフさんが悩む素振りを見せます。

何やら考えていらっしゃるようですね。

そうこうしていると、すぐ近くで樹木がガサガサと揺れました。

位置的には彼女が向いた方向とは反対です。

背丈の短い木ですね、私の肩ほどでしょうか。細かい枝が沢山伸びており、葉は大きめのものがわさわさと生えています。遠目には丸っとした印象を受けますね。

周囲には同じような木がちらほらと生えているのですが、その一つだけが不自然に葉や枝を揺らしております。

「……なんかいる」

少し距離を置いて声が聞こえました。

ゴッゴルさんでございます。

彼女もメイドが気を取られたのと同じ辺りを見つめています。

これを受けて皆様の意識が一斉に、揺れる樹木に向かいました。

「たしかに揺れてるわね。何かいるのかしら？」

「もしかしてモンスターかしらぁ？」

「ご主人、私の後ろにお下がり下さい」

警戒の姿勢を見せるエステル様とは対照的に、縦ロール様は落ち着いていらっしゃいます。従者の方が傍らに控えている為でしょう。エルフさんから聞いた話では、なんでも位の高い魔族とのことです。

一方で普段と変わらないのがジャーナル教授とファーレン様です。

「恐らくは小動物か小型の魔物じゃろう」

「この辺りの生き物であれば、そう慌てることもあるまい」

どっしりと落ち着いて、様子を窺っております。

こういうとき、お二人のお言葉は心強いですね。

また、メイドの傍らでは西の勇者様が剣を片手に、不測の事態に構えて下さっております。おかげさまで突出して弱々しい私も、そこまで怯えることなく、成り行きを眺めていられます。ありがたい限りでございます。

そうしてしばらく様子を眺めていると、先方に変化がありました。


樹木の物陰、枝や葉の間からヌッと何かが伸びて出てきましたよ。

「……ゾンビか？」

エルフさんが呟かれました。

聞きなれない単語です。

ゾンビ、ゾンビだそうですよ。

最初に腕が突き出されて、そこから更に頭、胴体といった具合に、樹木の茂りの中から人形の何かが這い出してきました。表皮は腐り落ちており、形こそ人ですが、およそ生きて動き回れるとは思えない、とても酷い状態です。

うぅーあぁー、と呻き声のようなものまで聞こえてきます。

そんな人の形をした何かが、ゆっくりとこちらに向かい這ってきますね。

「このような場所にゾンビとは珍しいのぅ」

「私も聞いたことがないな……」

ジャーナル教授とファーレン様も首を傾げていらっしゃいます。

こちらのお二人が知らないとなると、なかなか貴重なゾンビ、ということになるのでしょうか。離れていてもそこはかとなく香ってくる腐臭が、早急に同所から立ち去るべきだと、メイドの脳裏に警鐘を鳴らしております。

「いいや、そうとも限らない」

「何か知っているのか？　大魔道ヴァージンよ」

「っ……」

ファーレン様が口にされた大魔道ヴァージンなる呼び掛けに、エルフさんの身体がピクリと震えました。今の今までキリリとしていたお顔が、どこかむず痒そうな表情となります。もしかして恥ずかしいのでしょうか。

「も、もしも私の推測が正しいとすれば……」

そんな彼女の探るような視線が、周囲の湿地帯に向かいます。

何か探し物でしょうか。

脆弱なメイドとしましては、こちらに近づいてくるゾンビが気になって仕方がありません。地面を這いずってゆっくりと、しかし、着実に距離を縮めてきております。這いずった跡が得体の知れない液体で濡れているの怖いです。

「……いや、そう簡単に見つかるはずもないか」

「何を探しているんだ？」

エルフさんとファーレン様、お話をされるのも結構ですが、段々とゾンビが近づいてきておりますよ。放っておいて大丈夫なのでしょうか。匂いも徐々にキツくなってまいりました。ここは一つ、魔法か何かで吹き飛ばしたりとか、オススメでございます。

「知らないのか？　過去にこの辺りで……」

『くさい』

誰にも先んじてメイドの思いに応えて下さったのはドラゴンさんです。

その視線が段々と近づいてくるゾンビに向かいました。

『死ね』

そうかと思えば、まるで羽虫でも追っ払うように腕を振りました。

彼女の手から飛び出したのは炎の固まりです。

ファイアボールという魔法ですね。

メイドも知っております。

タナカさんが好んで使われる魔法です。同時に最近、彼の周囲で流行の兆しを見せている魔法でもあります。なんでも魔法を学ぶ者にとっては基礎的な技術らしく、大半の魔法使いが使えるものなのだそうです。

そんなファイアボールがゾンビ目掛けて一直線。

ひゅんと飛んでいって相手にぶつかり、ズドンと大きな爆発を起こしました。

ゾンビは一発で吹き飛んでしまいました。

しかし、お話はそればかりで収まりません。我々が眺める先で、なんと着弾地点の地面に亀裂が入ったではないですか。背の低い樹木が焼け飛んで顕となった地面に、ピシリと大きなヒビが入ったのです。

それは間髪を容れず、ピシリピシリと音を立てて周囲に広がっていきました。

ゾンビの近くから発して、亀裂は瞬く間に我々の足元まで伸びて参りました。

「ぬぉっ！　な、何をしたっ!?」

『べ、別に何もしてないぞ!?　普通だ！　普通の魔法っ！』

エルフさんが悲鳴を上げられたのも束の間、今度は地面が大きく崩れ始めました。まるで建物が崩壊するように、我々の立ち並んだ足元が、下に向かってガラガラと大きく瓦解し始めたのでございます。

なんと驚いたことに、地面の下には空洞がありました。


「ひ、ひぃぃぃぃぃぃぃっ」

当然、メイドは落ちてゆきます。

他の皆様はバランスを崩されたのも束の間、魔法で空に浮かび上がりました。ですが、魔法を使えないメイドは落ちてゆく他にありません。瞬く間に周囲の光景が下から上に向かい流れていきます。

「ソフィッ！」

これを助けて下さったのはエステル様でした。

ふわりと身体の浮かぶ感触が与えられます。

気づけばこちらに向かい、両腕を伸ばすエステル様のお姿がございました。恐らくは物を浮かせる魔法か何かで、メイドのことを助けて下さったのでしょう。急な出来事にもかかわらず、私のような下々にまで気を掛けて下さるなんて感激です。

やっぱりエステル様はとても素敵なお方です。

是が非でもお仕えしたくなってしまいます。

「大丈夫？」

「は、はい！　ありがとうございますっ！」

エステル様は空を飛ぶ魔法で身体を浮かしたまま、私の手を取り、ぐいと一息に地上まで引き上げて下さいました。その腕に抱きかかえられるようにして、メイドは青空の下まで無事に戻ることができました。

自らの足で地面を踏みしめると、自ずと崩壊の現場が目に入ります。

地面にはひび割れによって生まれた大きな穴が空いております。どうやら地下に構造物が存在していたようです。それはいつぞや監禁された大聖国の地下牢を彷彿とさせる石造りでございます。

地上との境界となる天井が崩れたことで、内部構造が白昼の下に晒されておりました。ただし、崩れたのは一部のようで、全容は定かでありません。確認の及ばない部分も含めると、かなりの規模と思われます。

小さな村であれば、まるっと収まってしまうのではないでしょうか。

それが地下に向かい階層を重ねるよう続いております。

「このようなところに地下遺跡があるとは知らなんだのぅ」

「うむ、私も聞いたことがない。これほどの規模であれば、発見とともに幾らでも情報が巡りそうなものだ。いかにペニー帝国とは距離があるとはいえ、それがないということは、おそらく未開の史跡となるのだろう」

「それはまた胸が躍る話じゃのぅ」

居合わせた皆様は大穴の縁に並び立ち、地下に広がった史跡とも遺跡ともつかないそれを眺めております。ファーレン様やジャーナル教授でさえご存知ないとは、珍しいこともあるものです。お二人ともああだこうだと興味深そうに語っておりますね。

「君たち、そこを見たまえっ！」

そうこうしていると、西の勇者様が声を上げられました。

掲げられた指先の示す方向に、皆さんの意識が向かいます。メイドも注目でございます。するとそちらでは、眼下に伸びた地下通路の一角から、幾十というゾンビが蠢き、我々に迫ってくる様子が見られました。

ゾンビ、またゾンビでございます。

崩れた地面の急勾配を、数多（あまた）のゾンビが這い登る姿は恐ろしいものです。

「……やはりか」

その様子を目の当たりにして、エルフさんが渋い顔で呟かれました。

なにやら気づかれたようでございます。

『なんだよ？』

「恐らくだが、ここは不死王の巣だろう」

『っ……』

エルフさんの何気ない呟きを受けて、ドラゴンさんの顔が強張りました。心なしかゴッゴルさんの表情も、キリリとされたような気がします。ドラゴンさんはさておいて、ゴッゴルさんがこうした変化を見せるのは珍しいですね。

「貴様は会ったことがあるのか？」

『な、ない！　ぜんぜんないぞ？　そんなヤツは知らないなっ！』

「…………」

このドラゴンさんは、後ろめたいことを必死に隠しているドラゴンさんですね。きっとお会いしたことがあるのでしょう。尻尾はくるくると巻かれて不安げに震えておりますし、語る姿は落ち着きをなくしていらっしゃいます。

そして、こちらのドラゴンさんが慌てるほどのお相手というのは、我々も心中穏やかでありません。しかも単語の響きからして、お偉い気配がヒシヒシと感じられます。なんたって王です、王様とのことです。

自ずと思い起こされたのは魔王様でしょうか。

「不死王というのは何者なのかしら？」

エステル様から疑問の声が上がりました。

答えたのはジャーナル教授です。

「アンデッドたちを統べる者と言われておる。儂も過去に文献で読んだ限りじゃが、読んで字の如く、どれだけ強大な魔法を受けても決して死ぬことのない肉体と、他を圧倒する膨大な魔力の持ち主だという話じゃ」

「私もそのような記載を文献で読んだ覚えがある。一説によると、心の弱い者は姿を見ただけで命を失う恐れがあるとの記述があった。流石に誇張表現だとは思うが、それくらい強力な存在ということだろう」

「ぬ、ファーレン卿よ、その文献の題目は覚えておるかのぉ？」

「何故だ？　ジャーナル教授」

「儂が読んだ本と記載が似ておるのじゃ」

「たしか『私とアンデッド』という、少し変わった名であったな」

「おぉ、それじゃそれ。儂が読んだのもその妙な題目の写本じゃ」

「なるほど、そうであったか」

「作者名が掠れておって読めなんだ。もしやご存知かのう？」

「いいや、私が読んだ写本には作者の記載そのものがなかった」

「それは残念なことじゃ」

まだ見ぬ不死王様の存在を巡って、ファーレン様とジャーナル教授が賑やかに語らい合い始めました。こちらのおふた方は、きっと放っておけば二晩でも三晩でも、不死王様に関して議論を重ねられることでしょう。とても楽しそうです。

「…………」

一方で何故なのか、エルフさんがプルプルとし始めました。

もしかして彼女も、同じ本を読んだ覚えがあるのでしょうか。ただ、それにしては不自然な反応であります。ところで、『私とアンデッド』という本の題目ですが、こちらのメイドも以前、どこかで似たような響きを耳にしたことがあるような、ないような。

『お、おい、貴様らっ！　あの男を捜すなら早く……』

会話の弾むお二人に向けて、ドラゴンさんが口を開きました。どこか怯えて見える振る舞いは、強気な彼女らしからぬものです。思い起こせば魔王様について耳にした当初も、このような感じであった気がしますよ。

そうこうしている時分の出来事でした。

「我の眠りを妨げる者は誰だ」

どこからともなく、耳に覚えのない声が聞こえてまいりました。

それは聞く者の腹の中まで響くような、とても低い唸り声のような呟きです。どことなく剣呑な雰囲気も手伝い、メイドは驚きました。思わず身体をビクリと震わせて、あたりを見回してしまいます。

しかし、それらしい人影は見受けられません。

『っ……』

「ぐっ、捕捉されたか……」

顕著な反応を見せたのはドラゴンさんとエルフさんです。

あ、ちょっと待って下さい。縦ロール様と従者の方がいらっしゃいませんよ。いつの間にやら姿が消えておりますね。咄嗟に遠くへ意識を向けてみますと、空の一点、地上に空いた穴から遠退くように、空を飛ぶお二人の姿がございます。

どうやら先んじて逃げ出したようですね。

流石は縦ロール様です。

メイドも一緒に連れて行って欲しかったです。

「なんじゃ？　この声は」

「どこから聞こえてきているのだ？」

ジャーナル教授とファーレン様も談義を中止して、緊張した面持ちです。声の出処を探るように注意深く、周りの様子を窺い始めました。こちらのお二人が真面目なお顔になられると、メイドは殊更に緊張してしまいます。

「我の眠りを妨げるのは、その者たちか？」

正体不明の声は、繰り返し淡々と続けられました。

相手からは我々が見えているのでしょうか。

そんなふうに疑問に思った直後でございます。

つい今し方に崩れた大穴の中程、その奥まった場所から人の形をしたものが、ゆっくりと浮かび上がってまいりました。やけに白いなぁと思いながら眺めておりましたところ、よくよく見てみると、それは骨でした。

いわゆるスケルトンと呼ばれる類いのモンスターでしょうか。ゾンビと並んで、お墓によく似合いそうなモンスターですね。先程のゾンビもそうですが、目の当たりにするのは初めてのことです。

周りには青白い光が立ち上っていたりして、おっかない感じがします。

「っ……」

すぐ傍らで西の勇者様の息を呑む音が聞こえました。

チラリとお顔を窺わせて頂くと、足が震えていらっしゃいます。ファーレン様やジャーナル教授も顔色を青くして、小さく身体を震わせております。誰一人として例外なく、緊張に身を強張らせているではありませんか。

ゾンビと比較して身体が小柄であって、匂いも控えめな感じが、メイドとしては取っ付き易いように思うのですが、実は凄く強かったりするのでしょうか。そのように考えると一変して、ガタガタと震え始めるのが私の膝でございます。

「いいや、わ、我々ではない」

皆さんを代表するように、エルフさんが言いました。

答える声は普段よりも幾分か低いですね。

「ならば誰だ？」

「この惨状を指してのことであれば、貴様の生み出したアンデッドたちによって、地下構造が耐えきれなくなったのだろう。ゾンビが地上にまで溢れ出ていたぞ。それに見たところ、かなり古い造りではないか」

「……本当か？」

「本当だ。我々は偶然、その場に居合わせたに過ぎない」

嘘も方便というやつですね。

エルフさん、素敵です。

「…………」

「…………」

最終的に骨の方は、我々と同じ高さまで浮かび上がってきました。

大穴の真ん中、こちらと目線を同じくして空中に停止です。

肉の一欠片もこびり付いていない綺麗な頭蓋骨には、眼孔に薄ぼんやりと青白い光が灯っておりますね。眼球の代わりに、そちらで我々の姿を見ているのでしょうか。なんとも不思議なモンスターです。

「……そうか」

「あ、ああ、そうなんだ」

こういうとき、普段なら我先にと口を挟むドラゴンさんが、やけに静かです。エルフさんの陰に隠れて、知らない顔をされていらっしゃいます。ドラゴンさんが他の方の陰で小さくなっている姿なんて、メイドは初めて目撃しました。

「ついこの間も、この辺りで人間どもが騒がしくしていた」

「眠りを邪魔された貴様が、人間の軍隊を相手にゾンビをけしかけた一件を指してのことであれば、それは既に百年以上昔の話だ。それをついこの間と話題に上げられては、流石に我々も困ってしまうな」

「……百年だと？　貴様、我に嘘を吐くか？」

「嘘じゃない。気になるならば、自分で確認しに行けばいい」

「…………」

誰もが黙ってしまったことで、骨の方とのやり取りは、エルフさんが頑張って下さっております。相手の機嫌を損ねないように気を遣いながら、それでいて下に見られないように、毅然とした態度でお話をされています。

こうした土壇場でお強いところ、凄く格好いいです。

「ど、どうした？」

「……本当か？」

「ああ、ほ、本当だとも！」

「……そうか」

ところで不死王様、会話のテンポが掴みづらい方ですね。

それもこれも表情の変化から感情を窺えない為だと思います。お顔が骨しかないというのは、これでなかなか不便なものでしょう。口数が控えめである点と相まって、どうしても良くない方向に捉えてしまいます。

「あぁ、ところで一つ、貴殿に尋ねたいことがある」

「……なんだ？」

「この辺りで肌が黄色くて、のっぺりした顔付きの人間を見なかったか？」

「…………」

このような状況であっても、確実に目標に向かっていくエルフさん、なんて頼もしいのでしょうか。隣で小さくなっているドラゴンさんとは雲泥の差です。普段とは対象的に映るお二人の姿が、とても印象的でございます。

「知らんな」

「この大陸の人間とは異なる人種と思われる男なのだが……」

「……知らん」

そして、どうやらメイドはハズレを引いてしまったようです。

むしろこの状況は、かなり運が悪いと考えられるのではないでしょうか。やっぱりクジで行き先を決めるというのは、無茶な行いであったのだと思います。段々とお腹が痛くなってまいりました。

「しかし、そうか……」

「なんだ？　な、何か気になることがあったか？」

「我はそこまで、力が漏れていたのか」

「うむ、かなり顕著に漏れていたな」

「となると我もそろそろ、次の世代が見えてきたようだな」

「次の世代？」

「自らの力を制御できなくなっては、不死王も問々ならぬということだ」

「貴殿の事情は知らんが、地上にまでアンデッドが溢れ返るのは困る。そっちはそっちで、どうにかしてもらいたいのだが、なんとかならないものだろうか？　我々でよければ手助けをすることも吝かではないのだが」

「…………」

「あ、き、気に障ったか？　それなら謝るが……」

「あぁ、そうだな。そろそろ次代を探しに向かうとしよう」

お話の流れは倒壊したゾンビの集合住宅や、タナカさんの行く先を離れて、なにやらよく分からない方向に向かっております。これには会話をしているエルフさんも、疑問に首を傾げていらっしゃいますね。

そうかと思えば骨の方が空に向かって、急に上昇し始めました。

「さらばだ、エルフの娘よ」

「お、おい、まさか次代というのはっ……」

「こうして知らせてくれたこと、感謝する」

別れの言葉を発したかと思えば、骨の方は空の高いところに向かい、スゥッと浮かび上がっていきます。声を掛けたエルフさんに構うこともありません。やがて小さな点となり、我々は姿を見失ってしまいました。

どこに向かわれたのでしょうか。

地下に残された大量のゾンビの扱いとか、メイドは非常に気になります。

＊

ニップル王国へ無事にお薬を届け終えたブサメンは帰路についた。

際しては王城があった首都ラックを筆頭として、目に付いた人里にエリア型のヒールをお見舞いしていった。地上に降りての確認は行わなかったので、効果の程は分からない。けれど、やらないよりはやった方がいいだろうと考えてのことである。

そのため当初の予定より、帰還が些か遅れてしまった。チェリー王国の町フィスト、その冒険者ギルドまで戻る頃には、既に日も落ちて空が暗くなっていた。ただ、幸い営業時間内には戻ることができたので、日を跨ぐことなく案件を終えられた。報酬もしっかりと頂戴である。

ニップル国王からの手紙についても、事情を説明してお取り次ぎを願った。王様直々にサインの為された受領証を受けては、ギルド職員も首を横に振ることはなかった。腐っても鯛、貧乏でも王族、ということだろう。

また、自身に課せられていた入町に対する人頭税は、ギルド経由でも支払いが可能とのことで、併せて職員にお願いした。ブサメンと同じようにツケで町に入り、冒険者ギルドでサクッと稼いで支払う、という冒険者が意外といるのだそうな。

処理自体も本日付けで行ってくれるとのこと。

これで当面は安心である。

本日予定していたお仕事はすべて終えられた。

手にした報酬の内、人頭税を支払った残りはお財布に入った。仕事ではこれといって経費が発生していないので、職員が言っていたとおり非常に実入りの良い案件であった。我々が飲んだ薬についても、依頼人からの支給品扱いとなる。

無事に懐を温かくしたブサメンはルンルン気分で帰宅。

ご主人様が待つ学生寮に戻った。

そうして訪れたダイニングスペースでの晩餐。

彼女の股ぐらをチラ見しつつの夕食で召喚獣は食事に舌鼓を打つ。

「本日は夕食が豪華ですね。温かいスープ、とても美味しいです」

「う、うるさいな！　召喚獣から一方的に金銭を恵まれて、まさか食事を控える訳にはいかないだろ？　っていうか、いつまで床でそうしているつもりだよ。ちゃんと許すから、イスに掛けて食べろよなっ！」

本日のお仕事で得た金銭は、帰宅と併せてご主人様にすべて献上した。それが影響してなのか、昨日と比較して晩ご飯が一気にグレードアップしていた。主食と主菜の他に、温かで具沢山なスープまで付いてきたのだ。

学生寮の食堂に手づから手配する姿には、召喚獣もキュンとしましたよ。

「そんな滅相もない。ご主人様は貴族であらせられます」

「お前みたいなのが足元にいると、なんかこう不安になるんだよ」

「では代わりに、こちらの彼を食卓に迎えては頂けませんか？」

ブサメンに代えて鳥さんをテーブルの上に配置させて頂く。

それまで彼が啄んでいた皿を正面に並べることも忘れない。予期せず食卓が移動したことで、その視線は目の前の食事からブサメンに流れた。これはどうしたと訴えるように、首を傾げてみせる鳥さん。

『ふぁー？』

「そちらでメイスフィールド様との食事を楽しんで下さい」

自分はダイニングセットからほど近い床を死守させてもらう。

こんな素敵なロケーション、まさか手放してなるものか。

テーブルの下、エロい。

ダイニングで一番エロい場所だと思う。

今はまだ床から高みを窺うばかりの小さな存在かもしれない。けれどいつの日か、共に腰掛けた対面の彼女から、天板の下、足先で股間をグリグリとされてみたい。

彼女のパパやママが同じ席に着いていると尚良し。

『ふぁー？　ふぁー？』

「お前も鳴いてないで食べろよ。せっかくの料理が冷めてしまう」

『ふぁ、ふぁぁぁぁぁあ』

自らの皿から料理を切り分けて、一部を鳥さんのお皿に移してみせるご主人様。その様子を目の当たりにして、彼は嬉しそうに声を上げた。そうかと思えば、美味しそうに与えられた料理を啄み始める。

なんて羨ましい光景だろう。

こちらの召喚獣も、ご主人様の唾液が混じった料理を食したい。

「……しかしなんだ、召喚したヤツと違ってお前はなかなか可愛いな」

『ふぁ？』

くっ……、鳥さんを見つめるご主人様、とても穏やかだ。

そういう眼差し、一度でいいから受けてみたかった。

「なぁ、コイツは何という種族の生き物なんだ？」

「申し訳ありません。その点については私も調査中となりまして」

そう言えば、籠（かご）飼いの鳥であっても一日に一時間くらいは、部屋の中で自由に飛ばせてあげる必要があるとか、ネットで見たことある。ただ、我々の鳥さんは一向に飛び立つ気配がない。そもそも飛ぶ練習をしている素振りすら見たことがない。

この点、ちょっと不安に思っている。

そんなことを考えてふと、思ったよりも彼のことを大切に思っている自分に気づいた。三十過ぎてペットを飼い始めるとヤバイと言われる理由を、なんとなく理解したかもしれない。知り合いも彼女と別れて猫を飼い始めてから、段々と変わっていった。

なんて危険なんだペット。危ういぜ飼育。

「自分で召喚しておいて、そんなことも分からないの？」

「以前もお伝えしたとおり、私の召喚魔法は亜流となりまして」

「ふぅん？　だったら暇をみて学園の図書館で調べてみようかな」

いかん、それはよくない展開だ。

フェニックスの幼生だと知られたら、色々と問題になりそうな気がする。その尾羽根を一本ばかり引っこ抜いてオークションにかけたのなら、それだけでペニー帝国は首都カリスに、いい感じの家が建つらしいと聞いたもの。

羽という羽をむしられて丸裸になった鳥さん、容易に想像させられる。

っていうか、現時点で既に彼の身体から抜け落ちた羽が、リビングの隅の方でホコリまみれになっている。これって放置して大丈夫なのだろうか。生え変わりの季節とか訪れたら、ご主人様の居室の時価、本人の知らないところで凄いことになりそう。

「いえいえ、メイスフィールド様にご面倒はかけません。私の方で調べておきますので、学業に専念して頂けたら幸いです。私という召喚獣が繰り返し呼ばれてしまうという事象についても、未だ原因は解明できていないと聞きました」

「その点は学園の教授にも確認しているんだけどなぁ……」

「進展は見られましたか？」

「お前、どうして僕のところに呼ばれて来たんだ？」

「はてさて、そればかりは私にもサッパリです」

当面はいつ呼び出されても構わないので、調査はご主人様に任せておこう。むしろ下手に解決しては、召喚獣という立場から放逐されかねない。十代の女の子と同性の距離感で寝食を共にする機会など滅多にない。大切にしていかないと。

「ところで明日の予定なんだが、お前、僕と一緒に登校するぞ」

「私も学園にお呼ばれするのですか？」

「召喚魔法学科で学外での授業があるんだけど、以前の実習で呼び出した召喚獣を参加させることが、単位を得る条件なんだよ。僕としても甚だ不本意ではあるけど、これを逃すと進級にも関わってくるから仕方なくだ」

「なるほど」

「あと、この鳥も一緒に連れてきていい。っていうか、むしろ連れてこい」

「お気遣いありがとうございます」

「コイツはなかなか可愛いからな。お前の存在も多少は中和されるだろう」

『ふぁー？』

テーブルの上の鳥さんを眺めて、ご主人様は小さく笑みを浮かべた。

召喚魔法を行使する以前、入学当初から召喚獣に向けるべくプールされていた愛情が、ブサメンを迂回して彼に注がれつつある。それはそれで悪くないことなのだけれど、今後は自分も有能な面を示していく必要がありそうだ。

平たい黄色族、頑張りどころである。

＊

翌日はご主人様の指示に従い、共に学外で行われる授業に臨んだ。

場所は町を出てしばらく空を飛んだ先にある森林地帯。

事前に伺った話によれば、なんでも生徒と召喚獣が信頼関係を深める為に行われる授業なのだとか。これには後者の特性を前者が把握する意図も含まれており、教室から外に出て実習形式で授業に当たるのだそうだ。

つまり、既に円満な関係を築いている我々には不要な授業と言える。

こちらのブサメン、ご主人様の為ならたとえ火の中水の中。

気になるあの子の膣の中。

具体的な授業内容としては、生徒と召喚獣のペアで森の中に入り、そこで各々に配布された指示書に従い、一定のミッションを達成するというもの。指示書は生徒が召喚した召喚獣に合わせた内容のものが、当日になって配布された。

鬱蒼と茂る森林を傍らに眺めて、境界となる草原地帯に陣取った学園の生徒たち。彼らは教師から与えられた指示書を確認して、次々と森の中に入っていく。傍らには数日前の授業で召喚されたと思しき召喚獣たちが連なる。

地面を四足歩行で歩く犬っぽい生き物だったり、召喚主である生徒の肩に止まった小型の爬虫類だったりと、その在り方は非常に多彩だ。これなら一匹くらい、平たい黄色族であってもいいじゃない、とは思う。どうして駄目なんだろうか。

さて、我らがご主人様はどうだろう。

「メイスフィールド様、我々の指示内容はいかがでしょうか？」

「いや、それなんだけどさ……」

「頂戴した指示に何か問題でもありましたか？」

「…………」

紙面を眺める彼女の表情は覚束ない。困った顔をしていらっしゃる。

『ふぁー？　ふぁー？』

我々の足元では鳥さんも首を傾げて鳴き声を上げている。

次々と森に入っていく生徒たちと我々との間で、視線を行ったり来たりさせる姿が非常にキュートだ。周りの反応を確認したことで、自分たちはどうするのだと、疑問に思っているような素振りに知性の芽生えを感じる。

「ほら、読んでみろよ」

「あ、どうも」

ご主人様から指示書を手渡された。

年頃の女の子が触れていた品にノータイムでお触りすること、未だに慣れないの胸がドキドキする。同性間を意識させる気さくなやり取りも素敵。こうした何気ない日常の出来事一つ取っても楽しめるから、召喚獣ライフは最高だよ。

「……別行動、ですか？」

「みたいだな」

紙面には二つの目的地が、簡単な地図と共に記載されていた。そして、主人と召喚獣はそれぞれに分かれて向かい、同所に設けられたチェックポイントを確認の上、スタート地点まで再び戻ってくるように、との指示が為されていた。

つまり完全な別行動。

枠外の注釈に従えば、召喚獣としての平たい黄色族は人と変わりないコミュニケーションが可能である一方、その能力や存在意義に疑問が感じられるとのこと。そこでこれを確認することが、今回の授業の目的であると示されていた。

主人と召喚獣の信頼関係を深めるという目的はどこに行ってしまったのか。

「どうやらお前に合わせた課題のようだな」

「そのようですね」

「まあいい、さっさと終わらせてしまおう」

「でしたらメイスフィールド様に一つ提案があります」

「なんだよ？」

「メイスフィールド様に向けて指定されたルートは、いささか距離があります。こちらを私に任せてはもらえませんか？　主人が貴族である点を思えば、こうした気遣いの意思もまた、試されているのかもしれません」

「ふぅん？　まあ、別にそれでもいいけどさ」

「ありがとうございます」

「だけど、失敗したら承知しないぞ？　この授業の成果は、たとえ召喚獣のミスであっても、召喚主である僕の成績に直結するんだから。万が一にも失敗したら、すぐにでも学生寮から追放してやる」

「それは当然でございます。どんと任せて下さい」

よし、さっそくポイントを稼いだ予感。

本日はデキるところを存分にアピっていこう。

誰よりも早くミッションをクリアしてやるぞ。

「それじゃあ出発だ」

「承知しました」

我々に率先して、森に向かい足を進めるご主人様。

その背中を追いかけて、ブサメンも森に入る。

際しては鳥さんを地面から拾い上げることも忘れない。

背の低い彼は木々が鬱蒼と茂る森の中、満足に歩き回ることも難しいだろう。更には空を飛ぶことも不可能と思われる昨今、当面は自分が抱いて過ごすことになりそうだ。

『ふぁきゅ！』

本人は大人しく抱かれたまま、楽しそうにしている。

それからしばらく森の中を歩いたところで、召喚獣二体はご主人様と一時のお別れだ。これまで進んできた方角から見て、彼女は右に、我々は左に、それぞれ異なる進路を取って歩き出した。

ところで、森の中には虫が出る。

ブサメンの大嫌いな生き物だ。

だからこそ叶うならば、飛行魔法で飛んでいきたかった。

木々を無視して一直線に進みたかった。

しかし、森の上空を利用するのは全面的に禁止とのこと。これは我々のみならず、どの生徒も同様であると指示書に記載があった。なので本日は大人しく、木々の下を歩いて目的地を目指すことにした。

『ふぁー？　ふぁー？』

ご主人様が消えていった方を眺めて鳥さんが鳴く。

別れを惜しんでいるのだろうか。

「またすぐに会えますから、気にしなくても大丈夫ですよ」

『ふぁー？』

「あと、行く先に虫がいたら教えてくれると嬉しいです」

『ふぁきゅ』

どれだけレベルが上がっても、虫だけは苦手なままだ。蜘蛛の巣に顔を突っ込んだりしようものなら、鳥さんを放り出して慌てる自信がある。それならまだドラゴンとエンカウントする方がマシである。

そうして鳥さんと他愛ない会話を交わしつつ、足を進めること小一時間ほど。

我々は無事に目的地まで辿り着いた。

道中にはこれといって障害らしい障害もなかった。

指示書に示されていた地点にあったのは、樹木の幹に刻まれたメイスフィールド様のお名前と、その脇に添えられた短い一文だ。恐らくは後者を覚えて戻ることで、今回の授業では合格が得られるものと思われる。

たぶん他の生徒たちも、同じようなミッションに挑んでいるのだろう。

「これで目的は達成したも同然ですね」

『ふぁ！　ふぁきゅ！』

何気なく呟くと、機嫌が良さそうな返事があった。

彼にとってはお散歩感覚なのかもしれない。

その愛らしい姿を眺めていると、今回の授業の趣旨が主人と召喚獣の信頼関係を深める為だという、学園側からの意図も納得できた。本来であればご主人様の隣にいるべきは、彼のような相棒であったのだ。

「自分がいなくなっても、ご主人様に仕えてくれますか？」

『ふぁ？』

「彼女のことを隣で支えてもらえると嬉しいのですが……」

フェニックスの幼生である鳥さんが一緒なら、きっと辛いばかりの彼女の人生、それでも少しは幸に恵まれたものになるのではないかな、なんて思う。現時点でもそれなりにパワフルな鳥さんだ。オークの数匹なら軽く蹴散らしてくれよう。

『ふぁぁー？』

キョトンとする鳥さんは、きっと何も理解していない。

しかしまあ、こればかりは仕方がない。

近い将来のことは、その時が来たら考えよう。

「さて、それじゃあ森の外まで戻るとしましょうか」

『ふぁきゅ』

鳥さんを脇に抱えたまま、共に来た方角に引き返す。

そうして一歩を踏み出した直後のこと。

不意に足元に魔法陣が浮かび上がった。

『ふぁっ!?』

「あっ……」

しかもそのデザインには見覚えがある。

いつぞや陛下にお呼ばれして、町長宅の応接室を訪れた際に確認したものと同じである。つまりこれは、我らがご主人様からのお呼び出しに他ならない。しかし、それがどうしてこのタイミングなのか。

召喚に際して、中年オヤジが全裸でポップすることは彼女も理解している。

わざわざ好き好んでこれを行使することはないだろう。

まさかこの期に及んで、キモカワ系に目覚めてしまったのか。

いやいや、そんな訳がない。

あれやこれやと考えているうちに魔法陣の輝きが強まる。

『ふぁっ、ふぁぁぁぁ！』

「申し訳ありません、すぐに戻りますか……」

地面に浮かんだ魔法陣に対して、醤油顔の脇に抱えられたまま威嚇の姿勢を見せる鳥さん頼もしい。そんな彼に向けた謝罪の言葉は、最後まで届けることができなかった。周囲の光景と共に、視界に映った一切合切が失われる。

眩い輝きの只中、ブサメンの視界は暗転した。

*

再び周囲に光が戻ったとき、そこは今までいた森の中とは一変していた。

周囲をゴツゴツとした岩壁に囲まれた、洞窟内を思わせる空間だ。

傍らに鳥さんの姿は見られない。

衣服はすべて失われており、外気のかすかな震えが直接肌を刺激する。足の裏に感じる冷たい岩肌の感触も手伝い、これといって視線を巡らせることもなく、自身がどういった状況にあるのかを理解できた。

すぐ近くにはご主人様の姿が見受けられる。

やはり彼女に召喚されたようだ。

ただし、その肉体は全体的に焼け焦げている。

「メイスフィールド様！」

「やっぱり、お前は裸で呼ばれてくるんだな……」

地面に横たわった姿勢で、彼女は呟いてみせた。

とても辛そうだ。

何がどうしてこうなった。

すぐ近くには学内や学生寮でご主人様のことを苛（いじ）めていた、男色でメイド趣味の貴族も転がっている。彼も彼女と同じように、そこかしこが焼けてしまっており、満身創痍を絵に描いたような有様だ。ご主人様よりも重症である。

また、二人の正面には学園の教師と思しき男性の姿がある。

自分と同じくらいの年頃の中年男性で、過去には召喚魔法の学外実習で生徒たちを率いていた人物だ。恐らく召喚魔法を専攻する生徒たちの担任なのだろう。それが何故なのか、手には杖を構えており、ギラギラとした面持ちでこちらを見つめている。

各人の位置関係的には、洞窟の袋小路にご主人様たちが倒れており、これに通路側から教師が迫るような配置だ。そうした両者の間にブサメンは召喚されていた。当然ながらご主人様のみならず、居合わせた面々からは即座に捕捉される。

「貴様のような平民が召喚されたばかりに、私は、この私はぁっ！」

教師の人がこちらを睨みつけて声を上げた。

めっちゃ睨まれているぞブサメン。

「主従共々、まとめてこの場で死んでしまえ！」

そうかと思えば、次の瞬間には魔法が飛んできた。

召喚されてから束の間の出来事である。七色に輝く光の帯が幾重にも、こちらに向かい突き進んでくる。後ろにはご主人様がいるので回避する訳にはいかない。そうかと言って、真正面から被弾するのも恐ろしい。

こういうときに便利な魔法を醤油顔は知っている。

「ストーンウォール！」

「なっ……」

足元から壁をニョッキさせて、教師の人の魔法を防ぐ。

反対側からは先方の驚く声が届けられた。

これと同時にブサメンは、背後で倒れた二人に対して回復魔法。

「ヒール！」

エリア型でまとめて二人一緒に治療させて頂く。

オールバックの彼も治して大丈夫だろうかとか、どうして二人が倒れているのだとか、疑問や不安は尽きない。けれど、それらは追々対処していこう。いずれの場合でも、対象をストーンウォールで囲ってしまえば、基本的に脅威は無力化できる。

「……お前、回復魔法なんて使えたのか？」

「ええまあ、嗜む程度ではありますが」

魔法云々に突っ込まれては面倒だ。

ここは華麗に話題を変えさせて頂こう。

「ところで、あちらに見られるのはメイスフィールド様が通われる学校で、教師を務めておいでの方であったと思うのですが、これは一体どうしたことでしょうか？　今の魔法は私のみならず、お二人に対しても危険な行使であったと思います」

オールバックの彼にもチラリと視線を向けつつ語る。

するとご主人様からは早々に反応があった。

「指示書にあった二つの目的地のうち、僕が向かった先にはトラップが仕掛けられていたよ。当初の指示内容から察するに、お前をどうにかする為に用意されたものだと思うけれど、情けない話これに気づけず死にかけた」

「なんと……」

これまた申し訳ないお話である。

気を利かせたはずが、むしろ大迷惑じゃないですか。

「その口封じだよ。こうして襲われていたのは」

「随分と荒っぽい対処ではありませんか？」

「彼は魔法使いとして学園に召し抱えられているけれど、身分は平民だ。自らの過失から貴族の生徒に怪我をさせたとあらば、罪に問われることは避けられない。こちらの対応次第では、職を失い牢に入れられる可能性もあり得る」

「なるほど」

南部諸国であっても、平民と貴族の関係はシビアなようだ。

ペニー帝国と大差ないように思われる。

そのあたりドラゴンシティでは、身分に基づいて住まいから設備まで、スッパリと区画を分けておいて正解であった。下手に融和など目指したところで、まず間違いなく上手くいかない。だったらキッチリと分けてしまった方がお互いに幸せだ。

「そうなると、隣にいらっしゃるご学友の方は……」

「私は炸裂音と悲鳴を耳にしてこちらまで足を運んだ。すると何故かメイスフィールドが教諭に襲われていてな。助けに入ったまでは良かったのだが、恥ずかしながら力及ばずに倒れていた次第だ」

ご主人様に続いてオールバックの男子生徒からも声が上がった。

その意識は発言と前後して、醤油顔が生み出したストーンウォールに向かう。

すると正面には壁を迂回して、いつの間にやら教師の人が立っていた。

「せっかくこちらで手を回してあげたというのに、どうして邪魔をするんですか？　メイスフィールドさん、貴方もそんな平民より、ちゃんとした召喚獣を呼び出したいでしょう。何故私の言うことを素直に聞けないんですか」

「こんなのでも僕の召喚獣だからな。勝手に殺さないで欲しいよ」

本来であれば平たい黄色族を殺すはずの罠が、ブサメンのお節介によりご主人様にヒット。不祥事は免れないと理解して口封じを試みるも、その現場を他の生徒にまで目撃されてしまい、みたいな感じだろう。

ニップル王国のメイスフィールド家という、他の生徒と比較して圧倒的に低い彼女の家柄も、一歩を踏み出すのに背中を押したことと思われる。他所の国の貴族が相手であれば、もう少し躊躇したかも知れない口封じだ。

「それが学園側の親心だと理解できないのですか？　貴方が呼び出した召喚獣のせいで妙な噂が広まったりしたら、他の生徒の迷惑にもなるでしょう。だから無かったことにしてあげようという、我々の好意を無下にするつもりですか？」

そうして本来であれば罪に問われるはずのない行いが、周囲を巻き込んで雪だるま式に膨らんでしまったようである。先方の自暴自棄な雰囲気にも納得がいった。この場でご主人様たちを逃したのなら、彼の生命は絶望的だろう。

今の台詞が本当だとしても、トカゲの尻尾切りに遭うのは目に見えている。

「そんなの余計なお世話だよ！」

「これだから貧乏な国の貴族は嫌いです。頑固な者が多い」

「び、貧乏は関係ないだろ⁉」

「いずれにせよ、この期に及んでは生きて帰す訳にもいきませんが」

引くに引けなくなった教師の人が我々を見つめて言った。

杖を構える面持ちは、鬼気迫るものが感じられる。

これを目の当たりにして、ご主人様からブサメンに指示が飛んだ。

「いきなりこんなところに呼び出して悪いとは思うけど、そこの男を連れて洞窟から逃げてくれ。お前の飛行魔法ならば、やってやれないことはないだろう？　いけすかないヤツだが、つい先程には命を救われた相手だ」

なるほど、どうやらブサメンはクラスメイトを助ける為に、この場にお呼ばれしたようだ。てっきり目の前の相手との交戦を命じられるものだとばかり考えていた。ご主人様のそういうお人好しなところ、後ろからギュッて抱きしめたくなる。

どこぞのロイヤルビッチとは雲泥の差ではなかろうか。

かくして童貞は、心が盛り上がるのを感じておりますぞ。

同級生に命を救われたという瞬間、それはもう気になります。

「いいえ、ご主人様を放って逃げる訳にはいきません」

「はぁ？　召喚獣の癖に主人の命令が聞けないの？　なんの為に呼び出したと思っているんだよ！　お前がそんな体たらくだから、僕が周りから馬鹿にされるんじゃないか。いいからさっさと行けよ！」

「この場は私が時間を稼ぎますので、お二人で逃げて下さい」

次は平たい黄色族が頑張る番だ。

お命お守り致します。

「馬鹿を言うな、相手は学園の教師だぞ!?」

「たとえ相手が魔王であっても、私の返事は変わりません」

「っ……な、なに言ってんだよ!?　そういうの全然似合わないし！」

「そして、いずれの場合であっても、見事に打倒してみせましょう」

ストーンウォールを引っ込めて洞窟内に空間を確保する。

洞窟はそれなりに高さがあるので、彼女の言葉ではないけれど、飛行魔法で脱することは可能だろう。先方の魔法を先程と同じように防ぐことができれば、二人の退路を確保することは容易である。

いいや、いっそのこと相手を囲ってしまおう。

その方が確実だし、逃走される可能性もゼロになる。

「なかなか主人思いの召喚獣だ。それならば私も手伝おう」

そうこうしていると、隣にオールバックの彼が並んだ。

杖を片手に力強い笑みを浮かべていらっしゃる。

一度は負けたとのことだけれど、勝算はあるのだろうか。

「そういえば貴方様の召喚獣が見られませんが……」

「事前に逃がした。上手いこと学園まで辿り着いていればいいが」

「左様でしたか」

男気の塊のような人物だ。自分のように状況を理解しつつ臨んでいる訳ではなく、正真正銘、掛け値なしの勝負に出ていらっしゃる。なんて格好いいのだろう。出会った当初のマイナスイメージが吹き飛ぶのを感じるよ。

そんな彼に引け目を感じつつ、杖を構えた教師に意識を向ける。

対象の前後左右を囲うようにストーンウォールを凸だ。上下の遮りには洞窟の天井と地面を利用しよう。

「平民風情に何ができるというのだ」

ブサメンが洞窟内で土壁のレイアウトを検討し始めた直後、先んじて相手に動きがあった。手にした杖を下から上に向かい素早く振ってみせる。際しては呪文の詠唱がなかった。無詠唱というやつだろう。

間髪を容れず、目に見えない何かが醤油顔を捉えた。

「っ……」

直後、質量を感じさせる突風のようなものが、身体の前面に当たった。

ドスって感じ。

ただ、痛みはない。ちょっと身体が揺らいだ程度だろうか。

お腹の肉がプルルンしてしまったよ。


「なっ……ば、馬鹿なっ……」

その様子を目の当たりにして、相手からは驚愕の声が漏れた。

大きく目を見開いてブサメンを凝視している。

「無詠唱とは言え、ブラストを真正面から受けて無傷だと!?」

足元に視線を向けると、洞窟の岩肌に裂け目が生まれていた。

対象を切り裂くタイプの魔法が放たれたのだろう。裂け目の角度的に考えて、正しく効果を発揮していたのなら、ブサメンの肉体は左右に分断されていたものと思われる。その事実を理解して、今更ながら背筋が寒くなった。

効果が薄かった理由は、きっと両者のレベル差が原因だろう。

こちらの世界に呼び出された当初ならいざしらず、昨今ならレッドドラゴンとも真正面から殴り合える醤油顔のステータス具合だ。ロリゴンも過去にはぺぺ山で、ブサメンの魔法を真正面から受け止めていたし。

それでも例外があるとすれば、衣服。

何かとロストしやすい装備品一式。

しかし、召喚魔法の副次的効果により、既に全裸に剥かれているブサメンには、これを庇う必要さえない。その事実に妙な清々しさを感じる。もはや失うものは何もないのだという、得も言われぬ快感だ。

「平民の分際で、魔法抵抗の加護を受けているのか。猪口才な」

忌々しげに語ってみせる教師の人は、恐らく勘違いをしている。

わざわざ訂正するのも面倒だし、その設定、このまま利用させて頂こう。魔法の腕前から素性がバレたりしたら大変だ。むしろ、ご主人様やそのお友達に対する、体の良い言い訳になったような気がする。

ただ、同じようなことが繰り返されても困る。

さっさとストーンウォールで囲ってしまうとしよう。

そうしていざ施行に掛かろうとした間際の出来事であった。教師の人の後方から、何やら丸っこいものが近づいてくるのに気づいた。それも恐ろしい速度で地面を走り、トトトトと駆けてくるから何がどうした。

よくよく見てみれば鳥さんじゃないの。


「お、おい、アレはまさかっ……」

ご主人様も気づいたようだ。

次の瞬間、地面を蹴って飛び上がった鳥さん、体当たりである。

教師の人の腰のあたりを目掛けて、頭からぶつかっていった。

「ぎゃっ……」

我々に注目していた為か、先方はこれに気づけず直撃を受けた。

前方に向かい吹き飛んだ身体は、ブサメンの横を過ぎる。

そのまま真っ直ぐに洞窟の壁にぶつかり、倒れて動かなくなった。

鳥さんのステータスを思えば、なんら不思議はない。オーク数体であれば、余裕で相手取れるポテンシャルの持ち主だ。

『ふぁっきゅー！　ふぁっきゅー！』

同じく地面に落ちてコロコロと転がった鳥さんは、大慌てで身体を起こし、倒れた教師の下に向かう。そして、横たわる肉体の正面に自らの身体を据えて、威嚇するよ

うに大きく鳴き声を上げ始めた。

　どうしてここが分かったんだろう。

　厳しい表情でお互いに相対していた構図から、倒れた彼が敵性であったことは、鳥さんも判断できたことだろう。けれど、こうして我々のいる場所を特定の上、この短時間で移動してきた点には疑問が浮かんだ。

　ブサメンの召喚から数分ほどしか経っていないもの。

「おぉ、よく来てくれた！」

『ふぁっ!?』

　笑みを浮かべたご主人様が鳥さんを抱え上げた。

　その丸っこい身体には、あちらこちらに木の枝が刺っているぞ。森の中を疾走してきたのは間違いなさそうだ。他にもところどころかすり傷が見られたりして、すぐにでもヒールを掛けたい衝動に駆られる。

「安心するといい、お前の一撃で相手は倒れたようだぞ」

『ふぁ、ふぁぁー？』

　ご主人様の言葉通り、教師の人はピクリとも動かない。

　生きているのか、死んでいるのか。

　鳥さんの優れたステータスを思うと、いささか不安な光景だ。


「メイスフィールド様、私はこちらに呼ばれる以前、そちらの彼と共にもう一つの目的地におりました。直線距離ではそう大した間隔でもありませんが、鬱蒼と木々の茂る森の中、この度の遭遇は疑問が残ります」

「この鳥はお前の召喚獣なのだろう？」

「それはそうですが」

「ならば主人の居場所をなんとなく判断できたのだろう」

「どういうことでしょうか？」

「召喚獣と主人はお互いに引き合うという。あまり離れては難しいそうだが、近くにいれば所在を感じることもあるらしい。まあ、僕はお前のことをまるで把握できていないから、これも場合によりけりだろうけどさ」

「なるほど」

「恐らく野生の生き物の方が、そうした直感的な面は優れるんだろうな」

　鳥さんはブサメンを求めて、森の中を爆走してきてくれたのか。

　想像した以上に忠義心に溢れた鳥類だ。

　一方で自分は何も感じられていない点が申し訳ない。

　召喚魔法のスキルレベルを上げたら、こちらからも感じられるようになるだろうか。ただ、結果として彼との関係が変化してしまったら、それはそれで悲しいんだよな。

「メイスフィールド、この男を拘束するぞ」

「ああ、そうだね」

オールバックの彼と協力して、ご主人様は気を失った教師の手足を氷漬けにしていく。そんなことをしたら体組織が壊死してしまうのではないかと、とても恐ろしく感じる光景だ。回復魔法が存在しているからこその判断だろう。

学園側の平たい黄色族に対する扱いは、未だ問題として残っているけれど、これでひとまずは一件落着だ。授業は残念なことになってしまったが、愛すべきご主人様が無事であって、召喚獣はとても嬉しく思う。

お互いの信頼関係、少しは深まったのではなかろうか。

＊

オールバックの彼は、教師を拘束するや否や、その身柄を担いで帰路に就いた。なんでも森の中で分かれた召喚獣を捜したいとのこと。併せて荷運びくらいは役に立ちたいとの申し入れから、我々は素直に頷いて応じた。

立場的にも彼の方が、教師とのあれこれを説明する上で、より自分たちに都合よく学園側と話を進めることができるだろう。このような下心も手伝い、ご主人様も異論を唱えることはなかった。ニップル王国の貴族はとても貧乏なのだ。

そうして少しだけ静かになった洞窟でのこと。

「よし、これで綺麗になったぞ」

『ふぁぁぁぁ……』

自らの腕に抱いた鳥さんを眺めて、ご主人様が言った。

つい先程までは身体中に木の枝が刺さり、しかも血液や土埃でそこかしこが汚れていた彼である。それが彼女の手により、丁寧に毛繕いされて見違えるようだ。羽毛の下にあった怪我もブサメンのヒールにより完治済み。

「どうだ？　気持ちよかったか？」

『ふぁきゅ！』

「そうか、それはよかったな」

受け答えする様子も、満更ではなさそうだ。

嬉しそうに尾羽根をピコピコとさせている。

「……お前は小柄な割に力が強いのだな。瞬発力もある」

『ふぁ？』

「森の中を駆けてきた脚力も大したものじゃないか」

鳥さんを撫でながら、ご主人様が独白するように語り始めた。

地面にあぐらをかいてのことだ。その眼差しは腕のうちに抱いた彼を過ぎて、どこか遠くを眺めているかのようである。これをブサメンはすぐ傍らに座り、黙ってお伺いしている。

「それに引き換え、僕はなんて弱いんだろうな」

『ふぁー？　ふぁー？』

「今回の出来事にしたって、僕がもっと強ければよかった。そうすれば周りに苦労を掛けることはなかったし、そもそもあの教師が一歩を踏み出すこともなかったんだ。召喚獣に対する扱いだって変わっていたかもしれない」

「メイスフィールド様、そのようにご自身を責めることはないかと」

「なぁ、タナカ」

「……なんでしょうか？」

おっと、ご主人様に初めて名前で呼んでもらえたぞ。てっきり忘れられているものだとばかり。


「やっぱり僕は力が欲しい。どうしても、どうしても力が欲しいよ……」

「…………」

以前にも耳にしたフレーズである。ご主人様の悲願だ。

ただ、これればかりは醤油顔に言われても、どうしようもない。せめて鳥さんが成長するまで待ってもらえたのなら、立派な召喚獣として、その存在から他国を圧倒することも不可能ではないのだろうが。

『ふぁ？』

ご主人様に頭を撫でられて気持ちよさそうにしていた鳥さんが、ブサメンの視線に気づいて顔を上げた。フェニックスって何年くらいで成鳥になるんだろう。どう考えてもニップル王国の崩壊のほうが早い気がする。

「以前、南部諸国の統一に向けた会議が、近々開催されると言っただろう？」

「たしかにお伺いしました」

「あれの開催が数日後に迫っているんだ」

「そうなのですか？」

「つい先日、祖国から手紙が届いた。なんでも父上が流行病に伏しているらしく、会場にほど近い僕が代役として参上しなければならなくなった。こうなると学園での生活もどうなるか分からない」

え、嘘。パパさん割と元気だったような気がするんだけれど。

少なくとも病に伏しているって感じではなかったよ。ブサメンとの謁見もハキハキと対応していた。

これはあれか、どう足掻いても挽回することが不可能だから、近くにいる子供に丸投げしちゃえ、みたいな。ニップル国王の気持ちは分からないでもないけれど、召喚獣的には国の行く末を託された娘さんが不憫でならない。

「いいや、こんなことをお前に話しても仕方がないな」

「私でよろしければ、いくらでもお付き合いしますが」

「っていうか、お前、さっきの回復魔法はどこで学んだんだ？」

「それでしたら、大聖国の教会関係者に知り合いがおりまして」

「ふぅん、大聖国か」

決して嘘は言っていない。

聖女様はナンヌッツィさんと仲良くやれているだろうか。

後者に限って言えば、百一匹ショタチンポとの生活に、十分満足しているように見受けられる。彼らが成人するまでは、いいや、オチンチンの周りに毛が生え始めるまでは、たぶん大丈夫だと考えている。

一方で聖女様については、未だに不透明な部分が多い。やっぱり彼女が好む男のタイプとか、調べておいた方がいいのだろうか。まるで想像できない点が、非常に難易度の高い行いである。むしろ男のために必死になる聖女様とか、これっぽっちも想像できない。

なんか嫌だな、こういうの。

童貞にやらせる仕事じゃないと思う。

「あぁ、大聖国と言えば以前……」

教師に殺されかかったことも手伝い、情緒が安定しないのだろう。

コロコロと話題が変わるご主人様とのトーク。

いつまで洞窟でお話をしているのだろうかとか、そろそろ学校に戻った方がいいのではとか、色々と思うところはある。だがしかし、処女と共に濃密な時間を過ごしたい童貞は、今という瞬間をキープ。向こうしばらく楽しませて頂こう。

　とかなんとか、卑しいことを考えていたのが良くなかったのかもしれない。

　不意に洞窟の出入り口側に人気が生まれた。

　カツカツという足音がこちらに向かい近づいてくる。

「メイスフィールド様」

「お、おぅ……」

　大慌てで立ち上がり、音の聞こえてくる方向に向き直った。

　オールバックの彼が帰ってきたのであればいいけれど、万が一にも教師の仲間が参上、みたいな流れであったら大変だ。いずれにせよ備えるに越したことはないと考えて、我々は弛緩していた意識を改める。

　すると視界に入ってきたのは、一体のスケルトンであった。

「……力が欲しいか？　ニンゲン」

　上から下まで骨。

　肉の一欠片も付いていない完全な骨。

　衣類や靴の着用もみられない。

「な、なんだよ!?　喋るスケルトンなんてっ……」


「力が欲しいか？　ニンゲン」

　先方は繰り返し、ご主人様に問い掛けてみせた。

　我々の会話を聞いていたのだろうか。

　可能性は高い。

　しかしそうだとしても、これまた意味不明な語りかけだ。急にやってきて何だというのか。新宿や池袋の繁華街などで見られる、やたらとアグレッシブなキャッチ。あれと同じような気配を感じる。

「欲しいと言ったら、な、なんだって言うんだよ」

　スケルトンというと、雑魚モンスターのイメージがある。

　ゲームなどでも序盤で登場することが多い。

　それでも念の為に、ステータスは確認しておこうかな。

名　前：ルフス
性　別：男
種　族：スケルトン
レベル：6812
ジョブ：不死王
Ｈ　Ｐ：302930000/302930000

MP：1089000000／4560500000
STR：2019281
VIT：20391817
DEX：10029281
AGI：1029181
INT：37364837
LUC：901827

この世界、意外と簡単にボスモンスターとエンカウントするよな。

ボスもボスで部下を連れずに、身一つでふらりと訪れたりするし。

これはもしかして、あれか。愛するメイドさんと離れ離れになって、いよいよブサメンの低LUCが猛威を振るい始めた、みたいな。末恐ろしきはマイナスを描く成長曲線である。自身のステータスを確認するのが怖い。

「貴様が望むならば、我の力をくれてやろう」

「……どういうことだよ？」

お菓子一つで怪しいおじさんに付いて行ってしまう幼児のように、ご主人様の興味の矛先がスケルトンに向かう。このまま放っておいたら、そのまま攫われてしまいそうな危うさを感じさせるぞ。相手にオチンチンが生えていないのが、せめてもの救いだ。

この場は多少強引にでも会話の輪に交ぜて頂こう。

「メイスフィールド様、お気をつけ下さい。ただのスケルトンではありません」

「そ、そんなの分かってる！　喋るスケルトンなんて聞いたことがないっ！」

「いいえ、そればかりではありません」

こちらが口を挟むのに応じて、スケルトンの意識が醤油顔に向かう。

目玉も抜け落ちて久しいのか、そこに瞳は見受けられない。代わりに頭蓋骨にポッカリと開いた眼窩に、青白い輝きがぼんやりと浮かんでいる。ステータスを確認した後だと、これがまた酷く恐ろしいものとして映る。

「我の邪魔をするのか？」

「目的をお聞かせ願えませんか？　お手伝いできるやもしれません」

「……手伝い？」

「ええ、そのとおりです。決して邪魔などしませんから」

王と名の付く相手から敵対認定されては堪らない。

相手がその気になったのなら、我々など魔法一発で撃沈だ。それでも自分一人なら、逃げ出すくらいはできるかもしれない。けれど、ご主人様や鳥さんと共に、となると格段に難易度が跳ね上がる。

「我の目的は、この肉体に湛えた王の力を次代へ繋ぐこと」

「なるほど」

まず間違いなくジョブのそれを指してのことだろう。

魔王様がそうであったように、彼が持つ不死王なる称号もまた、何某かの事象を経て、他者に継がれていくものと思われる。しかし、どうして今この瞬間、我々の下を訪れたのだろうか。

あまりにも都合が良過ぎるような気がする。

めっちゃ詐欺臭い。

こんなときゴッゴルちゃんが一緒だったらと、そう願わずにはいられない。エンシェントドラゴンだろうが、魔王様だろうが、問答無用で心の内側を覗いてしまえる彼女は、こういった場面で無敵の存在だ。

褐色ロリータさんからの濃厚なマインドドレイプが恋しい。

「どうして貴方は、このような場所に現れたのですか？」

「この近辺で強い魔力の発動が感じられた。気になって来た」

「左様ですか」

そのように言われると、納得できるかもしれない。

ブサメンの魔法に反応したのだろう。

まさかこんな相手を呼び寄せるとは思わなかった。

「我は少しばかり長く存在を重ね過ぎた。この肉体から溢れ出した力は、既に我の下を離れつつある。これが扱える内に次代へ王の存在を繋ぐことが、我が先代の王より託された、唯一にして絶対の掟」

「つまり次代の王として、貴方はこちらのお方を選ばれたと」

「そのとおりだ」

ご主人様にとっては、あまりにも美味しい話だ。ふと予期せず湧いた好機を素直に喜んでいいものなのか。それとも第三者に動きがあってのご提案なのか。本人の言葉だけでは裏付けが取れない。

あまりにも怪しい。

王という肩書きもこれに拍車を掛ける。

「お前がしてみせた話は僕にとって、とても魅力的なものだ」

「ならば迷うことはあるまい。我が力を欲せよ」

『ふぁ？』

訳が分からないと言わんばかり、首を傾げる鳥さん可愛い。

叶うことならブサメンもそうして、首を傾げてやり過ごしたかった。けれど、今の自分はご主人様の召喚獣である。その身に不幸が訪れようとしているのであれば、これを引き止めるのもまた、大切な役目の一つではなかろうか。

だって相手は膣の内に膜を秘めた男装美少女。

どこの馬の骨ともしれないスケルトンへくれてやるには惜しい。

「ちなみにお声掛けをされたのは、我々で何人目ですか？」

「……七人目だ」

そうだよな。普通の人だったら絶対に断るよな。

だって怪しいもの。

しかもこうして即答できるくらい、ちゃんと人数を数えているあたり、思ったより几帳面なスケルトンだ。ちょっとだけ切なさ感じてしまう。もしかしたら、本当に困っているのかもしれない、なんて考えてしまうくらいには心が揺れた。

「…………」

これにはご主人様も躊躇の素振りを見せる。

悩むような面持ちとなり言葉を失った。

そこでブサメンは軽く茶々を入れることに。

「メイスフィールド様、肉体が骨になってしまうかもしれませんよ」

「大きな力を得られるのなら、姿がどうなったって僕は構わない。けれど、この身が欲しているのは並大抵の力じゃない。この手一つで近隣諸国を落とせるような、そんな圧倒的な力じゃなきゃ駄目なんだ」

「その程度、我の力を継いで次代の王となれば、他愛のないことだ」

「ほ、本当かっ⁉」

スケルトンの言葉を受けて、ご主人様の目の色が変わった。

力と引き換えにオチンポをしゃぶれと言われたら、今の彼女はピーちゃんと同じくらい簡単に、即尺してしまいそうな危うさを感じさせる。その姿を眺めていてブサメンは気づいたよ、これが異性の正しい落とし方なんじゃないかと。ねぇ、不死王様。

「本当だ。それと骨にはならん」

なんだ、骨にはならないのか。

ちょっと安心したかも。

「ですが今の話を聞いた限り、些か矛盾を感じます。貴方でも制御が難しい力を他者に与えようとしている。これを受け取った相手はどうなるのですか？　人身御供が欲しいというのであれば、他を当たって欲しいのですが」

「問題はない。王を次代へと受け継ぐ儀式には力を要する。我の内に溜まった力のすべてがすべて、その者に流れ込む訳ではない。また、移りゆく過程でもいくらか霧散する。我も先代から力を受け継いでより、こうして存在し続けてきた」

「なるほど」

「それでも嫌ならば、我は他を探すことにしよう」

スケルトンが踵を返す。


これに慌てたのがご主人様である。

「待ってくれ！　き、決めた！　僕は決めたぞ!?」

「メイスフィールド様、ですがそれは……」

召喚獣の訴えも虚しく、ご主人様はスケルトンに言った。

物静かな洞窟の中、彼女の声が一際大きく響く。

「貴殿の力をどうか、僕に譲って欲しい！　頼む！」

「……いいだろう」

これにスケルトンは粛々と頷いて応じた。

不死王の力は強大だ。どこの誰とも知れない相手に渡されるよりは、多少なりとも気心の知れた相手が保有していた方が、ブサメン的には安心である。万が一にも聖女様のような相手に渡った日には、第二次魔王様大戦が始まってしまう。

しかし、こんな怪しい提案を受けてもいいのだろうか。完全にヤクザや半グレの手口である。未払いの還付金があるから、通帳と印鑑を郵送して下さい、とか言われたようなものだ。真っ当な人間であれば応じることはあるまい。だからこそのご主人様で七人目なのだろう。

「メイスフィールド様、まさか信じておいでですか？」

「僕の身の上はお前にも伝えたとおりだ。下手をすれば数日後に控えた南部諸国統一の会議を受けて、年内にも民が決起するかもしれない。当然ながらその怒りは王族に向かうだろう。だからこそ僕には、悠長にしている余裕がないんだ」

「…………」

思い起こせばどこかの世界も、そうして随所で紛争を繰り返していた。

小さな国の権力者は、平民が想像する以上に儚い存在なのかも。

「こっちへ来るといい」

スケルトンがご主人様を呼んだ。

彼女は静々と頷いて一歩を踏み出す。

どうしよう、めちゃくちゃ焦る。

黙って見ていてもいいものなのだろうか。

相手の言葉を素直に信じるなら、願ってもないチャンスである。しかし、そう容易にことが運ぶとは思えない。いつぞやペニー帝国で不動産の購入にチャレンジ、見事に失敗した一件は、未だに忘れられない悲しい思い出だ。

ただ、もしもスケルトンの言葉通り話が進んだとしたら、どうだろう。

ご主人様にとってはこれ以上ないサプライズだ。

だからこそ、悩む。できることならセーブしたい。コンティニュー的な意味で。

「ぬぅん……」

そうこうしている内に、スケルトンが淡く輝き始めた。

一体何をするつもりだろう。ブサメンが様子を窺っていると、むき出しとなった肋骨の間から、ビー玉ほどの大きさの光り輝く球体がゆっくりと出てきた。体内から体外に向かって平行移動である。

やがてそれは、正面に立ったご主人様の前まで移ってゆく。

「こ、これは……」

「貴様には二度、これを目の当たりとする機会がある。一度目は今この瞬間。そして、二度目は貴様が王の力を御せなくなったときだ。その時は今の我がそうであるように、次代の王を探して、王の力を次の時代に繋ぐのだ」

「ま、待ってよ。繋ぐと言われても僕にはやり方がっ……」

「時間が経つとともに、自ずと理解する」

「そんな簡単な説明でいいのか⁉」

「月日とは残酷なものだ。我のような者であっても、こうして先代の意を汲んでいる。思い起こせば、先代も似たようなことを口にしていた。故に貴様も、我々と同じような道を辿るのだろうと、今なら理解できる」

ここへきて急にあれこれと喋り始めたスケルトン。

矢継ぎ早に与えられた情報を受けて、ご主人様の面持ちには緊張と焦りが浮かび始めているぞ。つい先程の決意表明とは打って変わって、もう少し丁寧に説明してくれよと、頬を強張らせる様子が可愛らしい。

「おい、僕の話をっ……」

「それでは頼んだぞ」

だからだろうか、次の瞬間、彼女の腕が大きく動いた。

それまで下げられていた両腕が正面に突き出される。

「待ってくれ！　や、やっぱり少し考えさせて欲しい！」

「なっ……」

するとそこには、今までずっと抱かれていた鳥さんの姿があった。

スケルトンから発せられた光の玉を胸元に迎える位置取りだ。


『ふぁー？』

間延びした能天気な彼の声が洞窟に響いた。

直後に光の玉が胸に飛び込む。

本来であれば、羽毛に当たって足元に落ちそうなものだ。しかしそれは羽を越えて、鳥さんの肉体の内側に沈んでいった。時間にして数秒とかからない僅かな間の出来事である。輝きは肉体に阻まれてすぐに見えなくなった。

そうかと思えば、ビクンと彼の身体が大きく震えた。

『ふぁ⁉　ふぁ！　ふぁ！　ふぁぁぁあああ⁉』

「なんということだ、このようなことが……」

彼の正面では、スケルトンの人が驚いていらっしゃる。

鳥さんを見つめて、それマジかよ？　みたいな感じ。

光の玉を受け入れた彼は翼を大きく広げて、ビクンビクンと繰り返し身体を痙攣させている。もしかして痛かったりするのだろうか。だとすれば、このまま見ている訳にはいかない。愛鳥のピンチを救わなければ。

「今すぐにヒールをっ……」

回復魔法を放つべく、大慌てで一歩を踏み出す。

するとスケルトンから待ったが掛かった。

「やめろ、金輪際この者にヒールを放つな」

「どういうことですか？」

「かえってその身を蝕むことになる。今この瞬間から、この鳥はアンデッドとして生きていくことになるのだ。その在り方は貴様らニンゲンが言うところの、高位不死者と変わらないものだと理解しろ」

「それでは怪我をした際などは、どうすればいいのですか？」

「放っておけば自然と怪我は癒えていく。それ以上を求めるのであれば、この者が自らの肉体を知ることで、自ずと理解するだろう。故に生者である貴様らが踏み込むべきではない」

鳥さんを見つめてスケルトンは語る。

そういうこと後出しで言うのズルくないですか。

『ふぁぁぁあ！　ふぁぁぁああああああああ！』

「す、すまない！　僕が躊躇したばっかりにっ！」

ギュッと鳥さんを抱きしめるご主人様。

時を同じくして、彼の周囲に魔法陣が浮かび上がった。

球状の立体的なものだ。描かれている文字や図形は複雑怪奇で、これから凄いことが起こりますよと、視覚的に訴えて止まない。

その表面から次の瞬間、真っ白な輝きが放たれた。

居合わせた我々の視界を完全に奪うほど、とても強烈なものだった。

時間にしてどれくらいだろう。

瞼越しに白い色を感じることしばらく。

その陰りを待ってから、醤油顔は恐る恐る目を開けた。

もしも鳥さんが腐っていたり、干からびていたりしたらどうしよう。ゾンビやグールなど、過去に目の当たりにしたアンデッド系モンスターを思い起こして、空恐ろしいものを感じながらの確認である。

するとブサメンの心配とは裏腹に、鳥さんの身体は変わらずであった。

ご主人様に抱かれた彼は、相変わらずフワフワの羽毛に包まれている。非常に抱き心地の良さそうな、ずんぐりむっくりとしたシルエットもそのままだ。パッと見た感じ、外見的な変化は皆無である。

また、喘ぎ苦しむ素振りも見られない。

どうやら発作は光と共に収まったようだ。

周囲の魔法陣も輝きと共に消えていた。

「……鳥さん？」

繰り返しお声掛けさせて頂く。

こういうシチュエーション、とても不安だよ。それまで温厚だった人物が、邪悪な闇の力に影響を受けて、途端に性格が悪くなるとか、よくあるじゃない。急に気性が荒くなってしまった鳥さんとか、そんなの悲しすぎる。

などと考えていたのだが、心配は杞憂であった。

『ふぁ、ふぁぁー？　ふぁー……？』

彼は周りを確認するように、キョロキョロと視線を巡らせる。

痛みや不快感を感じている様子はない。

これまでの彼と大差ない反応のように思われる。

「……継いでしまったものは仕方がない、その知性に期待しよう」

平静を取り戻した鳥さんを眺めて、スケルトンが呟いた。

自ずと我々の意識は彼に向かう。

その視線の先で、先方の肉体が崩れ始めた。

スケルトンを構成する骨が、細かな砂状となり地面に落ちていく。まるで砂で作られた像が崩れ落ちてゆくようにサラサラと。風の流れも碌にない洞窟内、岩肌の地面に白いものが散っていく。

「お、お前、身体が砕けてっ……」

『ふぁっ!?』

無性に儚く感じられる光景だ。

同時に神秘的で、美しくもある。

「しかし、よりによって鳥かぁ……」

最後の一欠片が崩れ落ちる瞬間、届けられたのはそんな声だった。

以降はどれだけ待ってみても、スケルトンがスケルトンとして形を取り戻すことはなかった。我々からの問い掛けに声が返されることもない。あとに残されたのは、両手でひと掬いほどの、元々は骨であった白い粉末ばかり。

どうやら不死王様は逝かれてしまったようだ。

なんとも不思議で、ちょっと寂しい王位継承の瞬間であった。

＊

【ソフィアちゃん視点】

グラヌス湿地帯を発った我々は、次なる目的地に到着しました。

どのような場所かと申しますと、南部諸国と呼ばれる地域に位置する、チェリー王国と呼ばれる国の首都アヌスです。メイドが引かせて頂いたクジ引きの札には、町の名前が書かれておりました。

移動は例によってドラゴンさんのお背中です。ペニー帝国からグラヌス湿地帯まで移動した際と比較して、幾分か短い時間で済みました。途中でトイレ休憩を挟むこともなく移動できて、この上なくありがたかったです。

ドラゴンさんにおトイレ着陸をお願いするの、とても勇気が必要ですから。

小さい方は最悪垂れ流せばいいのですが、大きい方はそうもいきません。

着陸は町から少し離れた位置となりました。そこからエルフさんの魔法のお世話になり、近隣まで移動してからの入町となった次第にございます。ドラゴンさんがドラゴンのまま近づいては、色々と問題だろうとの判断からです。

「随分と栄えている町なのね」

町の正面に設けられた、お貴族様用の出入り口となる大きな門。これを抜けた直後に、エステル様が仰りました。門界隈から延々と続く、町の光景を目の当たりにしてのご感想でありましょう。

メイドも同じような感想を抱きました。

ペニー帝国の首都カリスと比較して、負けずとも劣らない町並みですね。

「国土こそペニー帝国には劣るが、経済面では引けを取らないだろう」

「えっ、南部諸国ってそんなに栄えているの？」

エルフさんの何気ないお言葉にエステル様が驚かれました。

メイドも驚いております。

南部諸国と申しますと、小さな国々が寄り集まってささやかに暮らしている、寄り合い所帯のような感覚がありました。ペニー帝国やプッシー共和国と比較しましては、恥ずかしながら下に見ていた所存にございます。

訪れるのは初めてですから、風の便りに聞いた程度となりますが。

「あの国で過ごしていては、この辺りの国々を理解することは難しいだろう」

遠い目をしたファーレン様が、ボソリと仰りました。

エステル様や私が本日まで、一方的に南部諸国を見下げていたのは、どうやらペニー帝国の国風も手伝ってのことのようです。ファーレン様のお言葉を受けて、ふとそんな風に感じました。

「やっぱり居心地の良いところに留まっていては駄目ね」

「それはそれで悪くない判断だとも思うがな」

エステル様を窘めるようにエルフさんが言いました。

町の大通りを歩みながらのやり取りでございます。

「私はもっと色々、この世界を見て回りたいわ！」

「あぁ、貴様らしい言葉だ。それも悪くない」

穏やかさの感じられるエルフさんの眼差しは、まるで眩しいものでも眺めるように、エステル様を見つめていらっしゃいます。対してエステル様は町の様子を眺めて、瞳をキラキラと輝かせておられます。

なんとも対象的なお二人ですね。

「そういうことなら、この町から馬車で半日ほど行ったところに学校がある。貴様の通っているペニー帝国の王立学園と同じく、魔法の教育と研究を行う施設だ。もしも興味があるのであれば、いつか足を運んでみるといい」

「それはとても興味深いわね」

「規模こそ貴様の通う学び舎に劣るが、腕の良い教師が多いと聞く」

一時期は危ぶまれたエステル様とエルフさんの交友ですが、昨今ではエステル様の記憶喪失以前と変わらぬ、円満なご関係を取り戻されております。こうして言葉を交わす様子も仲良さ気なものです。

ちなみにエステル様ご本人は、未だに記憶喪失を主張していらっしゃいます。ただ、周りの方々は既に事情を察していると思われます。皆さんこれといって気にした様子もなく、迎え入れておりますね。その筆頭がエルフさんとなります。

果たして何がエステル様に、そこまでの拘りを持たせているのでしょうか。

『ぐるるるる、私はオマエたちの旅路になんぞ付き合わないぞ？』

「貴様に頼んだ訳ではないだろう？　移動の手間など大したものではない」

『ぐ、ぐるるるるるっ……』

　エルフさんが本来のお力を取り戻して以来、ドラゴンさんとの力関係には、これまでになかった変化が見られます。それを比較的近いところから拝見しているメイドとしましては、ハラハラドキドキ、かつニヤニヤでございます。

　少し寂しそうなドラゴンさんの喉の鳴りが可愛いです。

　エルフさん、ドラゴンさんは一緒に連れて行って欲しいのだと思いますよ。

「儂も足を運んだことがあるのぅ。あそこは規模こそ小さいが、由緒正しき学び舎じゃ。教師や研究者の質も高い。世俗を嫌う生粋の研究者が集まっていると言えば、おそらくは正しいことじゃろう」

「この国の話も結構だけどぉ、これからの予定はどうなっているのかしらぁ？」

「…………」

　ジャーナル教授のお言葉さえをも遮って、縦ロール様のお声が響きました。

　相手は学園都市の代表を務めるお方です。だというにもかかわらず、なんら気にした様子もない縦ロール様、腕を組んでとても偉そうでございます。お隣では従者の方も、その通りだと言わんばかりの表情で付き従っておられますよ。

　本当に自由な方々ですね。とても羨ましいです。

「とりあえず当面の宿を取って、町で聞き込みをするというのはどうだ？」

「分かったわ。皆で手分けして情報を集めるのね！」

「うむ、そうだ」

　エルフさん指示の下、我々は町の賑やかな辺りに向かいます。

　どうかこちらの町でタナカさんが見つかりますようにと、メイドは願わずにいられません。早く彼と合流して、皆さんと共にドラゴンシティに戻り、元の穏やかな生活を続けていきたいものです。

　もうクジは引きとうありません。

＊

　結論から言うと、鳥さんは不死王なる肩書きをゲットしていた。

ステータスに従ったのなら、こんな感じ。

名　前：ダフィ
性　別：男
種　族：フェニックス
レベル：6109
ジョブ：不死王
H　P：273432000／273432000
M　P：420433990／420433990
S T R：1827463
V I T：18746325
D E X：9032742
A G I：923437
I N T：33786453
L U C：813724

レベルが大幅に上がっており、これに伴って各値も軒並み上昇している。魔王様と同じくらいか、それ以上のスペックだ。ペット感覚で呼び出した愛鳥に対して、畏怖を覚えることになるとは想定外である。

実際に森から帰還する際には、その片鱗を垣間見ることになった。

小型の魔物に遭遇した際のこと、鳥さんが魔法を発動させたのである。それは木々の陰から飛び出してきた対象を一瞬で蒸発させた上、進行方向にあった木々を焼き払い、遠方の山に着弾。その形を大きく変えさせた。

これを受けてはブサメンとご主人様も絶句である。彼に繰り返し、魔法を使わないようにと躾けることになった。

以降、幸いにして鳥さんが魔法を使うことはなくなった。

ただし、幼い彼のメンタルを思うと、向こうしばらくはハラハラドキドキとした日常が続きそうだ。万が一にも暴発しては堪らないので、当面はブサメンがしっかりと見張るべきだろう。

「こんなことなら、素直に受け入れておけばよかった……」

一方でご主人様は落ち込んでいらっしゃる。

学園の学生寮に戻ってからというもの、ずっと陰鬱とした面持ちでグチグチと言っている。鳥さんが不死王様から受け継いだ力が本物であると理解したことで、自らが逃がした魚の大きさに後悔しているようだ。

夕食の席でも料理にあまり手を付けることがなかった。代わりに鳥さんのお皿へ、お肉がたくさん盛られていた。

こちらについては多分、彼女なりの謝罪の意思だと思われる。

「メイスフィールド様、過ぎたことを嘆いても仕方がありませんよ」

「だけど、それで救えたかもしれない民が大勢いるんだぞ？」

「こちらの鳥さんは私の召喚獣であり、そして、私はメイスフィールド様の召喚獣です。もしもメイスフィールド様がお困りのようであれば、きっと力を貸してくれますよ。我々の主人として堂々としていて欲しいものです」

『ふぁー？』

時刻は夜。食後のティータイム。

リビングでソファーに座ったご主人様の足元、トコトコと歩み寄った鳥さんが、彼女の機嫌を窺うように顔を見上げる。相手を気遣うような振る舞いは、不死王の力を受け継ぐ以前と何ら変わりない。

やたらと人懐っこくて、思わず抱き上げたくなる愛らしさだ。

「……お前は絶世の力を得て尚も、僕を手伝ってくれるのだろうか？」

『ふぁー！　ふぁー！』

語り掛けられた鳥さんは、元気よく鳴いて飛び跳ねた。

まず間違いなく意味を理解していない。

声を掛けられたことが嬉しくて、バタバタとやっているのだろう。

ただ、それでもご主人様的には喜ばしい反応であったようだ。

「ありがとう、その心意気とても嬉しく思うよ」

『ふぁきゅ』

足を屈伸させて、ひょこひょこと上下に揺れる鳥さん可愛い。

これにはブサメンも思わず心をホッコリとさせてしまうよ。

しかし、その運用にあたっては考えることが多そうだ。

彼の不死王としての力を用いて、ニップル王国に助力するのであれば、少なくともペニー帝国のタナカ伯爵が関係していると、周囲に感づかれてはいけない。万が一にもバレたのなら、軍事機密の流出にも似た扱いを受けるのは目に見えている。

両国間の関係のみならず、南部諸国を巻き込んで騒動になるだろう。

統一がどうのこうのと賑やかな昨今であれば尚更に。ニップル王国とペニー帝国が軍事同盟を結んだりすれば、多少は話が変わってくるかもしれない。けれど、そのような計画は予定されていない。今後はより慎重に行動するべきだろう。いいや、いっそのこと鳥さんの力については秘匿にするべきか。

まんまるフカフカを眺めて、あれこれと思考を巡らせる。

「おい、どうしたんだ？　急に難しい表情になったりして」

「いいえ、なんでもありません。お気になさらないで下さい」

「だったらそういう顔をするなよな？　気になるじゃん」

「申し訳ありません」

当初は南部諸国からの撤退と併せてドラゴンシティにお持ち帰りして、エディタ先生に自慢したり、ソフィアちゃんに抱っこさせてあげたり、町長宅のペット枠で末永く共に暮らそうと考えていた次第である。

それがまさか、町一番の実力者としてお迎えすることになるとは。

素直に事実を伝えたら、ロリゴンとか絶対に吠えまくると思う。王と名の付く存在に警戒を見せるエディタ先生も、難色を示すことだろう。拾った捨て猫をお迎えする為、両親の説得に苦労する子供のような心境だ。

「……ま、まあ、お前だって、色々と考えることはあるよな！」

「はい？」

「その、な、なんだ。僕もお前に対しては思うところがあるんだよ」

鳥さんについて考えていたところ、ご主人様に誤解されてしまったようだ。自分が考えている以上に、深刻な表情をしていたのかもしれない。これは不味いと考えて居住まいを正すと、その正面で彼女はブサメンに向き直った。

そして、些か緊張した面持ちで上ずった声を上げた。

「本日のことは、お、お前にも感謝しているぞ？」

「メイスフィールド様？」

「お前が召喚に応えてくれなければ、きっと僕は殺されていた。バーズリーのヤツだって巻き添えを食っていただろう。そして、生徒同士の諍いだなんだと、適当な理由で事実は闇に葬られていたな」

「それは違います。私が最初に召喚されていなければ、こうした騒動にメイスフィールド様が巻き込まれることはありませんでした。学園との関係も円満であったことでしょう。つまり諸悪の根源は私という存在にあるのです」

「僕はあの時に聞いた、お前の言葉に感謝している。仮定など無意味だ」

もしも目の前の相手が魔王だとしても云々、ブサメンが格好つけたワンシーンについて言及されているものと思われる。こうして改めて話題に上げられると、ちょっと自分の年齢とか省みてしまう。

「……そうでしょうか？」

「ああ、そうだとも」

ただ、同時に喜ばしくも思う。

鳥さんの存在を考慮した上でのヨイショだとしても、そのように言ってもらえるのは嬉しい。飲み会の席であれば適当に流してしまうのだけれど、今日だけは素直に受け止めておこうかな、なんて考えてしまう。

なんたって相手は処女と思しき男装美少女。しかも僕っ娘。

大切なのは、何を言ったかではなく、誰が言ったかだよな。

今ならその指摘を真摯に受け止めることができそうだ。

「恐悦至極にございます、メイスフィールド様」

「やっぱり全然信じてないだろ？　すごく適当な感じがする」

「いえいえ、滅相もありません」

「嘘をつけよ。くそう、なんだか損をした気分だ……」

そうして同日の晩は、ゆっくりと過ぎていった。

南部諸国（三）

Southern Countries (3rd)

翌朝、リビングを訪れるご主人様の気配で、ブサメンは目が覚めた。

彼女が常日頃から利用していたシーツ。これに全身を包む喜びは、連日にわたり童貞に快眠を与えてくれる。本日もまた気分良く起床。微かに残る自分以外の体臭を胸いっぱいに吸い込んで、目覚めの微睡(まどろ)みから覚醒を迎える。

「おはようございます、メイスフィールド様」

「本日は朝食を取ったら出かけるぞ。お前も支度をしろ」

「どちらに向かわれるのですか？」

朝食は食べない主義だと言っていたご主人様ではあるが、つい先日から、ブサメンや鳥さんに合わせる為だとかなんとか理由を付けて、自らも席に着くようになった。たぶん、本当はお腹が減っていたのだと思う。

金銭的な問題は、我々が冒険者家業を始めたことで一時的に解決した。

「この国の首都アヌスに向かう」

「以前お伺いした、南部諸国の統一に向けた会議ですか？」

「そうだよ」

「しかし、我々も一緒に向かうのですか？」

『ふぁぁー……』

ブサメンがご主人様とお話をしていると、すぐ近くでモソモソと鳥さんが起き出してきた。彼とはここ数日、寝床を共にしている。少し冷える夜から朝方にかけて、人類よりちょっとだけ高い彼の体温はありがたいものだ。

ただ、世話になってばかりもいられないので、近いうちに毛布を調達したい。

「そういうこと。その鳥と一緒に来て欲しい」

『ふぁぁぁあ？』

起きがけのとろんとした面持ちで首を傾げる鳥さん。

その姿を眺めながらブサメンは考える。

できればその会議とやらには足を運びたくない。もしかしたら平たい黄色族のことを知っている人がいるかもしれないから。もしも素性を知られてしまっては、こちらでの召喚獣生活もまず間違いなく終了である。

けれど、彼女は力強い口調で言った。

「僕の力になってくれるんだろう?」

そう言われると、でかい口を叩いてしまった醤油顔は弱い。

こちらを見つめるご主人様の眼差しは真剣なものだ。

「私のような平民がご同行してよろしいのでしょうか?」

「従者だと言えば、断られることはないでしょ」

「ですが見ての通り、この姿は普通ではありません。公的な場所に連れて向かったとあらば、メイスフィールド様の沽券にも関わることでしょう。ただでさえ危うい立場が、より悪くなるのではないかと心配です」

「なら会議が開催されている間、別室に控えているだけでいい」

「それに意味があるのでしょうか?」

「王族が一人も供を連れず、会議に参加する方が問題なんだよ」

「なるほど」

そういえばそうだった。ご主人様、一人ぼっち。

説明と前後して、どことなく恥じた面持ちが最高だ。

こうなるとまさか、お断りするなんてことはできません。

ひと目に触れないようにすれば、きっと大丈夫さ。

ニップル王国の王子殿下のお付きが、ペニー帝国の夕ナカ伯爵とは誰も思うまい。ドラゴンシティからもそれなりに距離があるようだし、ご主人様から提案されたとおり、人前に出なければ、そこまで興味を持たれることもないと思う。

こういうとき、ニップル王国の貧乏具合が頼もしい。

「承知しました。是非ともお供させて下さい」

「うん、悪いが頼んだよ」

『ふぁー! ふぁー!』

なんだったら彼女が会議に出張っている間、我々は現地の冒険者ギルドで出稼ぎに精を出していればいい。一国の首都というからには、お仕事だってこちらの町のギルドよりも、幅広く沢山あることだろう。

召喚獣はご主人様の指示に従い、手早く朝の支度を整える。

朝食の用意は彼女のお仕事だ。

お前に任せるのは不安だから、とのお達しを受けたブサメンは、連日にわたりキッチンへの侵入を拒否されている。まあ、その気持ちは分からないでもない。どこの馬の骨ともしれない中年オヤジの手料理とか、自分なら絶対に食べたくない。

これにより一昨日から、召喚獣は美少女の手料理をご相伴に与っている。お世辞にも上手とは言えないご主人様の料理スキルだが、処女の肌に触れた食材を胃に落とすという行為は、童貞にとってこれ以上ないご馳走だ。

それからしばらく、支度を終えた我々は学生寮を出発した。

歩みが向かった先は、町の正門にほど近い馬車乗り場である。

空に日が昇ってしばらく、界隈は仕事に出かけんとする人々で賑わっていた。ただし、その大半は平民である。少なくとも目の届く範囲に、貴族と思しき人物を見つけることはできなかった。

当然ながら、王族などご主人様以外に居ようはずもない。

「もしや乗り合い馬車で向かわれるのですか？」

「……なんだよ、悪いか？」

『ふぁー？』

てっきり専用の馬車を用立てるものだとばかり考えていた。

趣味の冒険者ごっこであっても、豪華なマイ馬車を用立てていたフィッツクラレンス家の娘さんとは雲泥の差である。国の代表者として国際会議へ赴くというのに、平民と共に乗り合い馬車に揺られるご主人様、貧乏可愛い。

「いえいえ、滅相もありません」

「どうせまた僕のこと、貧乏だって思ってるんだろ？」

「どうしてそのように思うことがありましょうか」

「お前は何かと僕のことを馬鹿にするからな」

「馬鹿になどしておりません。ただ、少しお可愛いなと」

「っ……そ、そういうのが馬鹿にしているっていうんだよ！」

「そうでしょうか？」

「だったらあれだ、ほら！ お前の魔法で連れていけよ」

「なるほど」

比較的安価な移動手段である乗り合い馬車とはいえ、それなりにお金は掛かる。対して空を飛んでいけば、費用は掛からないし、時間も馬車よりなんぼか早い。ご主人様や鳥さんと一緒にいるところを他者に目撃される機会も減る。

むしろ断る理由が一つもないぞ。

「得意なんだろ？　飛行魔法が」

「たしかにそれは良い案かもしれません」

「よ、よし！　それじゃあすぐにでも出発するぞ」

心なしかご主人様の表情が明るくなった。

すぐ目前まで迫った馬車乗り場を迂回して、町から外に出るべく正門に向かう。これまでと比較して足取りも軽快に歩き始める。馬車代の分だけ、お金を倹約できたことが嬉しいのだろう。なんて微笑ましい。

どこぞのロリビッチにも爪の垢を煎じて飲ませてやりたい。

『ふぁきゅ』

同所を去り際には鳥さんが反応を示した。

馬車乗り場を見つめて鳴き声を上げる。


もぞもぞと翼の動く感覚が、彼を抱いたブサメンの腕にも伝わってきた。はて、どうしたのだろう。その視線を追いかけてみると、馬車に繋がれる馬たちの姿があった。

「お馬さんが気になるのですか？」

『ふぁきゅ、ふぁきゅ』

「残念ながら今回は見送りです。次の機会に期待しましょう」

『ふぁー……』

段々と遠のいていく馬車乗り場。

その光景を見つめて、鳥さんは切なげに鳴いてみせた。

＊

【ソフィアちゃん視点】

チェリー王国の首都アヌスを訪れて初日の晩が訪れました。

現在は皆様と共にお宿の食堂に集まっております。

貴族の方々がお泊まりになられるお宿とあって、食卓の席は非常に豪華です。特筆すべきは、全席が個室として区切られている点でしょうか。それぞれのお部屋には専属の給仕が付いており、食事の上げ下げの面倒を見てくれます。

そのため大っぴらには行えないお話も沢山できてしまいますね。

部屋には中央に大きな円卓が設けられており、これを皆で囲んでおります。メイドの隣にはエルフさんとエステル様が腰掛けていらっしゃいます。また、部屋の隅にはゴッゴルさんです。本人たっての希望から、床の上に座しております。

「最後に私からの報告だが、これといって足取りは掴めなかった」

お部屋にファーレン様の声が響きました。

つい先程から、皆さんで順番に本日の成果を報告し合っております。町に到着して以降、我々はタナカさんを捜して、町で情報収集を行っておりました。その成果発表会を夕食の席と兼ねている次第にございます。

ちなみにご報告はテーブルに腰掛けた並びに沿い、エルフさんから時計回りに進みまして、ファーレン様で最後となります。他の皆様もこれといってタナカさんの足取りを掴むには至っておらず、本日の成果はゼロと相成りました。

またも私は外れクジを引いてしまったのでしょうか。

メイドは段々と脇が湿り始めるのを感じております よ。

「まあ、ここは大きな町だ。訪れた初日であれば、このようなものだろう。明日以降、また探っていけばいい。我々には多少なりとも時間に猶予がある。こういってはヤツに悪いが、ちょっとした気分転換のつもりで捜そうじゃないか」

打倒魔王様における多大なる貢献者であり、尚且つ誰の目にもタナカさんとの関係を大切にされていると映るエルフさんです。彼女がそのように仰ったのであれば、非難の声を上げる方はおりません。

自ずとメイドの立場も現状維持です。

エルフさん、本当にお優しい方でございます。

助けられてばかりの私は、不甲斐ない気持ちで胸が一杯です。

「あの、一ついいかしら？」

「なんだ？」

エステル様がエルフさんにお声掛けされました。

「町を歩いていて、やたらと貴族の乗る馬車が目立ったわ。近くで何か催しでもあるのかしら？　それともこの町では普通のことなのかしら？　この辺りはまるで土地勘がないから、知っていることがあったら教えて欲しいのだけれど」

「わたくしもリズと同じように感じたわぁ。あと、それと関係しているのかどうか、詳しいところは分からないけれど、やたらと憲兵の姿が目についたかしらぁ？　妙にピリピリとしていて、なんだか嫌な感じだったわぁ」

「うむ、それは私も疑問に思っていた」

縦ロール様とファーレン様が同意の声を上げました。

これに答えたのはジャーナル教授です。

「お主らは南部諸国の統一に向けた動きは知っておるかのぅ？」

「ええ、知っているわ」

「なるほど、その関係か」

「儂も他者からの報告を聞きかじった程度ではあるが、なんでも近くこの町で、その進捗を確認する会議が開かれるそうじゃ。そうした関係で近隣諸国の大使が赴いているのだろう。警備の目が厳しいのも、これに併せてのことと思われるのぅ」

「ふぅん？　意外と真面目に進んでいたのねぇ」

「向こう十数年は掛かるという話ではなかったかしら？」

「先の魔王復活を受けて、南部諸国も危機感を煽られたのじゃろう。例の一撃を受けた国も少なくはあるまい。また、この機会に他所の国々から侵略を受けるのではないか、などと考えた者たちもおったことじゃろうなぁ」

貴族の方々を中心にして、ハイソな雰囲気の会話が始まりました。町娘のメイドには難解なお話でございます。

しかしそれでも、同じ食卓に着いて会話を耳にしているという事実が、自分までハイソになったような気がして、悪くない気分でございます。

「向こう数年でサクッと統一してしまうかもしれないわねぇ」

「うむ、その可能性は十分にあるだろう」

「今回の会議は南部諸国にとって、重要なものになるかもしれんのぉ」

言葉を交わされる皆様の面持ちは一様に真剣なものです。

きっと我々の生活にも無関係ではないのでしょう。

そうこうしていると、西の勇者様が口を開かれました。

「そうなると明日からは、ジャーナル教授やファーレン様、僕だけではなく、他の方々も顔を隠すなどして動いたほうがいいかもしれないね。他所の国の貴族が嗅ぎ回っていると、要らない誤解を受けかねない」

「そうねぇ？　こんなところで面倒事に巻き込まれるのは嫌だわぁ」

「分かったわ。明日からは私たちも気をつけることにしましょう」

食卓の席では、明日以降の予定が着々と決定されていきます。

発言権のないメイドは、これを眺めるばかりです。

皆様方の手前、やり取りされる言葉を耳にしながら、お食事を楽しませて頂きます。南部諸国のご飯、とても美味しゅうございます。ペニー帝国のご飯と比較して、風味豊かなお料理が多いですね。口当たりの濃厚な品が多いです。

確実に味を覚えて帰って、実家の店に伝えたく思います。

「ところでふと思ったのだけれどぉ、ちょっといいかしらぁ？」

「なによ？　ドリス」

「もしもソフィアの引いたクジに意味があるのだとするのなら、その会合とやらこそ、あの男に関係しているのではないかしらぁ？　魔法でどこへとも飛ばされて、大人しく田畑を耕しているような人物とは思えないものぉ」

「一理あるわね！　ドリスもたまには良いことを言うじゃないの」

「うむ、それは言えているな」

「暗黒大陸での彼を思えば、むしろその方が自然だと言えるかな？」

縦ロール様のお言葉を受けて、場が賑やかになりました。

エステル様やファーレン様、西の勇者様からも同意の声が聞こえてまいりましたよ。私自身も彼女の言葉には説得力を感じます。多彩な才覚の持ち主ですから、本人の意思はどうあれ、引き立てられている光景が目に浮かびます。

それと同時に、自らの名前を引き合いに出されたメイドは、今まで以上にプレッシャーを感じております。こちらの町でも駄目だったとき、私はどのような心持ちで、次のクジ引きに臨むことになるのでしょうか。

「しかし、それを調べるのは些か骨が折れるのではないかのぅ？　会場へ潜り込むにせよ、聞き込みをするにせよ、南部諸国の者たちにバレたら面倒じゃ。事情を説明したところで、納得を得られるとは到底思えんからのぅ」

「う、うむ。私としてもあまり無理をして欲しくないのだが……」

一方でジャーナル教授とエルフさんは慎重な姿勢を見せています。

年長組の冷静なご意見というやつですね。格好良いです。

「そうなると少なくとも、南部諸国外の貴族では不味いわよねぇ。万が一にもバレたとき、言い訳ができなくなるわぁ」「西の勇者様やジャーナル教授も、世間的に顔が知れているから適任ではないわね」「だがしかし、そうなると我々の中には……」

皆さんの間でお互いに視線が巡り始めます。

あっちへ行ったり、こっちへ行ったり。

大きな円卓を挟んで、これまで以上に言葉が飛び交い始めました。

そうした只中で不意に、勢い良く声を上げられた方がおります。

『わ、私だ！　それなら私が行くぞっ！』

ドラゴンさんです。

今か今かと発言の機会を狙っていた、我らが町長さんです。

『迷子のニンゲンを捜すのも、町長の仕事だ！　し、仕事っ！』

同じ年長組であっても、圧倒的に弾けております。あまりにも若々しい外見と言動から、ふと忘れがちですが、彼女こそ我々の中では最年長の予感でございます。今年でお幾つになるのか、聞くのが怖いほどです。

これを受けては誰もが困った顔になりました。

やる気満々の彼女にどうして答えたものか、皆々困惑を隠しきれません。就任以来、町長という役柄に対する彼女の意欲と情熱は、上昇の一途を辿っております。だからこそ、他の方々の躊躇する気配は、傍目にもありありと窺えました。

するとそうした皆様の変化を感じ取ったのでしょう。

『な、なんだよ？　なんで静かになるんだよ⁉』

　狼狽え始めたドラゴンさん、可愛いです。

　ほっぺに料理のソースが付いているの、なんかもうギュッとしたいです。

　ちょっと可哀想な感じが、メイド的に胸をキュンと刺激されますよ。

「そういえばドラゴンシティの催しには、こ、この国の王子たちが来ていなかったかしらぁ？　今からでも連れてくれば、何をするにしても話は簡単だと思うのだけれどぉ。わざわざ町長に迷惑を掛けることもないわよねぇ？」

　ドラゴンさんの提案を受けて、急に静かになった食卓の席。これを取り繕うように声を上げたのは縦ロール様です。

　傍らでは下僕の方が、おふた方に目を向けて、緊張から身を強張らせております。整ったお顔がピクピクと震えております。

　前にタナカさんから伺ったお話によると、両者の力関係はゴブリンとハイオークほどにも違うのだとか。

　ところで、チェリー王国の王子様たちについては、私も動向を聞き及んでおります。

「あの、そ、それでしたら、お二人はタナカさんを捜すと仰って、つい先日にもドラゴンシティを発たれました。どこに向かわれたのかは定かでないですが、今からお捜ししてとなると、やはり大変なのではないかなと思いますが……」

「あ、あらぁ、それじゃあちょっと無理かしらぁ」

『それならやっぱり私だな！　私が捜すぞっ！』

　ドラゴンさん、やる気満々です。

　すると今度は部屋の隅の方から、ボソッと声が上がりました。

「……私が行く」

　ゴッゴルさんです。

　床の上のゴッゴルさんです。

『っ……ど、どうして貴様が行くんだ？　ここは町長である私が……』

「私なら心が読めるから、効率的に捜せる。人から隠れるのも得意」

『ぐっ……』

　これでなかなか、ドラゴンさんはゴッゴルさんに苦手

意識を持っております。そして、ゴッゴルさんはエルフさんと仲が良かったりします。ですから今この瞬間、エルフさんが彼女の主張に一言を添えたのなら――

「そうだな。ゴッゴル族の力こそ、今回は適任だろう」

『なんだと!? 私がゴッゴル族ごときに負ける筈がないっ！』

「なにも腕力の話をしているのではない。それともなんだ？ 貴様は自らの欲求を優先する為に、あの男の捜索に効率を求めずとも構わないと主張するのか？ だとすれば、これほど悲しいことはないな」

『ぐ、ぐるるるるる』

ドラゴンさんの喉を鳴らす音が、妙に大きく部屋に響きます。

こうなると話は決まったも同然です。

ここ最近の流れ、とでも申しましょうか。

なんだかんだで仲の良い御三方でございますから。

「もちろんやり方如何(いかん)によっては、貴様の方が遥かに効率的にあの男を見つけることができるだろう。その為の手立てもまた、私は幾つか思い浮かぶ。しかしながら、今最もヤツの為になる捜し方は、そうではないのだ」

『……ぐるる』

ジッと相手の目を見つめて、エルフさんは語ります。

するとドラゴンさんの喉の鳴りも、段々と小さくなっていきました。

「構わないな？」

『………』

お返事はありませんでした。

プイとそっぽを向いて、それっきりの町長さんです。

つまり、承知した、ということなのでしょう。

エルフさんもメイドと同様に考えたようで、ドラゴンさんから他の皆さんに向き直りました。そして、一連のやり取りをまとめるように、少しだけ声を大きくして、厳かにも語ってみせます。

「ではすまないが、明日からはそのように進めて行きたいと思う」

これといって異論は上がりませんでした。

ゴッゴルさん以外は本日と同様、町に出て情報収集でございます。

＊

学園の町フィストから首都アヌスまでは、ご主人様の言葉に従えば、馬車で半日から一日ほどの距離だという。これを我々は飛行魔法によりひとっ飛び。そう大して急いだ訳でもないけれど、二、三十分ほどで消化した。

「相変わらずお前の飛行魔法は、目を見張るものがあるよな」

「そうでしょうか？」

正門から町に入り、大通りを町の中心部に向かい歩む。

南部諸国の統一に向けた会議の会場は、首都アヌスの中心部に設けられた会場で行われるのだという。参加者の宿泊施設なども近隣に設けられているとのことで、本日からしばらく、我々はそちらに滞在するとのお話だった。

ご主人様の下にパパから転送された手紙が、その為のパスなのだとか。

ちなみに鳥さんは醤油顔が両手で抱えている。

意思疎通に難のある生き物を町中で自由に歩かせるのは怖かった。不死王の力を継いだ今となっては尚のこと。大丈夫だとは思うけれど、万が一があっては大変だ。お宿に到着するまでは、申し訳ないけれど運ばせて欲しい。

「フィストからアヌスまでなら、探せば飛べる魔法使いも出てくるだろうさ。だけど、他者や荷物を含めてとなると怪しい。しかもあのような速度で安定して、更に息切れもせずにとなると、そうそう居ないんじゃないか？」

「なるほど、それは光栄なことです」

「思い起こせば僕は自分のことばかり喋っていて、お前のことをまるで確認していなかった。飛行魔法もそうだが、回復魔法もなかなかの腕前だったと思う。まさかとは思うが、どこか著名な教育機関の出だったりしないよな？」

「ええ、そのようなことはありません」

「……本当か？」

「私はメイスフィールド様の召喚獣、それでいいじゃないですか」

「お前を見ていると、なんというか不安になるんだよ」

『ふぁー？』

これ以上はブサメンについて知られたくないぞ。

自身の身元が特定されたとき、召喚獣とご主人様の関係は終了する。だからこそ、もうしばらくは今の緩い日常を楽しみたい。陛下とバイバイしてからまだ数日だし、ロイヤルビッチとの婚姻云々を思えば、ドラゴンシティに戻るのは早い。

この場は多少強引にでも、話題を変えさせて頂こう。

「ところでこちらの町は、かなり栄えているのですね。こうして少し歩いただけであっても、随所から活気が伝わってまいります。チェリー王国というのは、南部諸国においてどのような立ち位置にある国なのでしょうか？」

「そう言えば以前、初めてだと言っていたな」

「ええ、初めて訪れました」

「お前の感じたとおり、南部諸国においては指折りの強国だよ。ついでに言えば、統一の取りまとめを率先して行っている国でもあるな。だからこそ会議の開催地も、ここ首都アヌスで行うことが多い」

「なるほど」

チャラ男ブラザーズの祖国、割とイケイケのようだ。

なんだかちょっと悔しい。

そんなふうに感じたところで、思ったよりもペニー帝国に愛着を覚えている自身に気づいた。つい数ヶ月前に訪れたばかりなのに、下手をしたら生まれ故郷よりも馴染みを感じているかのような。

「規模の上でチェリー王国に比肩する国は他にありますか？」

「それは南部諸国にあるかってこと？」

「はい」

「そりゃまあ、いくつかあるだろう？　一強という訳でもないし」

ペニー帝国やプッシー共和国との関係はどうなっているのだろう。

地理的な位置関係と併せて、あれこれとお尋ねしたい衝動に駆られる。そもそもどうして南部諸国は、今のタイミングで統一を進めているのだろう。陛下に一歩近づいてしまった昨今のタナカ伯爵は、決して無関係ではいられないと思うんだ。

「お前は南部諸国のことを何も知らないんだな？」

「なにぶん卑しい身の上になりまして……」

「だったらそんなお前に教えてやろう。南部諸国の統一自体は、決して悪いことじゃないんだよ。国々が様々な面で協力し合い一丸となる、それで得られる利益はとても大きいものだ。ただ、やり方が大切なんだと僕は思う」

「なるほど」

得意気に語ってみせるご主人様が可愛い。

大きな会議を目前に控えて、気分を盛り上げているのだろう。思い起こせば彼女の立ち位置は、ニップル国王であるパパの代理出席となる。各国の代表との弁論を前にして、緊張していないはずがない。

自分だったら絶対にビビってしまうもの。

どうにかして彼女の力になる手立てはないものか。

「あぁ、そうだ」

「どうされました？」

「せっかくの機会だし、会議が始まるまではお前たちも自由に過ごしていいよ。町の様子が気になるんだろ？　この辺りじゃ一番栄えている場所だし、知見を広めるには悪くないロケーションだからさ」

「よろしいのですか？」

「召喚獣であっても、たまには羽を伸ばすことは必要だろう？」

「お気遣いありがとうございます」


きっと醤油顔のみならず、鳥さんの存在も意識してのことだろう。語るにあたってはチラリと、こちらの手元に視線を向けて見せたご主人様だ。

「そういうことであれば、ご厚意に与りたいと思います」

『ふぁきゅ！』

こちらから何を乞うこともなく、自由行動をゲットである。

鳥さんが不死王の力を受け継いで以降、ご主人様の我々に対する態度が、大幅に軟化した気がする。理由はひとえに、学園の学外授業で垣間見た、不死王としての力に期待してのことだろう。

なんせ一撃で山の形を変えてしまうほどだ。

まさに彼女が望んで止まなかった力そのものである。運用次第では傾いた国を立て直すどころか、南部諸国において台頭することも不可能ではないように思える。それを彼女も理解しているはずだ。

「あ、それとせっかくの出先なんだから、妙な気遣いをするなよ？」

「……というと？」

「これでも僕はお前たちの主人なのだからな！　これか

らは毎日三食、ちゃんと食べさせてみせる。だから安心して休暇を過ごすといい。会議を終えて学園に戻ったら、すぐにでも祖国に連絡を入れて、資金を送ってもらうつもりだ」

ニパッと笑みを浮かべて、彼女は言った。

これはあれだ、エディタ先生がパンチラ屋さんを創業した際と、同じような背景が想像される笑みだ。是が非でも鳥さんを囲い込まんとする、王族としての使命や気迫を笑顔の裏側に感じてしまうぞ。

『ふぁー？』

しかし、当事者である次代の不死王様は首を傾げるばかり。

巡り巡ってご主人様の意識はブサメンに向けられる。

「お、見えてきたぞ！　あれが会場となる施設だ」

「なかなか立派な建物ですね」

「チェリー王国が国賓を持て成すために建造したものだからな。相応に金が掛かっていることだろう。見栄っ張りで有名なペニー帝国のそれと比較しても、外観から内装に至るまで、勝るとも劣らないという話だ」

我らがペニー帝国、南部諸国でもそういう扱いなんだ。

陛下には今後、もうちょっと頑張って欲しいな。

＊

来訪のご挨拶を済ませた我々は、当面の住まいとなる宿泊施設に案内を受けた。会場からほど近い場所に建てられた立派なお屋敷だ。ペニー帝国は首都カリスに眺める貴族の邸宅を彷彿とさせる規模感である。

なんでも会議の期間中は、こちらのお屋敷を自由にしていいらしい。

しかも利用者は我々だけだそうな。

案内をしてくれた方に確認したところ、他所の国の代表にも同じように、各所でお屋敷があてがわれているとのこと。どこぞの世界で首脳会議が開かれるたびに、会場近隣の有名ホテルが貸し切りになるようなものだろう。

お屋敷の案内と前後しては、メイドさんや執事の方々からご挨拶を受けた。

ご用件があればなんなりとお申し付け下さい、とのこと。

我々はニップル王国の代表であるから、現地では差別を受けるかもしれないと、出発以前には繰り返し危惧していた。けれど、決してそのようなことはなかった。ペニー帝国よりなんぼか先進的じゃないですか、チェリー王国さん。

これには我らがご主人様も驚いていた。

しかし、だからこそ会議では苦戦が想定される。

我々に与えられた十分な待遇は、そっくりそのまま先方の余裕の現れである。これを彼女も理解したようで、お屋敷を訪れるや否や、会議に向けて策を練るからと、お部屋の一つに籠もってしまった。

お手伝いを申し出ても、お断りされてしまったほど。

そこで醤油顔と鳥さんは当初の予定どおり、町へ観光に出かけることにした。際してはご主人様からお小遣いをゲット。これで美味しいものでも食べるといい、とかなんとか。飛行魔法で浮いた馬車賃だから好きにしていいそうだ。

「さて、どこへ行きましょうか」

『ふぁー！』

鳥さんを両手に抱いて通りを歩む。

宿泊先となるお屋敷の近辺には、立派な造りの建物が目立つ。敷地面積も一つの例外なくべらぼうに広い。また、通りを歩いている人はほとんど見受けられない。大半は馬車で敷地内まで乗り入れて移動しているようだ。

ペニー帝国の貴族街でも見た風景である。

高級住宅街って感じ。

『ふぁー、ふぁきゅ、ふぁー』

鳥さんは通りを行き交う馬車が気になるようだ。

いいや、正確には馬車を引いているお馬さんが気になるようで、これを目で追いかけている。思い起こせば学園のある町で馬車乗り場を訪れた際にも、興味を持っていたような気がする。何が彼の琴線に触れたのかは定かでないが。

「気になるようなら、我々も馬車に乗ってみますか？」

『ふぁー？』

首都アヌスは大きな町だ。町中を巡回している馬車など、探せば一つや二つは見つけられるだろう。向こうしばらくは厄介になるのだから、今のうちに地理を把握することは、ブサメンにとっても意義がある。

そんなことを考えながら、通りを歩いていた只中の出来事である。

鳥さんが予期せぬ動きを見せた。

『ふぁ、ふぁぁぁあ！』

ブサメンの腕からぴょんと飛び出して、路上を駆けていく。

不死王としての力を得たことで、つい先日から彼の身体能力は魔王様並と化している。気づけばするりと腕を抜けていた。大慌てで捕まえようとするも、想像した以上に素早い動きで地面を走る鳥さんマジ不死王。

その意識の先には路上を進む馬車があった。

目を引いたのはこれを引く馬の毛並みである。

いわゆる白馬。

真っ白な毛並みの馬が四頭並びで、優雅にも通りを進んでいた。

どうやら鳥さんはこれに興味を持ったようである。

短い足でトトトと駆けていき、すぐ近くまで近づく。

するとこれに驚いたのが、急な接近を受けた馬たちである。得体の知れないまんまるフカフカの登場を受けて、先頭の一頭が荒ぶった。これに釣られて残る三頭も慌て始めると、進路は大きく脇に逸れた。

馬車は通りから外れて、立ち並ぶお屋敷の垣根に衝突だ。

「…………」

鳥さん、やっちまったよ。

引いている馬が立派な白馬であれば、馬車そのものも見るからに高そうだ。とてもではないけれど、今の手持ちで弁償できるとは思えない。当然ながら、乗車している人物もかなりのお偉いさんだろう。

このままでは逮捕からの投獄も待ったなしである。

知らないふりをして逃げてしまおうか。

いやいや、流石にそれは鳥さんが可哀想だ。

っていうよりも、馬車の持ち主から手荒く扱われたことで、不死王の力を発揮した彼がこちらの町を滅ぼすところまで、容易に想像できてしまう。そうなっては南部諸国の統一どころの話ではない。戦国時代が始まってしまうぞ。

「このような場所で、一体なんだというのですかっ！」

そうこうしていると、馬車から人が降りてきた。

しかも、これはどうしたことか。

先方はブサメンも見知った御仁であった。

「そこに見えるはもしや、スペンサー伯爵ではありませんか？」

「っ……」

彼女は醤油顔からの声掛けを受けて身を強張らせた。

直後にこちらを振り返り、目を見開く。

ただ、それも束の間の出来事である。

次の瞬間には平静を取り戻し、淡々と応じてみせた。

「なんとこれは、タナカ伯爵ではありませんか。このような場所でお会いするとは奇遇ですね。魔王討伐の直後にもかかわらず、わざわざ南部諸国まで足を運ばれているとは、私も驚いてしまいました」

その面持ちは以前の彼女と変わりない。

懐から取り出したハンカチで手や頬を拭っているのは、馬車の衝突を受けて要らぬ場所に触れてしまった部位をキレイキレイしているのだろう。その様子を確認したことで、たしかに彼女だと把握できた。

軍服を思わせるパリッとした格好は、キリリとした表情と相性抜群だ。衣服の生地をパツンパツンに盛り上げるオッパイやお尻が堪らない。ブサメンの汚らしい唾液でベロンベロンに汚染したい欲求に駆られる。

「そういうスペンサー伯爵こそ、このような場所で何を？」

「いえ、そう大したことではありません」

ところで、どうして北の大国の貴族である彼女が、南部諸国の主要国でこんな立派な馬車に揺られているのだろう。しかもこちらの界隈は、チェリー王国の首都アヌスにおいても指折りの貴族街でございます。

あれこれと勘ぐらずにはいられない状況だ。

だってあまりにもキナ臭い。

「南部諸国の統一に向けた流れは、タナカ伯爵もご存知だと思います」

「ええ、触り程度は存じております」

「身内に南部諸国と縁のある者がおり、その関係で個人的に参りました」

「なるほど、左様でしたか」

南部諸国が読んで字の如く、南部にある国々であることはブサメンも知っている。ペニー帝国やプッシー共和国はこれより北にあり、更に北上を続けると険しい山々を越えて、そこに北の大国が存在している。

飛空艇を利用したとしても、北の大国からは距離があることだろう。

そう考えると、身内なるワードに疑念を覚える。

これっぽっちも信用できないスペンサー伯爵の台詞だ。

「お急ぎのところ連れがご迷惑をお掛けしまして、大変申し訳ありませんでした。馬車については後日改めて弁償させて頂きます。差し支えなければ、ペニー帝国に当てて請求書をお送りいただけたら幸いです」

「連れ、ですか？」

北の大国さん、きっと南部諸国の統一に一枚噛んでいらっしゃる。

いいや、場合によっては一枚どころの話ではないかもしれない。通りを行き交う馬車のなかでも、群を抜いてお高そうな一台による送迎を思うと、彼女がどういった立場でチェリー王国に招かれたのか、ブサメンの乏しい社会経験でも容易に想像できた。

ペニー帝国の貴族としては看過できない。

またこれは勝手な想像だけれど、スペンサー伯爵も予期せぬタナカ伯爵との遭遇を受けて、内心は焦っているのではなかろうか。澄ました面持ちの下に隠れた本音が気になる。その背後に彼女の祖国が控えているのは間違いないだろうから。


「そちらにいる彼なのですが」

「……鳥、ですか？」

醤油顔が指し示した先には鳥さん。

御者に宥められて段々と落ち着きを取り戻しつつある白馬を、少し離れて遠巻きに眺める姿が見受けられる。一体何が面白いのか、脇目もふらずにジッと視線を向けていらっしゃる。まさかとは思うけれど、お腹が減っていたりするのだろうか。

フェニックスの幼生である彼だから、不死王の力を得る以前のステータスであっても、狩って狩れないことはない相手である。ただし、その小柄な体躯から考えると、いかんせんボリュームが過ぎるのではなかろうか。

「どうやら彼が馬を驚かせてしまったようでして」

「タナカ伯爵が飼育されているのですか？」

「ええまあ、似たようなものですね」

「なるほど」

スペンサー伯爵が相手であれば、これ以上は騒動に発展することもないだろう。その点については幸いであった。もしもチェリー王国のお偉いさんが相手であったら、すぐにでも憲兵を呼ばれていたことだろう。

「ところでタナカ伯爵こそ、このような場所で何を？」

「……私ですか？」

　ジッと真正面から見つめて問われる。

　彼女のような美人から注目されると、異性関係に乏しい童貞は緊張してしまう。町長宅で寝起きしてる女性陣よりいくらか年上で、性格的にも自立した女性という雰囲気が感じられるスペンサー伯爵だから殊更に。

　こういう年下の女上司に、職場でセクハラされたい人生だった。

「南部諸国界隈にも、魔王打倒の知らせは段々と伝わってきています。今この世でタナカ伯爵ほど多忙な人物はいないと思うのですが、それがどうして母国を離れて、このような南の地に足を運ばれたのか。気にならないと言えば嘘になりますね」

　どうやらブサメンも彼女から、妙な勘ぐりを受けているみたいだ。

　まさか見ず知らずの相手から一方的に召喚されたとは思うまい。恐らく素直に伝えても信じてはもらえないだろう。それならまだ、スペンサー伯爵の動向を探っておりました、とか伝えたほうが信じてもらえそうだ。

　あぁ、むしろそうして少し牽制しておくべきかもしれない。

「実を言いますと、スペンサー伯爵の動向が気になっておりまして」

「っ……」

　一瞬、彼女の頬が強張りを見せた。

　これで身内に間諜でも入り込んだと誤解してくれたら御の字だ。向こうしばらくは何をするにしても動きにくくなることだろう。見たところかなり几帳面というか、神経質な性格の持ち主のようだし、それなりに効果があると信じたい。

「スペンサー伯爵、これからお茶などいかがですか？」

「それはとても魅力的なご提案ですね、タナカ伯爵」

「本当ですか？」

「ですが申し訳ありません、これより急ぎの用がありまして」

「それは残念です」

　変化はほんの僅かな間の出来事であった。

　彼女はすぐに元の能面みたいなお顔に戻ってしまう。碌に感情も感じられない淡々とした面持ちだ。一連のやり取りがハッタリだと、即座に見破られてしまっただろうか。その可能性も考えられる。

まあ、これればかりは考えても仕方がない。

「馬も落ち着いたようなので、これにて私は失礼します」

「騒動を起こしてしまった私が、このようなことをお伝えするのも変な話ですが、どうかお気をつけ下さい」

「……お気遣いありがとうございます」

馬車に向かうスペンサー伯爵を見送る。

当初は完全に他人事であった南部諸国の統一であるけれど、北の大国が絡んでいるとなると、そうも言ってはいられない。何故ならば昨今のペニー帝国にとっては、仮想敵国と称しても過言ではない間柄のお友達である。

仲良くできればそれに越したことはない。けれど、仲良くできなかった場合のことも考える必要がある。

件（くだん）の会議を傍聴願えないか、ご主人様に相談するべきかもしれない。

＊

スペンサー伯爵と別れて以降は、当初の予定通り町を見てまわった。

貴族街で騒動を起こした直後ということもあり、ブサメン的には鳥さんの動向に気を揉みつつの観光となった。しかし、以降はこれといって騒ぎになることもなく、穏やかに時間は過ぎていった。

そうして迎えた少し遅めのランチタイム。

食事処を探して我々は、首都アヌスの大通りを歩いている。

通りを行き交う人々から、チラリチラリと視線を向けられるのが、なんとも新鮮な気分だ。その意識が向かう先は、まず間違いなくブサメンが両手に抱いた鳥さん。

オッパイをチラ見される女の人の感覚って、こういうものなのかな、なんて思う。

この機会に他者の視線を利用して、自身もチラ見の技術を磨いておこう。

「なにか食べたいものはありますか？」

『ふぁ？』

「そこの肉料理なんて美味しそうですね」

広場の一角に良い香りを立てる屋台があった。

鼻先に香るのは照り焼きを思わせる風味。

それとなく視線で指し示して呟くと、鳥さんの意識も広場の屋台に向けられた。鼻腔をくすぐる美味しそうな香りに反応してだろう。今度は明確な意思表示の感じられる鳴き声が元気よく響いた。

『ふぁっ！　ふぁっ！』

ご所望の様子だ。

鳥さん同伴だと、店内で頂くタイプのお食事は、お断りされる可能性が高い。そうなると屋台飯こそ丁度いい気がする。広場の中央には噴水が設けられており、縁はベンチとして座れるようになっている。ランチを取るには絶好のスペースだ。

「ちょっとここで待っていて下さい」

鳥さんを噴水の縁におく。

『ふぁ？』

「食事を用意して、すぐに戻ってきますので」

手の平を相手に差し出すよう示して、待てのポージング。

すると彼は首を傾げながらも、その場で大人しくなった。もしかしたら付いて来てしまうかもしれないと思ったけれど、意外となんとかなりそうだ。これ幸いと醤油顔は、彼が反応を示した屋台に向かう。

店員は威勢の良さそうなオヤッサンだ。

「すみません、二人前ください」

「あいよ！」

貧乏な癖に奮発して下さったご主人様のおかげで、懐はそれなりに温かい。いつかドラゴンシティに戻ったら、ちゃんとお返ししたいと思う。今の彼女にとっては、どれだけ小さな額でも、大切な現金であったことだろう。

「おまちっ！」

「どうも」

商品は早々に出てきた。

見た目は串焼きである。香ばしい匂いのソースがたっぷりと掛けられている。我々の下まで漂ってきた匂いは、こちらが出処で間違いない。お肉は一つ一つが大きめに乱切りされたサイコロステーキのような感じ。なかなか食べごたえがありそうだ。

これを左右の手に一本ずつ携えて、鳥さんの下に急ぐ。

すると噴水の縁に佇む彼の周りには、いつの間にやら子供の姿があった。元気の良さそうなちびっ子が三人、鳥さんを囲むように立っている。どうやら興味を引いてしまったようだ。年頃は小学生中学年ほどと思われる。

「なんか変な鳥がいるぞ」

「なんていう鳥だろう？　見たことないな」

「か、可愛いと思うけどなぁ」

『ふぁ？』

内一名は女の子である。

おっかなびっくり様子を窺っている男の子二人に対して、キラキラとした眼差しを向ける女の子が一人、といった構図だ。一方で周りを囲まれた鳥さんは、例によって変な声で鳴きながら、キョトンと首を傾げていたりする。

「おい、ちょっと触ってみろよ」

「い、嫌だよ。噛みつかれたらどうするんだ？」

「私、さ、触ってみるっ！」

完全に珍獣扱いである。

おかげで醤油顔はロリっ子とお話する機会をゲットの予感。鳥さん、なかなかやるじゃないの。まさか早々に女の子を引っ掛けて下さるとは思わなかった。これだから可愛らしいペットとのお散歩って素敵だと思います。


『ふぁっ！』

彼の視線が接近する醤油顔を捉えた。

声も大きく鳴いて、バサリと羽を動かす。すると鳥さんを囲んでいたちびっ子たちも、こちらに向かい注目である。瞳にブサメンの姿を捉えて、鳥さんを眺めていた際とは一変、その表情が驚いたものに変わった。

「うわ、やたらと顔の平たいオッサンが来たぞっ」

「っていうか、なんか黄色くない？」

「ちょ、ちょっと！　そんなこと言うと怒られるよっ！」

平たいオッサンのことも、遠慮なく触って欲しい。

主にお腹の下の辺りを撫でて欲しい。

ただし女の子限定。

ブサメンの接近に伴い、ちびっ子たちは勢い良く後退（あとずさ）った。両者の間にはあっという間に、数メートルほどの距離が開いた。その面持ちは緊張して見える。ホームレスが飼育している野良猫に、知らず構ってしまった通行人、みたいな感じ。

これに構わず醤油顔は鳥さんの隣に腰を落ち着ける。

「さて、昼ごはんにしましょう」

『ふぁっ！　ふぁっ！』

噴水の縁、鳥さんの正面に串焼きの片割れを広げる。

串から肉を抜き取ることも忘れない。

屋台でお皿の代わりにもらった、大きな葉っぱの上に並べる。

『ふぁ？』

「食べていいですよ」

ブサメンも彼の隣で自身の分の串焼きを手に取る。一口頬張るとより強烈に、香ばしい風味が広がった。味は想像した以上に濃厚で、ご飯に合いそうな一品である。白米の上に並べてマヨネーズとか掛けたら、きっと堪らない。

『ふぁぁぁぁあ……』

鳥さんも一口食べた直後、うっとりとした表情になる。

どうやらお気に召されたようだ。

自ずと食事の手は進んで、瞬く間に八割ほどが片付いた。残るお肉の量を思うと、もう一人前くらい購入して、鳥さんと二人で分け合ってもいいかもしれない。食欲旺盛な彼の姿を眺めていると、ついつい食べさせてあげたくなる。

そうこうしていると、ちびっ子の一人が我々に近づいてきた。

「な、なんていう鳥さんですか？　お肉が好きなんですか？」

女の子、なんと女の子である。

小さくて可愛い女の子が、自分の意志でブサメンの下までやって来たのである。凄いぞ鳥さん、これが可愛いペットの力なのか。思い起こせばご主人様が通う学園でも、女子学生からキャーキャー言われていた彼である。

男の子二人の姿は見られない。

いや、いる。いるぞ。

遠くからこちらを遠巻きに見つめている。

「なんていう鳥だろうね。実はおじさんも知らないんだ」

「へぇー」

『ふぁ？』

「さ、触ってもいいですか？」

「大丈夫だと思うよ。でも優しくしてあげてね」

「はいっ」

『ふぁ？　ふぁ？』

女の子と醤油顔の間で、鳥さんの視線は行ったり来たり。

そんな彼の頭の上に向かい、おっかなびっくり、女の子の手が伸びる。数秒ほどその頭上で躊躇した後に、手の平は頭頂部に降りていった。小さなお手々が柔らかな鳥さんの頭をナデナデする。とても絵になる光景だ。

『ふぁぁ……』

人に撫でられるのが好きな彼は、途端に嬉しそうな表情となった。

鳥類にしては相変わらず表情が豊かだよな、この鳥さん。

「あ、凄くふわふわしてる……」

彼のご機嫌な反応を受けて、女の子の顔にも笑みが浮かぶ。

その愛らしい笑顔を眺めていると、ふと醤油顔は導きの幼女を思い起こした。ママさんが幸薄そうな人だったから、どうしても心配になってしまう。ちゃんと元気でやっているといいのだけれど。

「鳥さんかわいいね！　ふわふわしてるっ！」

『ふぁぁぁぁぁ』

女の子は鳥さんを撫でて幸せ。鳥さんは女の子に撫でられて幸せ。醤油顔は鳥さんを撫でて嬉しそうにしている女の子を至近距離から楽しめて幸せ。全員が幸せになれる、とても幸福な関係がそこにはあった。

ご主人様は可愛いし、鳥さんも優秀だし、とても恵まれた環境だ。

低ＬＵＣなんて、意外と大したことないのかもしれないな。

＊

【ソフィアちゃん視点】

それはチェリー王国の首都アヌスを訪れて数日後の出来事でした。

時刻はそろそろ日も暮れようかという頃合い。場所は当面の宿と決めた、お貴族様向けの宿泊施設でのことです。我々は貸し切りとなった食堂の一室にて、夕食を取りながら本日の成果を報告し合っておりました。

そこで遂に、タナカさんの足取りを掴む有力な情報が上がってきたのです。

「あの男の目撃証言だとっ⁉」

エルフさんが声を上げて驚かれました。

とても食い付きが良いです。

お口から飛んだ肉の欠片が、スープのお皿にぽちゃんと落ちました。

これに対して、頷き応じたのはファーレン様です。

「うむ」

落ち着き払った振る舞いは、普段となんら変わりないように思われます。ですが心なしか目元が緩んでいたり、声色が穏やかであったりと、機嫌が良さそうな気配が感じられます。きっとタナカさんが見つかって嬉しいのでしょう。

ファーレン様は怖い方なので、ご機嫌が良いとメイドも嬉しくなります。

「肌の黄色い平たい顔の男が、妙な鳥の魔物を連れて、平日の昼間から町中で子供と会話をしていた、という話を聞いた。それ以上の情報はないが、まず間違いなくあの男だと考えていいだろう」

そのお話だけを伺うと、なんとも危なげな人物として映りますね。

本来であれば絶対に関わってはいけないタイプの人です。

まともな大人の男性は日中の時間帯、仕事に汗水を流している筈です。

「凄いじゃないの、ソフィッ！」「ねぇ、ソフィア。今度わたくしと一緒にカジノにでも行かなぁい？」「これは興味深い話じゃのぅ。何か魔力的な作用があるのじゃろうか？」「もしかして、神託のようなものが降りてきているのかい？」

ファーレン様が語られるのに応じて、皆様の視線がメイドに向かいました。

無事にお務めを果たしたクジ引きの成果を受けてのことでしょう。

食事の手も止まってしまっております。

エステル様や縦ロール様のみならず、ジャーナル教授や西の勇者様からも、お褒めの言葉を頂戴してしまいました。まことに恐縮でございます。ただ、私自身は取り立てて何をした訳でもないので、こればかりはお答えする術を持ちません。

「ふ、普通に札を引いただけですので……」

末恐ろしいものを感じます。

そもそも運が良いというのなら、どうして私は未だに恋人の一人もいないまま、過ぎゆく婚期に焦っているのでしょうか。たしかに美味しい目を見たことは何度かあります。ですがそれ以上に、辛い目を見ている方が多いのではないでしょうか。

幸と不幸、天秤にかけると後者に振れるような気がしてなりません。

「……私も言うことがある」

そうこうしていると、部屋の隅からボソリと声が届けられました。

ゴッゴルさんです。

手にしたナイフとフォークをお皿において、手元のナプキンで口元をふきふきと拭っていらっしゃいます。

どうやらタナカさんから色々と学ばれているらしく、ここ最近はお食事の席でのテーブルマナーにも向上が見受けられます。以前と比べて少しエレガントです。

ですが床に座られるスタイルは、一向に変化する気配がありません。

『な、なんだよ？　早く言えよっ』

「ニップル王国という国の代表者の従者に、顔が平たくて肌の黄色い人物がいるらしい、と読んだ。この町で行われる会議の参加者の間で、そうした噂が流れている。ただ、あまりいい噂じゃない」

「ふぅん？　これはどうやら決まりのようねぇ」

皆様の心中を代弁するように、縦ロール様が仰りました。

メイドもその通りだと思います。

顔が平たくて肌が黄色い人なんて、私はタナカさんしか知りません。それなりに人口の多いペニー帝国で、飲食店など営んでいるにもかかわらず、彼の他には一度も見たことがありません。かなり珍しいのではないかと思います。

「で、でも、どうして彼がニップル王国の従者なの？」

「それは分からない」

「ニップル王国といえば、南部諸国において最も貧困な国として有名だ。おそらくはそのあたりで何かしら、込み入った事情に立ち入ってしまったのだろう。あれでなかなかお人好しな男だからな。きっと要らぬお節介でもやいているに違いない」

そういうエルフさんも、十分にお人好しだと思うのですが、本人はあまり気づいた様子がありません。今まさに問い掛けたエステル様も、これに答えたゴッゴルさんも、それを貴方が言うの？　みたいな視線を向けていらっしゃいます。

「じゃがそうなると、俄然その会議とやらに参加したくなるのぉ」

「うむ、だが我々のような諸国外の貴族が参加する訳にはいくまい？」

「何か伝手はないのかしらぁ？」

具体的な情報が挙がってきたことで、段々と議論は進んでいきます。

詳しい内容は定かでありませんが、この町で行われる予定の会議というのが、重要なイベントのようですね。会場の近くで張り込んでいれば、もしかしたら会えるのではないかと、メイドの足りない頭でも理解できます。

「あと、チェリー王国の王子たちが戻ってきている」

更にボソリと、ゴッゴルさんが続けられました。

直後にはエルフさんから疑問の声が。

「そうなのか？　あの者たちもヤツを捜しに向かったと聞いていたが……」

「理由は知らない。そういう情報を読んだ」

「そういうことなら、上手くやれば入り込めるんじゃないかしらぁ？」

「そうじゃのぅ。なんたって開催国じゃしのぅ」

ここ数日ほど、行動を共にさせて頂いたことで気づいたのですが、ジャーナル教授は意外とお茶目な方かもしれません。学園都市で代表を務める、とても高名な魔法使い様とのことですが、子供っぽい茶目っ気を会話の端々に感じます。

そのため縦ロール様とは相性が良さそうです。

「そういうことであれば、こちらで面会の願いを出してみよう。君たち諸国外の貴族と違って、僕の身の上は割と融通が利くからね。君たちが向かうより、幾分か穏やかに物事を進めることができるだろう」

西の勇者様が皆々を見つめて提案されました。

「あらぁん、勇者様も意外と役に立つじゃないのぉ」

「せめてこういうときくらいは役に立たないと、立つ瀬がないからね」

縦ロール様のお言葉を受けて、西の勇者様は苦笑いです。

どうやら問題の会議とやらに向けて、突撃の予感でございます。

*

南部諸国の統一に向けた会議、その前日に至るまで、ご主人様はお屋敷の自室に籠もりきりであった。ブサメンや鳥さんが部屋を訪れたのなら、ちゃんとお相手をしてくれるけれど、どこかそわそわとしていた。

パパさんから丸投げされた仕事にもかかわらず、彼女は前向きに臨むべく考えているようだ。連日にわたり夜遅くまで、部屋には明かりが灯っていた。その姿を召喚獣はただ見守ることしかできなかった。

初日の夜には北の大国やスペンサー伯爵について話を聞いてみた。しかし、少なくとも彼女が把握している限り、南部諸国の統一に関係して名前は挙がっていないとのこと。また、後者に関しては、そのお名前自体をご存知なかった。

当然ながら諸国内でも情報に格差があるようだ。

前者の名前を出して確認した際には、それが南部諸国の統一とどのような関係にあるのか、ご主人様から問われた。ただ、こちらについてはブサメンも証拠を握っている訳ではないので、適当にはぐらかして終えることになった。

北の大国がどういったポジションで、南部諸国の統一に絡んでいるのか。仔細を調べるのが今回のバケーションにおける、タナカ伯爵の宿題になりそうである。結果次第ではリチャードさんにご報告を要するかもしれない。

一方で鳥さんとの関係は円満だ。

当初は危ぶまれた不死王としての力も、醤油顔からのお願いが功を奏したのか、一度も発現するには至っていない。傍目には少し抜けて見えることが多々ある彼女だけれど、自分が考えている以上に賢い種なのかもしれない。

そうしてチェリー王国の首都アヌスで過ごすことしばらく。

いよいよ会議の初日がやってきた。

「なぁ、改めて確認するけど、本当に僕に付いてくるつもりか？」

「メイスフィールド様のご迷惑でなければ、是非お願いします」

「以前は参加に渋い顔をしてなかったか？」

「こうして町を訪れたことで、段々と興味が湧いてまいりました」

「だけど、これといって面白いことなんて何もないぞ？」

会場へ向かう直前、お屋敷のエントランスで言葉を交わす。

玄関先には馬車が止められており、我々が乗り込むのを待っている。滞在先のお屋敷のみならず、会議場への移動まで勝手に手配されていた。あまり長くこちらで厄介になっていたら、贅沢に慣れてしまいそうで不安になる。

ちなみにメイドさんからのエッチなサービスは一切なかった。

とても残念である。

「昨日にはメイスフィールド様から、各国ごとに傍聴席があると窺いました。差し支えなければ、そちらにお邪魔させて頂けたらと思います。この通り顔を隠す為にローブも用意しておりますので、どうかお願いできませんか？」

「……まあ、別にいいけどさ」

「ありがとうございます」

当初は会議が終えられるまで、鳥さんと共に冒険者業に勤しむ予定であった。しかし、スペンサー伯爵との遭遇を受けてはそうも言っていられない。会議の内容も含めて、得られる情報は得ておくべきだろう。

一路、馬車に乗り込んで問題の会場へ。

移動にはそう時間も掛からなかった。

案内を受けた施設の内観はオペラハウスみたいな感じ。豪華絢爛な舞台と舞台前の正面席に対して、これらを取り囲むようにホールの壁一面、蜂の巣状に設けられた個室が印象的なデザインである。ヴェネチアのフェニーチェ劇場みたいな感じ。

ブサメンと鳥さんは、そのうちの一室に案内された。

なんでもこちらの会議では、公平な議論を周知するため、各国代表の他に南部諸国の有識者を聴講人として招き入れるらしい。そこでこうして大きな施設を貸し切り、盛大に催すのだとか。事実、客室はどこも人で溢れている。

まるでアイドルのライブイベントさながらだ。

これはブサメンの勝手な想像だけれど、セレブリティ溢れる光景の一端には、チェリー王国の他国に対する見栄も多分に含まれていることだろう。会場を訪れた当初、しょっぱい顔をしていたご主人様の姿が印象的だった。

ちなみに肝心の会議卓は、舞台の上に設えられている。そこには既に参加者の姿が確認できた。

総勢、二十名弱といったところ。

大半は自分と同じか、それより年上と思しき男性である。女性は片手に数えられる程度。その只中に交じる形で、ご主人様の姿が見受けられた。場所柄かなり浮いていらっしゃる。少なくとも彼女と同世代の代表は一人もいない。

ジッと目を凝らすと、緊張した面持ちが確認できた。

「あ、そろそろ始まるみたいですよ」

『ふぁー？』

いの一番に声を発したのは、ご主人様とは反対側に座った男性だ。

「それではこれより、第三十三回南部諸国の統一に向けた会議を始めたいと思う。進行は今回の当番国となるチェリー王国より国王の私が務めさせてもらう。また、議事は事前に周知した内容と変わりない」

チェリー王国の王様というと、チャラ男ブラザーズのパパだ。

たしかに彼ら兄弟の面影を強く感じる。

四十代も中頃と思しき中年男性。小麦色に焼けた肌と、口の周りを囲うように整えられた立派な髭（ひげ）が印象的なイケメンだ。夏の海でチャラチャラしているタイプのチャラ男が、順調に人生経験を積んで大成したような、そんな雰囲気の人物である。

「まず最初の議題だが……」

チャラ王が語るに応じて、会議は進行してゆく。

門外漢の醤油顔には、会議卓で交わされるやり取りが半分も理解できない。南部諸国の情勢が前提のお打ち合わせであるから、事前知識が不足している。しかも飛び交うワードは一部がファンタジー仕様。こうなると手も足も出ない。

開始数分、醤油顔の膝の上では鳥さんが居眠りを始めた。

鳥類ってこんな普通に眠るのな。

それでもどうにか拾える部分を拾って自分なりに考える。

併せて参考になるのがご主人様の表情だ。

参加者の発言に対して、段々と厳しさを増していく彼女の面持ちから、どういった内容こそニップル王国を筆頭とした弱小国にとって辛いのか、手探りながらも情報収集。そうして小一時間ほど聞いていると、段々と論点が見えてきた。

「……であるからして、今後の負担比率については、各国共に平等なものとして取り決めたいと考えている。また、統一後の十年間については、それぞれの国で独自に行っている施策について、他国に及ぶ影響を……」

現場で主に喋っているのはチャラ王だ。

これだけ沢山の有識者を傍聴席に呼んでいるのだから、まず間違いなく主要各国の間では裏ネゴが握られていることだろう。時折、手を上げて質問をする者もいるが、どれも大した議論に発展することなく過ぎてゆく。

今のところ北の大国の名前が出てくることはない。

一方でペニー帝国やプッシー共和国など、ブサメンと縁のある国の名前がちょいちょい耳に入った。こうした国々は南部諸国から列強各国なるフレーズで扱われており、経済あるいは軍事の上で、潜在的な脅威と考えられているらしい。

これに対抗することも、南部諸国が統一する意義の一つだとか。

そうして更に半刻ばかりが過ぎた頃合いのことだ。

「まったく話にならないねっ！」

凛とした声が会場に響き渡った。

耳に覚えのある声を確認してブサメンはドキっとした。

何故ならばそれは我らがご主人様のものだ。

『ふぁ⁉　ふぁ⁉』

寝入っていた鳥さんも反応を示した。ぺたりと垂れていた頭部がピクンと動いて、勢いよく持ち上がり、キョロキョロと周囲の様子を窺い始める。これをナデナデしつつ、ブサメンは会議卓に注目だ。

「何か意見か？　ニップル王国の代表者」

「どれもこれも主要国に有利な話ばかりじゃないか。南部諸国が統一することに意義を申し立てるつもりはないけど、こうまでも不公平な条件で統一がなされては、むしろ国民の不幸に繋がる国も出てくるのではないか？」

「なるほど、ニップル王国の代表者はこれまでの議論に異議があると」

「当然だよ」

ここへ来てご主人様は攻勢に出ることを決めたようだ。

同じ会議卓を囲んだ参加者たちの反応は様々である。

ニヤニヤと笑みを浮かべて彼女を見つめている者がいれば、つまらなそうにこれを眺める者もいる。チェリー王国とニップル王国、両者の国力差は圧倒的だ。いずれにせよ誰もが無駄な努力だと、ご主人様の行いを捉えていることだろう。

「たしかに一部の国に有利な条約があるのは事実だ。だがしかし、すべての国の国益を満たすことは難しい。いいや、不可能と言ってもいい。そうなったとき我々にできるのは、より多くの民を幸福にすることではないか？」

「その為には一部の民を今以上の不幸に陥れても構わないと言うのか？」

「そうは言っていない。その補償についても今後、皆で話し合っていくべきだ」

「っ……」

どうやらチャラ王の方が一枚上手のようである。

というより、ご主人様が頑張り過ぎている。

一歩目から大きく踏み込みすぎた為、彼女は早々に続く言葉を失ってしまった。悔しそうな表情で相手を睨みつけるばかり。これにより現場の雰囲気はより一層のこと、チャラ王に傾いたように思われる。

こういうのは先に熱くなってしまったほうが負けだ。

少なくとも周囲にはそのように映る。

ただ、理屈の上では理解しても、いざ当事者になってみると対処に難儀するのが常だ。自身も客観的な立場にあるからこそ、偉そうにあれこれと考えることができる。もしも彼女と同じ立場にあったのなら、文句の一つも口にしていただろう。

「意見は以上かね？」

「……以上だよ」

むしろご主人様くらいの年齢であれば、十分なご活躍だ。

大人しく意見を下げて、彼女は椅子に身体を預けた。

その直後に会議卓を囲んだ参加者の間では、今まさに上げられた意見を巡りああだこうだと言葉が交わされ始める。その大半はニップル王国の貧乏具合を揶揄（やゆ）するものばかりだ。ブサメンが想像していた以上にハブられている予感。

「…………」

彼女はこれにグッと歯を食いしばり耐えるばかり。

見ていて痛々しい光景である。

ニップル王国の他にも、声を上げる代表者はちらほらと見受けられた。ご主人様と同じような立場にある者も、本日は同席していることだろう。けれど、そうした参加者たちの発言は上手いことあしらわれてしまう。

もしも彼ら彼女らが手を取り合って協力したのなら、多少は有力国から譲歩を引き出せたかも知れない。言っていることは尤もなことばかり。しかし、会議の場では散発的に問題を提起するに終わっていた。

そうして歯がゆいまま過ごすことしばらく。

ほとんど成果もないまま、ご主人様は午前の会議を終えられた。

「……笑いたかったら、笑ってくれていいよ」

我々の下まで戻ってきたご主人様が自虐的に言った。

公衆の面前で上手いことやり込められたことに、ショックを覚えているのだろう。そういうことなら、これを慰めるのは召喚獣の役割である。ここでポイントをガッツリと稼いで、今後の二人の関係に大きな進展を望む算段である。

「メイスフィールド様、とても素晴らしいご活躍でした」

「それで僕のこと慰めてるつもり？　いくらなんでも適当すぎるでしょ」

どうしよう、ご主人様ってば随分と心が弱ってしまっているぞ。

こんな調子で午後も戦っていけるのだろうか。

今のままでは成果など期待できそうにない。如何に不死王の力を囲い込んだとはいえ、それを発揮する場を設けられねば宝の持ち腐れだ。まさか近隣諸国へ手当たり次第に喧嘩を売って回る訳にもいくまい。

「立場が違えば、チェリー国王に挑む姿は英雄とも見えたことでしょう」

「っ……」

『ふぁ？』

「彼らは持てる者です。持てない者の心を理解することはできません。逆に持てない者も、持てる者の心を理解することはできません。メイスフィールド様の発言は恐らく、持てない者たちにとって非常に価値があるものだったと思います」

「お前、相変わらず口だけは達者だよな。本当に平民の出自なのか？」

「いえいえ、本心からの意見でございます」

「ふぅん？」

ジロジロと値踏みされるような視線が快感だ。

視線を逸らされることに慣れたブサメンは、その先にどのような感情が待っていようとも、異性から注目を受けることに価値を見出す。好意の反対が無関心だとは、実体験を伴い真実だと納得できるもの。既読スルー的な意味で。

「どうかされましたか？」

「な、なんでもない」

「そうですか？」

「僕は午後も会議があるし、さっさと昼食に行かない？」

「是非ご一緒させて下さい」

『ふぁー！』

しかしなんだ、上司にしか発言権がない打ち合わせのもどかしさは、世界を移ったところで何ら変わりのないものだ。せめて一言でも発言できたらとは、午前の会議体を眺めていて切に願った思いである。

＊

【ソフィアちゃん視点】

西の勇者様のお名前をお借りして、我々はチェリー王国の王子様たちと面会の機会を得ました。当初は断られるかもと危惧しておりました我々ですが、こちらからの一報を受けて早々、先方からご快諾を頂戴しました。というより、ご本人が我々の宿泊先まで足を運んで下さいました。

これには皆さんもビックリでございます。

そんなこんなで豪奢な馬車に乗せられて、あれよあれよという間に通されたのは、同国の首都アヌスに設けられた会議場でございます。幾百、幾千という人々が集まって、今まさに南部諸国の統一に向けた会議に臨んでいるのだとか。

その会場に設けられた傍聴席の一つで、我々は顔を合わせております。

「いやもう、タナカさんが俺らの国に来てるとかアガるわぁ！」

「マジわかる！　俺なんて早く挨拶に行きたくてウズってるし！」「俺なんてお話を聞いた時から、ずっとウズってるから」「いやいや、それ俺も同じだし。会議前からウズりまくりだから」

相変わらず王族とは思えないおふた方でございます。

メイド的には苦手意識が働きます。

しかしながら、お二人とも非常にお顔立ちが優れております。更に身体付きも極めて男性的です。こういった女性と遊び慣れていそうな方々に、もしも身体を好き勝手に弄ばれてしてしまったのなら、などと考えると、少しお股がキュンとしますね。

「そ、それで彼はどこにいるのかしらっ⁉」

エステル様が血走った目でお二人を睨みつけます。

完全に記憶喪失より以前のそれでございますね。

「ニップル王国の付き人だったら、王国付きの傍聴席にいるかも知れないッス」「代表者には個別に傍聴席が用意されているんッスよ」「ただ、今からだとご案内は難しいかもです」「会議が始まっちゃったからな」「しかし、タナカさんが国に来てくれてるとか、こんなめでたいことはないな」「こうなったら今晩は宴だろ」「宴だな」

私どもがチェリー王国を訪れるに至った経緯については、会場へ移動するまでの間に、お二人にもご説明させて頂いております。すると同じ南部諸国にある国家とのことで、ニップル王国について、知見を頂戴することができました。

なんでも、とても貧乏なお国なのだそうです。

どれくらい貧乏かというと、たとえば平民が一年間に稼ぐお給金の総額が、ペニー帝国の数分の一しかないそうです。碌に祖国を出た覚えのないメイドとしては、まるで想像ができない経済事情です。

そうかといって貴族と平民の間に大きな格差がある訳でもなく、貴族も平民と同じように苦労している方が多いそうです。国土こそ他国と変わらない一方で、山林の占める割合が多く、資源にも乏しいため、困窮しているのだろうとのお話でした。

「貴殿らもヤツを捜しに向かったのではなかったのか？」

エルフさんから王子様たちに突っ込みが入りました。

段々と脇に逸れていく話題を正そうと意図してのことでしょう。

「それはあれッスよ、国に戻ってオヤジの飛空艇を借りようと思いまして」「できたてホヤホヤの最新型なんで、めっちゃ速いんスよ、これが」「魔王討伐の英雄の一大事なら、国を挙げてでも捜すべきっしょ」「それな、それ。向こう一年は帰らないつもりだったけど、こうなったら話は別っていうか」

「そ、そうか……」

お二人とも夕ナカさんのことを心配して下さっていたようですね。ただ、その特徴的な言動を目の当たりにすると、どうにも胡散臭さが先立つと申しますか、色々と残念に感じられます。決して悪い人たちではないと思うのですけれど。

「これから午後の部が始まるんで、しばらくはここで待機ッス」

「会議が終わり次第、こっちでニップル王国の代表を捕まえるんで」

続けられた言葉は、とても頼もしいものでございました。

お二人の視線が見つめる先には、会場施設の中央に設けられた舞台の上、大きな円卓が窺えます。これをぐるりと囲んだ二十余名の方々こそ、南部諸国の国々を代表する人物なのだとか。いわゆる各国のトップというやつですね。

詳しくは存じませんが、かなり大規模な会議と思われます。

我々が訪れたこちらの傍聴席も大変豪華でして、大聖国でお邪魔した聖女様のご自宅と比較しても、尚のことお金が掛かっているように感じられます。小さな家具一つとっても、平民の人生が丸っとお買い求めできてしまいそうですよ。

「ところでニップル王国の代表というのは、どれなのかしらぁ？」

「あそこの若い男っス」

「ふぅん？」

「他所の国の代表と比べると、随分若いんじゃのぅ」

「なんでも国王が来れなくなったとかで、代わりに来た王子ッスね」

眼下に見下ろす円卓の一席に、年若い男性の姿が見受けられます。十代中頃ほどでしょうか。中性的でありながらも、凛々しさの感じられる顔立ちが素敵でございます。もしもメイドと同じ平民の身分にあったのなら、是非お声掛けしたくなる方ですね。

ただし、その表情はとても険しいものです。

「どうやら厳しい局面にあるようだな」

エルフさんが仰りました。

事実、何度か発言を試みているようですが、これが受け入れられる様子は一向にありません。そうした状況が表情に現れているのだろうとは、この手の催しに疎いメイドであっても容易に察することができました。

「ニップル王国は貧乏な国なんで、こういう場での発言権は皆無にも等しいッスね」「それを理解して王子が代理でやってきたのかも知れないッス」「ああでも、午前中はかなり頑張ってたんですよ」「そうそう、うちのオヤジに面と向かってああも喰い付けるヤツ、滅多にいないよな」

「マジそれ。あれは格好良かった」

そんな方の下で従者をされているというタナカさん。果たして彼はどのような騒動に巻き込まれているのでしょうか。

＊

本日、会議に参加する各国の代表者には、昼食の席が設けられているそうだ。

代表者同士でテーブルを囲み親睦を深めましょう、みたいな建前のもと、別室に移動して豪華な料理に舌鼓を打つのが会議初日の慣例らしい。けれど、これを一方的に脱したご主人様は、召喚獣たちと町に出てランチタイム。

賑やかな広場の露店で買い食いを楽しまれた。

教室に居場所がなくて、便所飯を敢行する陰キャさながらの行動である。

一方でご同席させて頂いた童貞は、処女の僕っ娘と過ごす時間が増えて喜ばしい限り。ここ数日で詳しくなった首都アヌスを案内の上、露店巡りをエスコートさせて頂いた。これには同席した鳥さんも大満足である。

少しでも気分転換して頂けたら幸いだ。

後半戦はどうか、盛り返して頂きたいところである。

そして、昼食を終えて会場に戻った我々は、再びしばしのお別れだ。

ご主人様は会議卓に向かい、覚悟を決めた面持ちで歩んでいった。

その背中を会場のエントランスで見送った二体の召喚獣は、ニップル王国の関係者にあてがわれた傍聴席に足みを向ける。午前中と同様に午後もそちらから、彼女の勇姿を拝見させて頂こうという算段だ。

ということで、施設内の通路を歩むことしばらく。

ブサメンは道に迷った。

「鳥さん、どうしよう。道に迷っちゃったよ」

『ふぁー？』

案内板文化に慣れ親しんだ現代人には、その手の指示の少ない異世界の建物は、なかなか歩きごたえのある代物だ。とりわけこちらの施設は、フロア面積が広ければ、総階数も多い。しかも似たような間取りが並んでいる。

個室居酒屋やカラオケで、部屋番号を確認せずにおトイレに行った後、戻るべき部屋が分からなくなった酔っぱらいのような状況だ。しかも本日は素面で頭を悩ませているから、いい年した大人としてショックが大きい。

「道、覚えてませんよね？」


『ふぁー？』

当然ながら、鳥さんも駄目っぽい。

頭をナデナデすると、嬉しそうに目を細めて喜んだ。

「誰かに案内してもらうしかないなぁ……」

こちらの会場におけるブサメンは、ニップル王子の従者という立場にある。下手なアクションはご主人様の沽券にも関わるので、できれば他人の手を煩わせることはしたくなかった。けれど、このままでは下手をしたら会議が終わるまで迷子だ。

そこで致し方なし、ブサメンは鳥さんを両手で抱えたまま、運営関係者の姿を求めて会場をあっちへうろうろ、こっちへうろうろ。それっぽい姿格好の人、たとえばフリーのメイドさんを探して歩き回った。

するとしばらくして、ふと視界の隅に見覚えのある姿を捉えた。

「鳥さん、あそこにいるのスペンサー伯爵じゃないですか？」

『ふぁ？』

つい数日前にも、こちらの町の貴族街で出会っている経緯を思えば、見間違いということはないだろう。以前と同じパリッとした軍服っぽい格好をしている。感情の感じられない能面のような面持ちも相変わらずだ。

　そして、廊下に立った彼女の正面には、半開きとなったドア。

　どうやら誰かと話をしているようだ。

　その先に向けてお喋りをする様子が見て取れる。蝶番（ちょうつがい）が手前に付いている為、部屋にいる人物の人相までは分からない。

　数日前の出会いから想像したとおり、やはり彼女は南部諸国の統一に関係しているようだ。しかもこうして会場に出入りしている点から、どこか特定の国とそれなりに繋がりがあることは間違いない。

　醤油顔と同じように、代表者の従者枠で入り込んだのかも。

「…………」

『ふぁ？　ふぁ？』

　廊下の曲がり角に身を隠して先方の姿を窺うこと数分ほど。

　スペンサー伯爵はお喋りを終えて廊下を歩き始めた。

　このタイミングを狙いブサメンは、偶然を装って彼女に歩み寄った。

「おや、そこに見えるはスペンサー伯爵ではありませんか？」

「っ……」

　意識して元気よく声を掛ける。

　一瞬、彼女の肩が震えたような気がした。ただ、それもほんの僅かな反応であって、確信を覚えるには至らない。振り返ったスペンサー伯爵の面持ちは、やはり感情の欠片も感じられない淡々としたものだった。

「タナカ伯爵ではありませんか。このような場所で何を？」

「いやはやお恥ずかしい話となりますが、迷子になってしまいまして」

「……迷子、ですか？」

　そんな彼女に眉をひそめさせたブサメンは大したものだ。

　また一つスペンサー伯爵の中で株が下がった予感。

　咄嗟に手を握って、先方の潔癖症を発動させたい欲望に駆られる。

「ところで伯爵は、随分と南部諸国に通じていらっしゃるようで」

「南部諸国の統一に向けた流れは、我々も気になるところです。この場にいるということは、タナカ伯爵も重々承知とは思いますが、私も苦労を重ねて会議に招待を受けました。せっかくの機会なので、各所にご挨拶をと考えております」

「なるほど、それはお忙しいところ申し訳ありません」

「やはりペニー帝国も、南部諸国の動きが気がかりですか？」

陛下の口から南部諸国なる単語を聞いたことは一度もない。北の大国やプッシー共和国といった、近隣各国の対応で手一杯なのだろう。国内の貴族に対する牽制だけであっても、割とあっぷあっぷあっぷしていらっしゃる。

一方でリチャードさんや宰相なら、もしかしたら何か知っているかもしれない。エディタ先生や魔道貴族、ジャーナル教授あたりにお尋ねしてもいい。いずれにせよペニー帝国に戻ったらすぐにでも確認したい。

ただ、それでは遅い何かが、こちらの会場では進んでいるような。

そんな気がしてならない。


恐らく目の前の彼女は、かなりの権力を国から委譲されている。

ふと思い起こされたのは以前の勤め先。何をするにも百万前後の決裁権限しかなかった課長。平社員とあらば数千円の販管費でも事前承認が必須。部長職なら単独で一千万前後まで決裁可能なのに、何故か事前に定例会議で合意が必要な暗黙の了解。

そんな状況で部下の人事権さえ握っている外資の人たちと、契約に先立って事前承認が欲しいと訴えられる打ち合わせの現場。契約書の雛形を見せつけられる苦しみ。居合わせたのは課長はおろか、平社員と契約社員の二人きり、みたいな。

ペニー帝国的にはどうなのだろう。

ブサメン、勝手に頑張ってしまっていいのだろうか。

「…………」

冷静に考えてみると、この場で躊躇するという選択肢はあり得ない。それは些末な失敗がお家の取り壊しに至る、異世界のシビアな世界観が所以。どこかの誰かに遠慮した結果のミスが、即座に身内の不幸や自らの没落に繋がる。

なら今できることは、やっておくのが正しい判断だと思う。

ここは外資。そう、きっと外資なのだ。

「それは貴国の出方次第かと思います、スペンサー伯爵」

「……というと？」

「失礼ですが、これ以上はお答えしかねます」

「…………」

タナカ伯爵は少しだけ攻めてみた。

あれもこれも足りていない我々だから、何よりも必要なのは時間である。この場でのやり取りから、少しでも北の大国に躊躇を与えることができたら幸いだ。そのために必要な武力も腕の内に抱いている。

こうして語ってみせた煽り文句の根拠が、まさか腕に抱いた愛らしいフェニックスの幼生にあるとは彼女も思うまい。期待を寄せた彼は、醤油顔が道に迷っている内に、いつの間にかうつらうつらし始めているぞ。

ナデナデしたくなる衝動を抑えつつのやり取りである。

「聞けばタナカ伯爵は、ニップル王国と親しくされているそうですね」

「おや、ご存知でしたか？」

スペンサー伯爵が一歩を踏み込んできた。

きっと我々の滞在先を監視していたのだろう。貴族街で出会って以降、可能性の上では考えていた。ただし、お屋敷ではご主人様の目もあるので、ほとんど対策も行わずに過ごしていた。せいぜい鳥さんに魔法を使わないようにお願いしたくらいだ。

どうせ調べれば、すぐに分かるような関係でもあるから。

「ニップル国王が王子を代理に出向かせた点、少々気になっておりました」

「なんでも最近になって体調を崩されたそうですよ」

「それは大変なことですね。もしや具合がよくないのでしょうか？」

「既に回復しつつあるそうですが、念の為にとのお話を伺いました」

「なるほど、そのようですか」

スペンサー伯爵、ブサメンのこと邪推しているっぽい。

それもこれも完全に偶然の賜物（たまもの）なのだけれど。

ただ、こうして言葉を交わしたことで、タナカ伯爵としても彼女の危惧するとおり、今回の会議を楽観視できなくなった。北の大国が何を考えて南部諸国に肩入れしているのか、現時点でもいくつか予想することはできる。

いずれの場合でも、ペニー帝国が不利益を被（こうむ）るのは間違いない。

「ところでタナカ伯爵は、グラヌス湿地帯をご存知ですか？」

「グラヌス湿地帯、ですか？」

スペンサー伯爵、ここへきて急に話題を変えてきたぞ。

しかも、どことなく耳に覚えのある響きだ。

思い起こせばブサメンが鳥さんを呼び出したのと前後して、ご主人様がグラヌスの戦いなるワードを漏らしたことがあった。なんでも今から百年以上も前に、大小二つの国がグラヌスなる地域でぶつかりあったのだとか。

小さいほうの国に所属する魔法使いが、たった一人ながら召喚魔法を駆使することで、大きいほうの国を打ち破ったのだそうな。ご主人様の強烈な召喚魔法推しも、そうした昔話が理由であると伺った。

「飛空艇でこちらへ向かうにあたり、界隈に崩落の跡が見受けられました」

「なるほど？」

スペンサー伯爵は何が言いたいのだろう。

何らかの揺さぶりだろうか。

だとしたら、ブサメンには関係のないお話だ。

「地下構造物が地上にまで露出しており、ふと気になったものでして」

「地下構造物ですか……」

ニップル王国がどうのというお話は、こちらも彼女の意図を察することができた。しかし、グラヌス湿地帯とやらについてはサッパリである。現地を確認すれば、何か得られるものがあるだろうか。

いずれにせよ現時点では情報不足である。

とりあえずこの場では適当にお返事しておこう。

「あの辺りでは過去に大きな戦があったと噂に聞いておりますが」

「……ええ、どうやらそのようですね」

ブサメンの顔を眺めて、スペンサー伯爵は意味深に頷いてみせた。

痛くもない腹を探られるのは、むず痒いものだ。

それはそうと今更ではあるけれど、あまり悠長に彼女とお話をしている訳にはいかない。何故ならばこちらの会場では、南部諸国の統一に向けた会議も午後の部が始まろうとしている。いいや、既に始まってしまっているかもしれない。

早く自席に戻って拝見しなければ。

「ところでスペンサー伯爵、一つよろしいでしょうか？」

「なんですか？」

「もし差し支えなければ、哀れな迷子を助けて頂きたいのですが」

「…………」

めっちゃ胡散臭そうな目で見られてしまった。

クールな美女からそういう風に見られるの、背筋がゾクゾクしてしまう。

＊

何事も頼んでみるものだ。スペンサー伯爵は我々をニップル王国にあてがわれた傍聴席まで案内してくれた。それもわざわざ一緒に運営関係者を探した上で、先方に対する事情の説明を買って出てのご案内である。

冷たそうに見えて、意外と面倒見がいい性格なのかもしれない。

また、危惧していた会議の進行については、幸い我々が自席に辿り着いた時点では、まだ始まっていなかった。そのため醤油顔は午後の部も最初から、じっくりと腰を据えて拝見することができた。

そうして迎えた、舞台の上に設けられた円卓でのこと。

「では、当面における複数国を跨いだ貿易の扱いについてだが……」

「ちょっと待って欲しい、この話題には議論の余地がある！」

ご主人様は午前に引き続き奮闘していらっしゃる。

果敢にもチェリー国王を筆頭とした参加者に喰らいついていく。

しかし、これといって成果は上げられていない。

舞台の上では相変わらず、苦境に立たされた彼女の姿がある。議論はこれまでと同様に、一部の参加者の発言によって進められている。午前で帰ってしまった代表者もいるようで、空席がいくつか見受けられた。

しかも午後は午前にも増して、議長国であるチェリー王国から厳しく当たられている。それが先方の苛立ちや悪意によるものなら、まだブサメンは心穏やかでいられる。しかし、スペンサー伯爵との会話を反映したものだとしたら大変だ。

北の大国はかなり深いところまで入り込んでいることになる。

タナカ伯爵的には何かしら対策に乗り出したいところだ。しかし、既に先方の影響力が大きい南部諸国であるから、下手に手を出しては痛いしっぺ返しに遭うのが目に見えている。陛下やリチャードさんにも面倒を掛けることになるだろう。

『ふぁー！　ふぁー！』

午前中にぐっすりと眠った為か、午後は鳥さんも会議に意識を向けていらっしゃる。その視線が捉えているのは、ご主人様で間違いないだろう。彼女が何かを喋るたびに、反応する素振りが見て取れる。

「ご主人様が気になりますか？」

『ふぁー！』

はてさて彼は何を思って鳴いているのだろう。

ブサメンには分からない。

そうしている間にも、会場ではご主人様が追い詰められていく。

「皆に代わり議長に進言したいのですが、この場におけるニップル王国の代表者の言動は、如何せん度し難いものがあります。会議の流れも滞っておりますし、以降は発言権を投票制にしてはいかがでしょうか？」

「な、なんだとっ⁉」

彼女のすぐ隣に腰を落ち着けた男性が、チェリー国王に向けて言った。

なんて主語の大きな物言いだろう。

けれど、彼の発言に非難の声は一つしか上がらない。

「これまでのやり取りを聞いていて感じたのですが、どうやらニップル王国は自国の利益を優先するきらいがあるようです。その為にいちいち議論を止めていたら、どれだけ時間があっても足りません」

「そんなことはない！　僕は南部諸国の統一に向けて、立場の弱い国々の為に意見を上げているに過ぎない。祖国の利益とは何ら関係のないものだ。その方の言葉こそ、議論を妨げるばかりの言いがかりだ！」

「それにしては同意の声が一向に上がってこない点が気になります。今の言葉が本当であるのなら、上げられた意見に同意する代表者が現れて然るべきでしょう。ですが本日、ニップル王国の声に賛同を示した者が、どれだけいたでしょうか？」

「っ……」

いよいよ議会での発言権さえ奪われそうなニップル王国だ。

ご主人様の面持ちもこれまで以上に辛そうである。

悔しそうに歯を食いしばり、隣に腰掛けた男性を睨みつけているぞ。

「たしかに今の意見には一理ある」

「ま、待てっ！」

議長を務めるチェリー国王から肯定の声が上がった。

彼女は顔色を青くして、これに食い下がらんとする。他国の代表たちの反応は千差万別だ。ある者は笑みを浮かべているし、またある者は我関せずを貫いている。

『ふぁー！　ふぁー！』

困窮するご主人様の姿を眺めて、鳥さんが反応を見せた。

彼の不死王としての力を誇示することで、武力を示すことは可能だ。

他国からの侵略を防ぐこともできる。逆に侵略することも。

けれど、経済的にはそう簡単な話ではないと思う。つい先日も流行病に対応するため、他国から薬を仕入れるなどしていたニップル王国だ。どこぞの島国と同じように、自国だけで国内の需要を賄うことができる領域は、そう多くないと思われる。

周りの国々からそっぽを向かれた結果、同国はどこまで国としての体裁を保てるだろうか。そうかと言って自発的に他国を侵略しても、自国の治世すらままならないニップル王家が、いきなり満足な国家運営を行えるとは思えない。

きっと今以上に、多くの人たちが不幸になることだろう。

「大多数が賛成とのことで、今後は発言権の運用を投票制により行うことにする」

「そんなの横暴だ！　これのどこが公平な議論だと言うんだよ⁉」

ご主人様の声が会場に大きく響き渡る。

これまで以上に感情的な叫びだった。

悲鳴にすら思えた。

だからだろうか、その訴えを受けて反応があった。

ブサメンの腕の内で。

『ふぁ、ふぁぁ、ふぁっきゅー！』

「と、鳥さんっ……」

まんまるボディーがほんの僅かばかり、淡い輝きに包まれたのだ。遠目には判断できないだろうけれど、こうして抱いているブサメンには、真っ白な羽毛が薄ぼんやりと輝いている様子が確認できる。

その直後に舞台の上で変化が見られた。

「う、うぉぉあああああああああ」

とても大きな悲鳴が上がった。

出処は円卓に並んだ代表者のうち、ご主人様の隣に腰掛けた男性。

彼は椅子を後ろにガタンと倒して、勢いよく立ち上がった。

何が起こったとばかり、会場に居合わせた皆々の意識が男に向けられる。

すると我々の目前、それは起こった。

悶える男性の手の肉が、ずるりと剥がれ落ちたのである。まるで熟した果実から果肉が崩れ落ちるように、取り立てて何をした訳でもないにもかかわらず、皮膚や肉が剥がれて、卓上にべちゃりと落ちた。

顕となったのは真っ白な骨。

まるでホラー映画のゾンビさながらの光景だ。

「な、何事だっ!?」

どこかの誰かが声を上げた。

間髪を容れず、舞台の上に憲兵たちが流れ込んでいく。同じデザインの剣や鎧によって武装した彼らは、瞬く間に悲鳴を上げる男を囲って展開した。油断なく切っ先を構える姿は非常に物々しい。

これと同時に、各国の代表者が個々で連れて来ただろう護衛たちも、会場の至るところから飛び出して、己が主人の下に急いだ。こちらは姿格好がバラバラであり、年齢や性別、はたまた種族に至るまで千差万別である。

「鳥さん、ストップ！　ストップ！」

『ふぁー!?　ふぁー!?』

醤油顔は鳥さんを宥めるのに一生懸命だ。

どうしたらいいのか分からなくて、仕方なく彼を抱えたましゃがみ込み、その場でくるくると勢いよく回ってみる。すると何周か回ったところで、鳥さんの身体からは淡い輝きが失われた。

『ふぁぁぁー……』

目を回す鳥さんもなかなか愛らしいものだ。

ただ、今はその内に秘められた不死王としての力が恐ろしい。ご主人様が苛められる光景を目撃したことで、反発心から自然と魔法を発動してしまったのだろう。見たところ対象をゾンビ化させる魔法のようだ。

立ち上がり舞台の上に目を向ける。

男性の両腕は、肘から先が腐り果てていた。

鳥さん、やっちまったな。

こうなると醤油顔も傍聴席で待機している訳にはいかない。

負傷したのはニップル王国に敵対的な言動を取っていた人物だ。大半の代表者が駆けつけた従者に守られている現状、ここで彼女の従者だけが顔を見せなかったら、まず間違いなく嫌疑は濃厚と扱われることだろう。

嫌疑どころか実行犯で間違いないのだけれど、それだけは避けなければ。

案内された傍聴席が完全な個室仕様であって本当によかった。

「鳥さん、我々も行きますよ」

『ふぁー……？』

鳥さんを両手で抱えたまま、飛行魔法で身を飛ばして舞台の上へ。

頭のふらつきを回復魔法で完治させての出動だ。

『ふぁっ⁉』

「少しの間おとなしくしていて下さい」

男性のゾンビ化を確認したことで、彼の近くに座っていた代表者たちは、ご主人様も含めて円卓を挟んだ反対側に駆け足で移動である。静かだった会議場が男性の変化を受けて、一変して賑やかになった。

その只中を飛行魔法でひとっ飛び。

時間にして数秒、ほんの僅かな間の出来事である。

「メイスフィールド様、お怪我はありませんか？」

「お、お前たちっ……！」

我々の姿を確認して、ご主人様のお顔に笑みが浮かんだ。

傍らに降り立った醤油顔は彼女に向けてヒールを放つ。取り立てて怪我をされた様子は見られない。けれど、鳥さんの魔法がどこまで影響しているかは分からない。大丈夫だとは思うけれど、念の為に癒やさせて頂いた。

いや、待てよ。

ゾンビにヒールは不味いと先代の不死王様に言われたような。

この場合はどっちだろう。

「あちらの方ですが……」

「ニップル王国とは国境を接した国の代表だ」

会議に臨んでいた各国の代表者や、その従者たちが見つめる先では、鳥さんの魔法を受けた男性がのた打ち回っている。腐ってしまった自らの両腕を見つめて、我を忘れたかのように悶え苦しんでいる。

傍らでは彼の従者と思しき人物が、今まさに回復魔法を行使。対象の下に魔法陣が浮かび上がり、男性の身体が優しく照らされる。直後に彼の両腕はビクビクと蠢いて、血肉を激しく撒き散らした。

怪我が治る様子は一向に見られない。

むしろ悪化しているのではなかろうか。

「なっ……」

会場では随所から驚きの声が上がった。

やっぱりゾンビにヒールはアウトのようだ。アンデッドに回復魔法を使うと、逆にダメージが入るとかなんとか、先代の不死王様が言っていた。今まさに我々が目撃した光景こそ、その反応に他ならないのではなかろうか。

そうした疑念は周囲からの声により、即座に肯定された。

「ヒールで怪我が悪化したぞ!?」「ア、アンデッドだ！　外法を行使した者がいるっ！」「そんな馬鹿な、この舞台は強固な障壁に守られているのだぞ!?」「探せ！　魔法を放った者を探すんだ」

「並の術者では不可能だ。組織的な行使によるものかもしれん」「会場に高位の不死者が紛れている場合も考えられる」「いずれにせよ憲兵では太刀打ちできん。魔法使いの部隊に対応させるべきだ！」

会場内がこれまで以上に騒々しくなり始めた。

素直にごめんなさいできる状況ではないぞ。

鳥さんの魔法を受けた男性は、浮遊の魔法によって身体を支えられながら、舞台の上から運び出されていった。居合わせた我々はこれを粛々と見守るばかり。対応に当たっていた人たちの声を聞く限り、会場内に設けられた医務室へ向かうとのこと。

　回復魔法による治癒が困難となると、どうやって怪我を癒やすのだろう。

　ご主人様が無傷であってよかった。本当によかった。

　ブサメンは肝が冷える思いだ。

「あの様子だと、腕を切断するしかないな……」

「そうなのですか？」

「ああ、その上で回復魔法により対処するのが一般的だよ。だけど、肉体が完全にアンデッドと化している場合はそれも不可能だ。見たところ腕の一部が腐っただけのようだし、腕のいい回復魔法の術者がいれば元通りになるだろうさ」

　よかった、どうやら完治は可能らしい。

　そういうことなら大抵のゾンビ化は、醤油顔でも対処が可能である。

「ところでお前たち、アレは……」

『ふぁ？』

　ご主人様の視線は鳥さんに向けられている。

　きっと確信に近いものをお持ちだろう。

　醤油顔の腕に抱かれた彼が、不死王なるアンデッドな肩書きを受け継いでいることは、彼女も重々承知している。このタイミングでゾンビ騒動が起こったとなれば、他を疑うことの方が困難だ。

「高位の不死者だなどと、恐ろしい話もあったものですね」

「あ、あぁ、そうだな……」

　ということで、ブサメンは素っ恍けてみせた。

　ご主人様も素直に頷いてみせた。

　万が一にもバレたら大変なことである。

「しかし、なかなか妙なタイミングではありませんでしたか？」「その点については、私も気になっていたのですよ」「まるでニップル王国の代表者を庇っているかのようでしたな」「運ばれていった人物は、彼の国とは国土を接する国の代表者でしたよ」

　周囲からご主人様に疑念の眼差しが向けられ始めたぞ。

　これはピンチだ。

　彼女も各国の代表者から注目されてドギマギしている。

「な、なんだよっ！　僕がやったっていうのか!?」

「いえいえ、決してそのようなことは」「ですが今のはあまりにも、そちらに都合がよろしく感じられたものでして」「まさか一国の代表ともあろう人間が、外法に手を染めているとは思いませんよ」「まったくもってその通りですな」

「っ……」

当面、鳥さんにアンデッド属性の魔法は使って頂けないな。

南部諸国の統一に向けた会議は、ここへ来てひと波乱の予感である。

＊

【ソフィアちゃん視点】

南部諸国の統一に向けた会議は、午後の部が始まりました。

我々は未だにタナカさんの所在を掴めておりません。ですが、本日の催しが終えられた時点で、チェリー王国の王子様たちがニップル王国にお話を通してくれるそうです。ですから皆さんも落ち着いて、傍聴席から議論の場を眺めております。

各国の代表の方々が声を発するのに応じて、会場からはあれやこれやと賑やかにも喧騒が返されます。議論の場で飛び交う何気ない一言が、多くの人々の生活に直結しているのだなと、思い知らされる光景でしょうか。

一介の町娘風情としては、なかなか恐ろしい現場に感じられます。

『おい、まだか？　まだなのか!?』

午後の部が始まってしばらく、ドラゴンさんが痺れを切らし始めました。舞台の上、円卓を囲んだ代表者の方々を睨むように見つめております。今すぐにでも飛び出して行きそうな雰囲気を感じますよ。

「もう少しの辛抱だ。あまり周りに迷惑を掛けるなよ？」

『ぐるるる……』

喉を鳴らす姿は、いよいよ限界が近そうでございます。彼女を窘めるエルフさんもソワソワとしておりますね。

他の方々も神妙な面持ちで舞台を見つめていらっしゃいます。取り分け身分の高い方々は、同所で交わされるやり取りに耳を傾けているように見受けられます。他国の出来事ながら、色々と思うところがあるのでしょう。

もしかしたら貴重な機会なのかもしれません。

「そんなことはない！　僕は南部諸国の統一に向けて、

立場の弱い国々の為に意見を上げているに過ぎない。祖国の利益とは何ら関係のないものだ。その方の言葉こそ、議論を妨げるばかりの言いがかりだ！」

「それにしては同意の声が一向に上がってこない点が気になります。今の言葉が本当であるのなら、上げられた意見に同意する代表者が現れて然るべきでしょう。ですが本日、ニップル王国の声に賛同を示した者が、どれだけいたでしょうか？」

「たしかに今の意見には一理ある」

「ま、待てっ！」

舞台の上では円卓を囲んで、議論が白熱しております。

主にニップル王国の代表の方が頑張っておられますね。これに対して周囲からは、彼に反発ような発言が大半を占めます。後者の多くが中年男性である一方、前者こそ若々しいイケメンでありますから、個人的にはニップル王国を応援したくなります。

「ご主人、会場のどこかから妙な波動を感じる」

「妙な波動？　なにかしらぁ」

「あまり長居するべきではないと具申したく……」

「ふぅん？」


ドラゴンさんではありませんが、待ち時間が退屈でないと言えば嘘になります。こちらのメイドもドラゴンシティでのお仕事の糧になればと、真面目に拝聴させて頂いてはおります。ですが分からないことも多くて、段々と飽きて参りました。

そうしたなかで誰よりも真剣な眼差しを舞台に向けているのが、縦ロール様でございます。下僕の方からお声を掛けられても、彼女の視線は円卓に注目されたままです。いつになく真面目な表情をされています。

なんだか釈然としないものを感じますね。

「大多数が賛成とのことで、今後は発言権の運用を投票制により行うことにする」

「そんなの横暴だ！　これのどこが公平な議論だと言うんだよ!?」

そうして傍聴を続けることしばらく。

ニップル王国の代表の方が一際大きなお声を上げた際の出来事です。

「う、うぉぉあああああああああ」

円卓に着いていた代表者の一人が、突如として悲鳴を上げられました。

それはもう大きな声です。離れていてもビックリしてしまうほどの声量です。ドラゴンさんを筆頭として、会議から他に意識が移っていた方々も、これを耳にしては円卓に注目でございます。

何が起こったとばかり、声を上げている方に目を凝らします。

すると我々の見つめる先、男性の両手が変化を見せました。

どのような変化かと申しますと、とても気持ちの悪い変化でございます。お肌がボロボロと崩れ始めたかと思えば、肉が膿むように色を変えていきます。まるで肉が腐る様子を早送りで眺めているかのようですよ。

とても見られたものではありません。

グラヌス湿地帯で目撃したゾンビを思わせる変化です。

これに応じて舞台の上には、次々と憲兵が集まって行きました。同じデザインの剣と鎧で身を固めた方々が、豹変してしまった代表の方を囲うように、幾十名となだれ込んでまいりました。非常に剣呑な雰囲気でございます。

更には代表者の護衛を務めていると思しき方々が、会場のそこかしこから飛び出してまいりまして、これは大変な騒ぎです。粛々とした雰囲気とは一変して、途端に会場は賑やかになりました。

そうした騒動の只中で、我々は目撃しました。

「あっ……」

ひと目見て、思わず声が漏れておりました。

それはニップル王国の代表と思しき少年の傍ら、空から舞い降りた人物でございます。黄色い肌と平べったいお顔が特徴的な男の人です。まさか数日を離れた程度では忘れることもありません。

『いた！　いたぞ!?　アイツだっ！』

気がつけばドラゴンさんが、我先にと飛び出しておりました。

傍聴席の内窓を乗り越えて、眼下の舞台に向かい一直線です。

飛行魔法というやつですね。

誰も止める暇がありませんでした。

「あ、おいこら、ちょっと待てっ！　一人だけズルいぞ!?」

これにエルフさんが続きます。

そこからは皆さん、雪崩式に舞台へ向かっておりました。

エステル様のみならず、縦ロール様や彼女の従者の方、ゴッゴルさん、更にはチェリー王国の王子様たちまでもが連なっております。次々と窓枠からホールに向かい、飛行魔法で身を躍らせていきました。

「おぬしは行かぬのか？　ファーレン卿よ」

「我々は必要になったら出ればいい。違うだろうか？」

「そうじゃのぅ」

「お二人とも、お気遣いありがとうございます」

ファーレン様とジャーナル教授、それに西の勇者様の御三方については引き続き、こちらの傍聴室で様子見のようでございます。どっしりと落ち着いて構える姿が、見ていてとても安心しますね。

メイドもこれに習わせて頂こうと思います。

なんせ空が飛べませんから。

＊

それはブサメンが舞台の上、ご主人様の下を訪れた直後の出来事である。

鳥さんの魔法により負傷した代表者の方が、医務室に向けて運び出されて行くのと入れ替わるように、傍聴席から飛び出してくる人たちの姿があった。

遠目にはどこかの国の代表者の護衛たちが、遅れて反応をみせたのかとも思った。

しかし、よくよく見てみると、誰もが見知った顔である。

それが飛行魔法により身を飛ばして、こちらに勢いよく近づいてくる。

『おいこら！　見つけたっ！　見つけたぞぉっ!?』

先頭を行くロリゴンから声が上がった。

彼女の後方にはエディタ先生やエステルちゃん、縦ロール、キモロンゲ、ゴッゴルちゃんといった面々の姿が見受けられる。最後尾に続いたチャラ男ブラザーズの存在など、場所柄を考えると地雷以外の何物でもない。

一同はまっすぐに舞台を目指すと、醤油顔の傍らに降り立った。

「クリスティーナさん、このような場所までどうされました？」

急に消えたブサメンのこと、少しでも捜してくれていたら嬉しいな、なんて考えたことはあった。しかし、まさか皆が揃ってやって来るとは想定外である。しかも現場は他国のお偉いさんがズラリと居合わせた会議現場だ。

嬉しいには違いないけれど、不安に思う気持ちが先行してしまう。

ただ、そうしたこちらの思いとは裏腹に、面々からは賑やかにも声が上がる。

「よかった、よかったわ！　貴方が無事で本当にっ……」

「心配して下さりありがとうございます、エステルさん」

『っ……なんか態度が違うぞ!?　わ、私に対するのと態度がっ！』

ブサメンを見つめるロリビッチの目元には涙が浮かんでいた。というか、ポロポロと頬を伝い溢れ始めた。至近距離で目の当たりにしたことも手伝い、涙ってこんなにも勢いよく出てくるものなのかと驚いたほど。

おかげで焦る。

周囲に立った各国の代表から、ジロジロと視線を向けられている。

「おい、こ、この者たちはなんだ!?」

いの一番、ご主人様から声が上がった。

アポも取らずにやって来たドラゴンシティの住民たちの姿を確認して、彼女の意識は醤油顔との間で行ったり来たり。こうなっては童貞の召喚獣生活も、本日をもって終了のお知らせである。

さて、どうして応えたものだろうか。

「メイスフィールド様、こちらの者たちは……」

「お前たち、このような場所で何のつもりだ？」

ご主人様へのお返事に躊躇していると、他所から更に声が上がった。

会場に居合わせた誰もの意識が、声の聞こえてきた方に向かう。

するとそこにはチェリー王国の王様の姿が。

当然ながら彼の意識はチャラ男ブラザーズに向けられていた。本日の会議で議長役を務めるにあたり、終始湛えていた余裕たっぷりの笑みは消えている。厳しい面持ちで息子さんたちを睨みつけていた。

「オヤジ、それはこっちの台詞だよ」「どうしてタナカさんがここの会議に参加してるのか、マジ説明して欲しいんだけど」「ことと次第によっちゃぁ、俺らも黙っていら

れないんだけど」「本当にそれな？　さっさと説明してくれよ」

親父さんの顰めっ面にも負けず、めっちゃ賑やかにしてみせるチャラ男ブラザーズ。

少しだけ頼もしく感じてしまったの、ブサメンは悔しい。

一方でご主人様からは打って変わって、疑念の眼差しが向けられた。

チェリー王国を訪れるのは初めてだと、過去にも繰り返し伝えていた手前、そこの王子様たちと知り合いという事実が、彼女に疑念を抱かせたのだろう。彼らが口々にブサメンの名前を呼ぶものだから、もはや誤魔化しようもない。

「お前、チェリー王国の者だったのか？」

「いいえ、滅相もありません」

「もしかして今まで、僕のことを探っていたのか？」

「それは誤解です。どうか信じて下さい、メイスフィールド様」

なにやら収拾がつかなくなってきたぞ。

周囲では居合わせた南部諸国の代表者たちが、こちらを眺めてああだこうだと賑やかにし始めた。エステルちゃんを筆頭として、見目麗しい娘さんが大勢いらしているから、それはもう人目を引くことだろう。

「ニップル王国の従者がチェリー王国の王子と知り合いのようだ」「あの娘たちは何者だ？　身なりから貴族のようではあるが」「エルフやゴッゴル族まで一緒ですわよ？」「あの髪を巻いた貴族の娘、どこかで見たような気がするな」

これだけ貴族や王族がいれば、顔見知りの相手がいても不思議ではない。

引っ切りなしに届けられる声に、胃がキリキリと痛むのを感じる。

「皆のもの静粛にせよ！」

喧騒が広がり始めた会場で、チェリー国王が大きな声を上げた。

それこそ怒鳴るような物言いだった。

会議卓が設けられた舞台の上のみならず、会場の隅から隅まで届くほどの声量は、人々の注目をまとめて浚った。これを受けて喧騒は静まり返り、界隈は会議中と大差ないまでに落ち着きを取り戻した。

チャラ男ブラザーズが成長すると、こうなるのか。

などと考えると、今のうちから彼らに胡麻をすりたくなるな。

「ペニー帝国のタナカ伯爵については、私も話を聞いている」

「お初にお目にかかります。急なご挨拶となり申し訳ありません」

チャラ王がブサメンに向き直り、厳かにも語り掛けてきた。

相手は王族なので、こちらはお辞儀で応じさせて頂く。自ずとホール全体の注目が我々に向けられた。

恐らくスペンサー伯爵も会場のどこかで、一連の出来事を眺めていることだろう。そう考えるとこの場での言動は、南部諸国に対するばかりではなく、北の大国に対するご挨拶にもなるだろう。

「我が息子たちに招かれての来訪であれば、チェリー王国は国を挙げて貴殿を迎え入れよう。しかし、ニップル王国の代表に付き従う従者として、南部諸国の統一に向けた動きを阻害せんとするなら、これは由々しき事態だ」

「チェリー陛下のご子息とは以前、暗黒大陸でご縁がありまして……」

「本会議における議論は、我々南部諸国の問題である。ペニー帝国の貴族が首を挟むなど、お門違いにも程があるのではないか？　更にこれを乱すというのであれば、問題は貴国や貴国の同盟国を巻き込んでの騒動となるだろう」

チャラ王、めっちゃ脅してくる。

こちらの発言にまで言葉を被せてきたぞ。

見た目と相まって完全にオラオラ系。

だからこそ醤油顔はタナカ伯爵という名前が、彼らにとって無視できない存在であると把握することができた。また、それは場合によっては、北の大国に対しても同様であると言えるのかもしれない。

「どうなのだ？　タナカ伯爵」

「そうですね……」

さて、どうしよう。これは困ったことになった。

あれこれと考えを巡らせる。

そうこうしていると、視界の隅に映ったのがゴッゴルちゃん。

彼女のお顔を目の当たりにして、ふと醤油顔は閃いた。

南部諸国の関係者が一堂に会したこの場は、スペンサー伯爵の暗躍具合を確認するまたとない機会だ。ゴッゴルちゃんの協力を得ることができたのなら、上手く行けば北の大国の思惑を丸裸にすることができるかもしれない。

「…………」

ブサメンから褐色ロリータさんに視線をチラリ、チラリ。

すると彼女はコクリと頷いて行動を開始した。

こちらの目配せに応じて、そろりそろりと動くゴッゴルちゃん。彼女は自然な足の運びで位置取りを改める。チャラ王の威圧的な口上も手伝い、褐色ロリータさんに意識を向けている人はほとんどいない。

彼女はすぐさま、チェリー国王とブサメンの二人を読心圏内に収めた。

こんにちは、ゴッゴルちゃん。

こちらの意識が届いていたら、醤油顔のことを逆レイプして下さい。

「…………」

ブサメンを見つめるジト目が、少しキツくなった気がする。

これは届いていると考えて差し支えないだろう。

久しぶりの読心に心が沸き立つのを感じるな。

「どうした？　タナカ伯爵。噂ではかなりの切れ者と聞いたが、まさか何の考えもなくこの場に現れたなどとは言わぬだろうな？　この会議は南部諸国の行く先を決定づける大切な場だ。それを邪魔したとあらばただでは済まさん」

「こちらとしてはなるべく友好的にお話を進めたく考えております。陛下のご子息とは暗黒大陸で苦楽を共にさせて頂きました。円満な関係を築けているという自負もございます。これを無下にはしたくありません」

疎通確認を終えたブサメンは、大急ぎで彼女にご確認をお願いする。

ゴッゴルちゃん、南部諸国と北の大国の関係が知りたいです。チェリー王国を筆頭とした、南部諸国の主要各国が主導して行っている統一に向けた動きは、北の大国による意向となりますでしょうか。

もしもブサメンの考えが正しかったら、胸に右手を当てて下さい。正しくなかったら、胸に左手を当てて下さい。そして、エッチな気分になってしまったら、胸に両方の手を当てて下さい。

「…………」

ゴッゴルちゃんは右手を胸に当ててみせた。

どうやら南部諸国の統一に北の大国が絡んでいるのは間違いなさそうだ。こうなると次に確認するべきは、どの程度まで入り込んでいるかである。相手がチェリー国王なら、これも読心で判別ができるかもしれない。

ブサメンは続けざまにお尋ねだ。

両者の力関係は、チェリー王国が上にありますか？

「…………」

すると今度は、左のお手々が胸元に当てられた。

どうやらスペンサー伯爵、ガッツリと入り込んでいる予感。お昼休みのトークでは、今回の会議には苦労を重ねて招待してもらったとか言っていた彼女だ。けれど蓋を開けてみれば、黒幕と称しても過言ではない立場にいるのではなかろうか。

こうしてチャラ王がブサメンに対して威力的に接しているのも、会場のどこかで我々のやり取りを眺めているだろう彼女の存在が影響してと思われる。彼の立場的にここで下手に出たりしたら、北の大国との関係によくない影響が出るだろうし。

「なんだ、まさか情に訴えるつもりか？　タナカ伯爵よ」

「情に訴えたことで解決できるなら、それに越したことはないかと」

「腑抜けた男だ！　この体たらくでは魔王討伐を巡る噂も怪しいものだ」

ゴッゴルちゃん、もうあと少しだけ確認させて下さい。

北の大国が南部諸国を統一するべく働きかけているのは、ペニー帝国やプッシー共和国を筆頭とした、北の大国が脅威と感じている国々に対する敵対心や、侵攻の意思に基づいたものでしょうか。

ただし、こちらについてはチェリー国王の心を読んだだけでは、正確に把握できないかもしれません。その場合は両方の手を下げて頂けたら幸いです。曖昧で確信が持てない場合も、同様に両手を下げて下さい。

「…………」

「っ……」

なんということだ、右と左、両方のお手々が胸に向かったぞ。

エッチな気分になってしまった宣言、入りました。

お茶目なゴッゴルちゃん、凄く嬉しいけどめっちゃ困る。

ごめんなさい、ブサメンが悪かったです。

心から反省しております。

ですからどうか、お急ぎで正しい答えを教えて頂けませんでしょうか。

「…………」

繰り返しお尋ねすると、今度は右手が胸に当てられた。

つまり南部諸国の統一は、我々にとって嬉しくない出来事、ということだ。統一によって実現するすべてが、ペニー帝国に抗する為だとは思わない。広く南部諸国の国民にとって、価値のある物事も多いことだろう。けれど、その主たる目的の一つがペニー帝国ディスなのは間違いない。

ゴッゴルチェック、クリアである。

北の大国がそこまで入り込んでいるのなら、ペニー帝国も頑張っちゃおうかな。幸いブサメンの傍らには、会議で奮闘を見せたニップル王国の代表者があらせられる。一歩を踏み出すのなら、これ以上ない状況ではなかろうか。

同時に彼女の心証を正す最高の機会にもなる。

「どうなのだ？　タナカ伯爵よ」

繰り返しチャラ王から名前を呼ばれた。

こちらを煽るような眼差しだ。

ギラついた先方の瞳を目の当たりにして、すぐ傍らからご主人様の肩を震わせる気配が伝わってきた。その気持ちは分からないでもない。パッと見た感じ、国王っていうよりもヤクザって雰囲気だもの。

「どうやら我々の譲歩に頷いて頂くことは難しいようですね」

「譲歩だと？　恐れをなして身を引いただけではないか？」

チャラ王は自信満々といった面持ちで語ってみせる。

これまた威厳に満ち溢れたお返事だ。

「お、おい、オヤジ！　いくらなんでもその言い方はないだろ!?」「オヤジはタナカさんのことを知らないから、そんなデカい口を叩けるんだよ！」「マジそれな!?　もう少し世の中について知った方がいいって！」「オヤジこそ国外見て回れよ！」

チャラ男ブラザーズからは非難の声が上がった。

その事実に少しだけ心が温かくなる。

だからこそ続く言葉を伝えるのには胸が痛んだ。

しかしここで引くことは、ペニー帝国の貴族としてあり得ない。

「でしたらお伝えします。南部諸国の統一に向けた話し合いですが、もしもチェリー王国を筆頭とした主要各国が、ニップル王国のような中小国家を虐げるというのであれば、我々ペニー帝国はこれを軍事的、経済的に支援する用意があります」

「なっ……」

チェリー国王の目が驚愕に見開かれる。

ちょっと気持ちがいい。

我らが陛下がこの場にいたら、きっと同じ顔をしたことだろう。

南部諸国（四）

Southern Countries (4th)

　南部諸国の統一に向けた会議は、鳥さんによる魔法の発動を契機として一転。関係各国を間に挟んで、北の大国とペニー帝国による押し問答へと姿を変えた。予期せず前者の矢面に立たされたチャラ王は、きっと大変な心境にあることだろう。

「そ、それは本気で言っているのか？　タナカ伯爵よ」

「ええ、本気です」

「たかだか伯爵に過ぎない人物が、王族に代わり国を語るつもりか？」

「昨今の私の言葉であれば、陛下もご納得下さることでしょう」

「っ……」

　実際のところはどうだか分からない。宰相は激おこ間違いなし。けれど、こういうのは勢いが大切だ。今回の機会を逃したのなら、恐らく次はもっと困難な状況で、南部諸国の問題に当たらなければならなくなるだろう。

　社畜は知っているのだよ。

　火の手は燻っているうちに消さないと大変なことになると。

　燃え広がってからでは遅いのだ。

　その為に一歩を踏み出すことが、思ったよりも大変なことも含めて。

「あぁ、伯爵と言えば、私と同じ肩書きにある人物が遠路はるばる、こちらの会場にはいらしているのではありませんか？　我々としては彼の国とも仲良くやっていきたいと、常々考えております」

「何の話だね？　伯爵の位にある貴族などいくらでもいるだろうに」

　チャラ王の反応から、ゴッゴルちゃんの読心の裏付けが取れた。

　この程度でスペンサー伯爵が南部諸国から手を引くとは思わない。

だからこそ、できることはすべてやっておきたい。

「南部諸国の行く末をより良いものにする為、お互いに手を取り合って協力していきたいものです。ペニー帝国は南部諸国の更なる繁栄を願っております。その為に必要な援助についても、今後は前向きに検討していく所存です」

「……諸国外の貴族の話を信じろというのか？」

「こちらのニップル王子を近日中に、ペニー帝国まで招待しましょう」

「招いてどうする？　そのようなことに意味はない」

「そこでペニー帝国からニップル王国へ、軍事的な同盟、主に前者から後者に対する戦力の供与を保証する同盟を結びます。そうしたらチェリー王国は、我々が南部諸国の平和に懸ける思いを理解して下さいますか？」

「なっ……ほ、本気で言っているのか？」

　この内容ならブサメンの一人仕事である。

　場合によっては、鳥さんに常駐してもらうという手もある。本日発生したゾンビ魔法の暴発を思えば、彼の彼女に対する好意は本物だ。上手くお願いすることができたのなら、タナカ伯爵など足元にも及ばない戦力になるだろう。

「ほ、ほら、オヤジ、止めとけって！　これ以上は絶対にヤバいって！」「タナカさんに喧嘩売って無事で済むと思ってたら大間違いだぞ!?」「魔王とタイマンしちゃうくらいだからな」「マジそれな？　あれは最高に盛り上がった！」

　またもチャラ男ブラザーズから声が上がった。

　彼らの説得でチェリー王国の意向に変化が見られれば、それに越したことはない。けれど、わざわざ会議場まで北の大国の貴族が乗り込んできているあたり、そう簡単に両国の関係が変化するとは思えない。

『ふぁっきゅー！　ふぁっきゅー！』

　鳥さんは絶賛威嚇（いかく）中である。

　ブサメンに抱かれたまま、正面に立つチャラ王に鳴いてみせる。傍聴席でご主人様と言い合う姿を確認していたからだろう。頼もしい限りである。ただ、もし万が一にも魔法を使われては大変だ。頭をナデナデしてご機嫌を取ることを忘れない。

「伯爵は我が身可愛さから、大きな口を叩いているだけではないか？」

「いいえ、決してそのようなことはありません」

「口でなら何とでも言える。相手国が辺境の小国ともなれば尚のこと」

チェリー国王は現時点で既に、かなり北の大国と仲良しみたいだ。

是が非でもタナカ伯爵を排除せんとする姿勢が窺える。

「まさかとは思うが先程の魔法は、その方の行いではあるまいな？」

「滅相もありません。私は一切関与しておりません」

「本当だろうか？」

大丈夫、嘘は言っていない。だって犯人は鳥さん。

ブサメンは何もしていない。

「私はこの場にニップル王国の従者として訪れています。同国に不利な意見を申し立てた国の代表を、その直後に魔法で狙い撃つなど、そんな馬鹿な真似はしません。それならむしろ貴方を撃ったほうが、遥かに話が早いとは思いませんか？」

「ぐっ……」

どうやらそれなりに説得力を感じてくれたようだ。

醤油顔の弁明を受けてチャラ王は口を閉じた。


自分で言っておいてなんだけれど、それが一番簡単な解決方法かもしれない。こちらの世界的には王族の暗殺など、何をするにしても常套手段である。押し黙った先方の表情を確認する限り、割と身近な出来事として認識しているようだ。

もちろん我々は、そんなことはしないけれど。

「そういうことなら、プッシー共和国のアハーン家も協力するわよぉ？」

「ドリスさん？」

そうこうしていると、醤油顔の隣に縦ロールがやって来た。

立派な胸をグイッと張って、声高らかに語ってみせる。

「南部諸国ではいくつかの国が困っているのよねぇ？ただでさえ最近は魔王が暴れていたせいで、世の中がごたついているでしょう。こういうときこそ、お互いに助け合うことが大切だと思うわぁ」

そんなこと言っちゃっていいのだろうか。

いや、いいんだろうな。

昨今のプッシー共和国はペニー帝国と協調路線を取っている。北の大国が動き出したら彼女の母国も無関係ではいられない。自前で南部諸国に対する影響力を確保する為に、この場で一枚噛んでおくことには意味がある。

相変わらずリスクを取ることに躊躇のない処女だ。

エステルちゃんも驚いたように彼女のことを見つめているぞ。

「くっ……そもそもどうして、この場に諸国外の人間がいるのだ！」

ブサメンとの問答に不利を悟ったのだろう、チャラ王の意識が他所に移った。矛先が向けられたのは、エステルちゃんを筆頭としたドラゴンシティの面々である。たぶんチャラ男ブラザーズが招き入れてくれたのだろう。

パパは睨みつけるような面持ちで、息子たちを詰問する。

「他所の国の貴族を会場に通したのは、お前たちか？」

「そりゃオヤジ、もちに決まってるっしょ」

「だって夕ナカさんの知り合いだもんな」

即答する息子たち、それでいいのかよって思わないでもない。

チャラ王も続く言葉を失ってしまった。

そんな親子のやり取りを眺めていて、醤油顔はふと疑問に思う。

チェリー王国と北の大国の関係は、南部諸国においてどこまで知られているのだろうか。先程はチャラ王との会話も手伝い、確認している余裕がなかった。しかし、会話の場が他所に移った今なら、余裕を持ってゴッゴルちゃんにお尋ねできる。

ゴッゴルちゃん、ゴッゴルちゃん、もう少しだけお願いします。

チェリー王国と北の大国の関係なんですけれど、南部諸国の他所の国々はどの程度、これを理解しているか分かりますか？　もし可能であれば、理解していると思しき国の数を、お手々の指で教えてくれると嬉しいです。

「…………」

醤油顔のお願いに応じて、褐色ロリータさんが動いた。

舞台の上に立ち並んだ南部諸国の代表の方々。

その視界の外をスススと移動してゆく。現場ではチャラ王がエキサイトしているので、大半の参加者は彼の動向に注目している。そのため彼女に気を取られる人は少ない。ほんの数名ほどが、嫌悪に顔を歪めたくらい。

どうやらゴッゴル族は南部諸国でも嫌われ者のようだ。

嫌な仕事をお願いしてしまい申し訳ないばかりである。

「ですがチェリー国王も、北の大国から使者を招いているではありませんか」

「っ……」

ゴッゴルちゃんの読心をより確実なものとするため、このタイミングでブサメンも声を上げる。視線の先にはチャラ王がいるけれど、どちらかというと周囲に居合わせた各国の代表に向けての情報提供である。

北の大国とチェリー王国の関係を知らないのであれば、まず間違いなく疑問に思うはずだ。逆に周知の事実であれば、まるで気にしないか、南部諸国外の貴族にその事実を知られたことで、危機感を抱いたりするのではなかろうか。

「スペンサー伯爵のことを言っているのであれば、あれは北の大国の使者として訪れたのではない。私との個人的な交友関係の上で足を運んだに過ぎない。そういった意味ではつい最近、彼女はペニー帝国をも訪れているではないか」

「なるほど、左様でしたか」

こちらの発言を受けた直後、頬が強張ったような気がしないでもない。

けれど続けられたのは、堂々とした語りっぷりである。

チャラ王が北の大国のみならず、スペンサー伯爵の名前さえもサクッと出したことに、ブサメンは些か驚いた。この調子では両国の関係も、南部諸国内では周知の事実なのかもしれない。そんなふうに考えて、少しだけ残念な気持ちになる。

しかし、それはゴッゴルちゃんのアクションによって一転。

再びブサメンを読心圏内に収めた彼女は、片腕を胸元で控えめに掲げた。

「…………」

可愛らしいお手々はギュッと握られている。

指は一本も立っていない。

なんということだ。

手コキして欲しい。

これはもしや、タナカ伯爵にも運が巡ってきたのではなかろうか。

「しかしそうなるとチェリー国王は、個人的な交友関係を優先して、自国のみならず近隣諸国の国政を動かそうとしていることになりますね。いくらなんでもそれは、こうして会議に臨む皆さんに対して不義理ではありませんか？」

「……なんだと？」

　ブサメンは攻めて出ることにした。

　国に戻ったら王宮の二人組や、リチャードさんから怒られるかもしれない。場合によってはアハーン公爵あたりからも非難を受けるかも。けれど、南部諸国において一歩先をゆく北の大国に追いつくには、この場でペニー帝国も切り込む必要がある。

　それはきっと後々の国益に繋がる行いだ。

「今まさにそちらから説明を受けたとおり、私もスペンサー伯爵とは面識があります。また、北の大国の貴族という点においては、他にも交友関係を持っております。当然ながら同国と南部諸国の関係も存じております」

「タナカ伯爵が何を言っているのか、私には分からないな」

「本当ですか？」

「これ以上のやり取りは時間の無駄だ」

　チェリー国王の反応に変化が見られた。

　視線がブサメンから離れて、周囲に集まった各国の代表者に向かう。

　彼は大仰にも両腕を広げると共に語ってみせた。

「申し訳ないが、代表者に怪我人が出てしまった。魔法を放った賊は、未だ近隣に忍び込んでいると思われる。会場を預かる立場として、参加者の安全を確保するためにも、この場は解散とし、会議は明日以降へ持ち越したい」

　まさか逃してなるものか。

　醤油顔はこれに負けじと大きな声でお伝えだ。

「南部諸国統一の背後に北の大国の存在があることを、この場で議論を重ねている代表者のうち、どれだけの方々がご存知なのでしょうか。まさかチェリー王国の独断専行だなどとは言いませんよね？」

「っ……」

　チャラ王の表情が目に見えて変化した。

　流石の偉丈夫（いじょうぶ）も堪えたようだ。

　そして、変化が見られたのは彼に限った話ではない。

　醤油顔の口上を受けて、そこかしこから声が上がり始めた。舞台の上のみならず、会場に詰めかけた有識者の間でも、ガヤガヤと喧騒が広がり始める。ゴッゴルちゃんに教えてもらった通りの反応である。

各国の代表者からはチェリー王国に対して、矢継ぎ早に疑問の声が上がった。

「諸国外の人間の言葉とは言え、今の発言は無視できないのでは？」「どうして北の大国が南部諸国の統一に絡んでいるのだ」「チェリー国王よ、我が国はそのような話、一度も耳にしたことがない」「貴殿は知っていたか？」「いいや、滅相もない」

今まで以上の注目がチェリー国王に向けられる。

ここぞとばかりにブサメンは言葉を続けた。

「北の大国の意向は単純です。我々列強各国との間で有事の際に、南部諸国を戦力として当てにしています。場合によっては率先した侵攻を考えている可能性もありますね。北と南、地理的にも非常に都合がいい」

「黙れ！　なにを勝手なことを言っている」

「その上で私は各国の代表の方々にお尋ねしたく思います。近い将来、北の大国が開戦に舵を取ったとき、我々列強各国との争いに巻き込まれて祖国が戦地となる可能性を、皆さんは許容することができますか？」

当面は大丈夫だと思うけれど、この場では危機感を煽っておく。

事情通ぶってトークさせて頂こう。

「取り分け南部諸国においても北部に所在する国々は、顕著な影響を受けることでしょう。我々ペニー帝国は既に、先の魔王が放ったものと同等の威力の魔法を開発の上、その照準を自由に定めることができます」

「なっ……」

鳥さん砲、最強である。

エディタ先生やキモロンゲの空間魔法と共に運用したら、説明したとおりの戦力になる。しかもこちらは連発が可能だから、より凶悪な代物だ。特定の施設のみならず、町全体を数分とかからず焦土にできる。

なんて恐ろしいのだろう。

以前、金髪ロリムチムチ先生が王と名の付く存在から距離を取ろうと、必死になっていた姿を思い起こす。やっぱり先生は正しかったのだ。だからこそ、鳥さんの存在を皆々にご説明するの、とても不安である。

「そのようなこと、タナカ伯爵の妄言ではないか！」

「妄言こそ我々の行動の指針です。ペニー帝国は北の大国と国土を接していますから、常に危機感を持っています。そして、誰だって攻められる前に攻めてしまいたいと考えるものではありませんか？　少なくとも私はそのように考えます」

「まさかペニー帝国は、こちらに攻めて出ると言うのか!?」

「そんなまさか？　我々の意思はただ一つ、南部諸国の円満な発展です。だからこそペニー帝国は、ニップル王国に対する援助を惜しみません。場合によっては今挙げた魔法についても、貸与しても構わないと考えています」

「っ……」

我らがご主人様の要望とあらば、鳥さんも快く頷いてくれるだろう。

取り回しには十分な注意が必要だけれど、戦力の誇示という意味では、一度くらい撃っておいた方がいいかもしれない。事前にそこいらの山の形を少し変えておくことは、要らぬ消耗を避ける為にも意味がある行いだ。

以降はニップル王国との関係を皮切りに他国ともお話を進めて、ペニー帝国は南部諸国における立場をゲット、みたいな。チェリー王国を鞍替えさせることは難しいかもしれないけれど、他所の国々はまだ交渉の余地があると思う。

そうした醤油顔の腹積もりに気づいたのだろう。

チャラ王が吠えた。

「憲兵、この者を会場から摘み出せ！」

しかしながら、その判断はいささか遅かったようだ。

いつの間にやら彼の周囲には、他国の代表たちが集まっている。

「チェリー国王、詳しい説明をして頂きたい」「個人的に付き合いがある北の大国の使者というのは、どのような人物なのですか？」「統一後の政治について、議論を改める必要がありそうですな」「私のもとには既に、ペニー帝国が魔王を討ったとの知らせが届いているのですが」「なんと、それは本当ですか？」

チャラ男ブラザーズの面前、申し訳ない気がしないでもない。

パパの面目、丸潰れである。

恐らくスペンサー伯爵も、困り顔で舞台を眺めていることだろう。

危うく南部諸国で北の大国に大敗を喫しようとしてい

たところ、一変して逆転の兆しである。それもこれも褐色ロリータ氏のご協力あっての賜物だ。こういった状況では彼女の存在こそ、魔王にも勝る戦力である。

ありがとうございます、ゴッゴルちゃん。

ここ数日はペニー帝国を留守にしている都合上、彼女とのお話も完全に放置してしまっている。ドラゴンシティに戻ったのなら、しばらくはゴッゴルちゃんとの交流を優先するべきかもしれない。

「…………」

褐色ロリータさんの腕がスッと動いた。

右手が胸に当てられる。

そうしろ、ということだろう。

承知しました。誠心誠意、お話をさせて頂きたく存じます。

＊

南部諸国の統一に向けた会議では、チェリー王国と北の大国による思惑が関係各国に対して露見。これにより円満に進行していた議論は一転して紛糾、議長を務めるチャラ王は各所からの追及に四苦八苦である。

当然ながら、議事に沿った進行など到底不可能だ。

そこで本日の会議は一時中断の上、後日改めて場が設けられる運びとなった。こちらについては代表者が全員、賛成一致での決定である。チャラ王のみならず各国の代表もまた、事実関係の確認に時間を欲してのことだろう。

閉会の挨拶も碌に行われないまま、会議はサクッと終了である。

舞台に居合わせた代表者は、誰もが駆け足で会場から引いていった。今後の方針について身内と話し合いを行う為だろう。チェリー国王の手前、表立ってブサメンに声を掛けてくる代表者はいなかったが、そこかしこから視線を感じた。

そんなこんなで我々も会場から撤収である。

ニップル王国にあてがわれたお屋敷まで戻ってきた。

往路は二人と一羽での馬車に揺られていた一方、復路はドラゴンシティの面々と合流したことで、十名以上の大所帯である。事前に用意されていた馬車は定員オーバーとのことで、空を飛んで数分と要さずに移動した。

貴族的にはマナー違反だそうだけれど、今回はご容赦

願いたい。

そうしてお屋敷に戻った直後、醤油顔はご主人様と向き合っている。

場所は応接室を思わせる一室。

ソファーセットに向かい合わせで腰掛けてのことだ。

同所には正面に座った彼女の他に、ドラゴンシティの面々が詰めかけている。かなり広々とした室内、思い思いの場所を陣取っている。醤油顔の左右に座ったロリゴンやエディタ先生のほか、隅の方にはゴッゴルちゃん、などなど。

個人的にはお誕生日席に掛けてドヤ顔の縦ロールが気になる。彼女が座ったソファーの後ろには、直立不動で控えたキモロンゲ。魔道貴族やジャーナル教授、西の勇者様といった面々も壁際に立っている。

部屋の出入り口付近には、エステルちゃんとソフィアちゃんの姿が見受けられる。彼女たちから聞いた話、アレンやゴンちゃんは留守番をして下さっているそうな。チャラ男ブラザーズとは会場でお別れしたので姿は見られない。

「ほ、本当に貴族なんだな……」

居合わせた皆々の姿を確認して、ご主人様がボソリと呟いた。

そのお顔には多分に緊張が見受けられる。

ドラゴンシティの面々が詰めかけたことで、完全にアウェイとなってしまった彼女だ。本来であればニップル王国のために用意されたお屋敷であるから、急に押しかける形になってしまい申し訳ないばかりである。

「黙っていたことは謝罪いたします。申し訳ありませんでした」

「いやまあ、言われても信じなかった自信があるけどさ」

「左様ですか」

ブサメン自身も、そのような気がしていた。だからこそ向こうしばらくは、召喚獣生活を楽しんでいられると踏んでおりました。それがまさかこのような形で、ドラゴンシティの皆々と遭遇するとは思わなかった。

どうやってブサメンの所在地を特定したのだろう。チャラ男ブラザーズが会場まで手引していた点に鑑みると、彼らの帰国と併せてバレた可能性は高い。ただ、それにしては遭遇までの期間があまりにも短く感じられる。

まあ、こちらは後で確認すればいいだろう。

それよりも今はご主人様とのトークを優先である。

「っていうか、魔王を倒したとか話に上がってたけど、本当なの？」

「厳密にはこちらにいらっしゃる皆さんと共に対処しました」

「そ、そうかい……」

彼女の醤油顔に対する言動はこれまでとほとんど変わらない。

ニップル王国の代表として、他所の貴族に舐められないように、などと考えているのではなかろうか。ブサメンはさておいて、魔道貴族やジャーナル教授といったオジサマたちの前でも毅然としていられるのは素直に凄いと思う。

ペニー帝国としては各国の前で大見得を切ってしまった手前、彼女をサポートしないという選択肢はない。そうした事実を踏まえて、少しでも有利な条件を引き出そうと、彼女なりに努力しているものと思われる。

『おい！　それよりもオマエには言いたいことがある！』

「ニップル殿、こちらからも質問をいいか？」

我々のやり取りに焦れた様子で、ロリゴンが声を上げた。

これを諫めるように、エディタ先生から即座フォローが入る。

「な、なんだよ？」

「この者を召喚したのは、貴殿で間違いないだろうか？」

「あぁ……」

二人からの追及を受けて、ご主人様の表情が変化を見せた。

あ、やっぱりそうなるよね、みたいな。

醤油顔のペニー帝国における立場を知ったことで、改めて過去の行いが脳裏に思い起こされたのだろう。ニップル王国の王族、この場では一国の代表として、どこまで下手に出るべきか、悩んでいるように見受けられる。

ややあって、その口からは素直に謝罪の声が漏れた。

「その件については謝罪したい。申し訳なく感じている」

『謝るくらいだったら、どうして勝手に召喚したんだよ！』

声も大きく捲し立てるロリゴン。

この場は召喚獣がフォローすべきと見た。

「私が召喚された経緯ですが、彼女に過失はありません」

「そ、そうなのか？」

『なんでだよ！　だったら誰が悪いんだ⁉』

ブサメンの一言に応じて、面々から一際注目が集まった。

そこで召喚獣はご主人様との関係を赤裸々にご説明。

何度繰り返しても召喚魔法が平たい黄色族を呼び出してしまうこと。また、彼女は首都アヌスの近所にある町の学校で、召喚魔法を学んでおり、授業中に呼び出した召喚獣の存在が、卒業の要件に関わっていること。

また、彼女がニップル王国の存続を賭けて召喚魔法に打ち込んでいたこと。そこで奇しくも自分が呼び出されたこと。タナカ伯爵的には、ドラゴンシティでの仕事を放棄の上、遊び呆けていた事実への言い訳そのものである。

それもこれもロイヤルビッチを嫁にやるだなどと言い始めた陛下が悪い。

「なるほど、そういった事情があった訳か」

「もしも差し支えなければ、問題の召喚魔法についてエディタさんにご確認して頂けませんでしょうか？　我々もどういった理屈で召喚が行われているのか、まるで判断がついておりませんでして」

「うむ、そういうことなら是非とも見せてもらいたい」

「ありがとうございます」

「だが、確認は後にしよう。その、は、裸になってしまうのだろう？」

「ええまあ、今のところ百発百中ですね」

こうして指摘を受けてみると、今のブサメンの台詞は、どうか私の全裸を見て下さい宣言に他ならない。確実に一度はエディタ先生の前で素っ裸になる権利をゲットしたぞ。嬉しくないと言えば、それは嘘になってしまうかもな。

是非とも縦ロールやソフィアちゃんにも同席して頂きたいシーンだ。

「そういうことであれば、私も同席させてはもらえないか？」

「ファーレン卿、抜け駆けはズルいのぅ」

直後に魔道貴族とジャーナル教授から声があがった。

彼らにだけはノーサンキューと伝えたい。

今回ばかりはブサメンも本気である。

「っていうか、こうしてお前の立場を理解した後だと、タナカ伯爵が何か仕組んだのではないかと疑わずにはいられない。本当に何も知らないのか？　ニップル王国を政治の道具にするつもりで、僕の前に現れたと言われた方が遥かにしっくりくる」

「たしかにニップル殿下のご指摘は尤もだと思います」

自分が同じ立場だったら、絶対にそう考える。

どれだけ否定されても、疑念を捨てきれないだろう。

「だったら本当のことを言ってくれよ。それならそれで僕は構わない。召喚魔法を学んでいたのも、伯爵が説明してみせた通り祖国の為だ。ペニー帝国から支援を受けられるというのなら、僕は学園を辞めて国に戻り、帝国の為に働いてみせる」

「ですが残念ながら、召喚魔法について私は一切関与していません」

「……本当なのか？」

「今後はニップル殿下も、行使を控えて頂けたら嬉しいです」

もしも私の裸体を楽しみたいというのであれば話は別ですが、とか言いたい衝動に駆られる。そして、ペニー帝国からの援助を引き出す為に渋々頷いてみせるご主人様とか、それはもう理想的な展開である。

くそう、イケメンだったら冗談交じりで挑戦できたかもしれないのに。

アレン級のイケメンだったら、絶対に言えたな。断然ありだっただろう。

「そ、そうか……」

「召喚魔法の是非はさておいて、私からの提案は本当です。殿下におかれましては今後とも、ニップル王国との交渉などに際しまして、ご助力を頂けたら幸いです。ペニー帝国内での交渉もまだですが、共によりよい条件を模索していけたらと」

「僕がしたこと、根に持っていないのか？」

「はて、なんのことでしょうか」

「…………」

学生寮での平民扱いについて言及しているのだろうか。だとしたらそれは、先のやり取りで既に解決したという認識だ。むしろこちらこそ、騙すような真似をして申し訳ないばかり。ニップル王国とペニー帝国、両国の力関係の次第から、こうして彼女が謝る流れになってしまっている。

それもひとえにタナカ伯爵の性癖に起因する一方的な怠慢が所以だ。

さらば、ダイニングセットの下にあるエロス。

「チェリー国王より余程恐ろしいな、タナカ伯爵は」

「そうですか？」

「せめて祖国の治世が軌道に乗るまでは、この身を生かしておいてくれるとありがたい。僕もそう大したものじゃないが、兄弟は輪をかけてポンコツ揃いで、とてもじゃないがペニー帝国の眼鏡に適うとは思えない。馬車馬のように働くことを約束する」

「……何の話ですか？」

ブサメンの立場はバレてしまったが、ご主人様の性別については、もうしばらく知らない振りをしておこう。彼女もそれを望んでいるだろうし、こちらもその方がニップル王国との同盟構築に向けて、仕事に身が入ろうというもの。

そうこうしていると、今度は縦ロールから声が上がった。

「ところで、わたくしからも一ついいかしらぁ？」

「なんですか？　ドリスさん」


「どうして貴方は鳥を抱いているのぉ？」

くそう縦ロールめ、痛いところを突いてくるじゃないか。

皆々の注目が鳥さんに集まる。

会場から応接室に移動するまで、これといって誰からも声が上がらなかったので、そのままなし崩し的にドラゴンシティまでお持ち帰りしようと考えていた。たぶん、誰もが気にはなっていたことと思われる。

ただ、疑問を口にするタイミングがなかっただけで。

『ふぁー？』

周囲からの注目を受けて、鳥さんは首を傾げる。

相変わらずのラブリーっぷりだ。

ソフィアちゃんなど、物欲しげな眼差しで見つめているぞ。思い起こせば過去には、大精霊殿を嬉々として抱っこしていたメイドさんだ。この手の小動物に目がないことは、ブサメンも承知しておりますとも。

「見たところ、フェニックスの幼生のようだが……」

『なんでフェニックスがこんなところにいるんだ？』

即座に鳥種を当ててみせたエディタ先生、流石でございます。

また、ロリゴンの疑問も当然のもの。

本来であれば暗黒大陸の深部以降が原産の鳥さんである。

「え、そ、それってフェニックスだったのか!?」

「なるほど、フェニックスでしたか」

金髪ロリムチ先生のお言葉を受けて、一番顕著な反応を見せたのはご主人様だ。ギョッとした面持ちで鳥さんを見つめてみせる。彼女にしてみれば、本懐と称しても過言ではない召喚魔法の成果である。

醤油顔は何食わぬ顔で先生のお言葉に頷いておこうかな。

「先程にも話題に上がった召喚魔法と何か関係があるのか？」

魔道貴族から鋭い指摘が入ったぞ。

タナカ伯爵としてはむしろ彼の存在こそ、南部諸国の統一を巡るあれこれよりも重要度の高い問題である。なんたって当代の不死王様。しかも既に一発、公衆の面前でやらかしているという傑物っぷり。

エディタ先生に説明するのが恐ろしい。だって絶対に怒られる。


しかし、このまま黙っているという訳にはいかないだろう。

見た目はとても可愛らしいけれど、内に秘めた力は圧倒的だ。もし万が一にも牙を向けられたのなら、この場の全員が協力して対処に当たったとしても、抑え込むことは困難と思われる。

取り分けヒールで傷口が悪化するゾンビ攻撃が厄介極まりない。

「この小柄な幼鳥が、あの大きなフェニックスになるのかい……」

「そういえば西の勇者様とは、以前一緒に成鳥を見ておりましたね」

「もしやタナカ伯爵は、また暗黒大陸に出向いていたのだろうか？」

「いえ、そういう訳ではなくてですね……」

こうなっては致し方なし。

南部諸国に呼び出されて以降、鳥さんとの出会いから始まり、彼の身の回りで起こった騒動を一通り説明させて頂く。ブサメンが召喚魔法で呼び出しました。ひとつ屋根の下で一緒に暮らしております。不死王の力を受け継ぎました。

そんな感じ。

不死王云々を語るのと前後しては、右隣に座っていたロリゴンが勢いよく立ち上がり、部屋の隅に逃げていった。際しては進路を誤りゴッゴルちゃんに接近。大慌てで別方向に急転進の後、以降は壁際でぐるると喉を鳴らして威嚇の姿勢である。

また、彼女ほど顕著ではないものの、左隣に腰掛けたエディタ先生も驚愕の面持ちでこちらを見つめている。目を見開いて、え、マジかよ？　みたいなお顔だ。説明を耳にした直後には、咄嗟に腰を浮かせていらした。

他の面々も目に見えて緊張している。

なんかこう、学校帰りに犬のフンを踏んで、友達にエンガチョされた気分。

『ふぁー？』

「なんでもありませんから、気にしなくて大丈夫ですよ」

周りの反応を受けて、応接室内に視線を巡らせる鳥さん。

その頭をナデナデしつつ、醤油顔は彼の安全性を皆々に訴える。

けれど、誰一人の例外なく険しい表情で我々を見つめているものだから、自身も偉そうに語ってはみたものの、段々と不安になってくる。もしかしたら、あまり気軽に触れ合ったりしない方がいいんじゃないか、とか。

「ほ、本当にそのフェニックスの幼生が不死王なのか？」

「エディタさんは先代の不死王をご存知ですか？」

「あぁ、知っていると言えば知っているが……」

流石はエディタ先生、博識でいらっしゃる。

皆々の理解を得る為にも、この場で軽く確認しておこう。

「こちらの彼に力を譲り与えた先代の不死王は、スケルトンと思しき外見の持ち主でした。骨の色は真っ白で、眼窩（がんか）には青い炎のようなものが、両目ともに灯っていたと記憶しております」

「たしかに我々の知る不死王と同一のようだ」

「それでは間違いなさそうですね」

醤油顔はステータスウィンドウで事前に相手の肩書きを確認している。取り違えている可能性はゼロだ。同時にエディタ先生の理解を確認したことで、世間的にも骨の人が先代の不死王として活躍していたことを把握できた。

鳥さん、どう足掻いても当代の不死王様だよ。

『お、おい！　そいつのこと、どうするつもりだ!?』

「このまま町に連れて帰ろうと考えておりますが……」

『っ……』

ロリゴンのドラゴン尻尾が、めっちゃピンと立った。

嘘だろ!?　と訴えんばかりの反応だ。

そうした彼女を尻目に、ボソリとエディタ先生が呟いた。

「素直に伝えると、不死王の代替わりは我々も無関係ではない」

「そうなのですか？」

「こちらの町を訪れる少し前の出来事なのだが、グラヌス湿地帯、先代の不死王のねぐらを訪れる機会があった。そこで交わした我々とのやり取りが、先方に不死王の代替わりを決心させるきっかけとなったのだ」

「もしや先代の不死王に何か用事が？」

「いいや、遭遇自体は偶発的なものだ」

「なるほど」

グラヌス湿地帯なる響きは自身も覚えがある。

本日の昼にもスペンサー伯爵が口にしていた。同所が先代の不死王様のねぐらとなると、あのタイミングでブサメンに対して語ってみせたということは、もしや彼女はその事実をご存知だったりするのではなかろうか。

可能性は高い。

「…………」

しかもその場合は恐らく、我々の近くに不死王の存在を疑っている。今になって思うと彼女からの物言いは、その揺さぶりであったと考えられる。当然ながら会場で発生したゾンビ騒動にも意識は向かうことだろう。

鳥さんの一撃、きっと北の大国は勘付いているな。

「……どうした？　急に黙ったりして」

「いえ、少しばかり面倒なことになったかもしれません」

「す、すまない。我々が下手に動いたせいで……」

「そんな滅相もありません。むしろ私のミスです。ところで一つお伺いしたいのですが、グラヌス湿地帯に先代の不死王が眠っていたことは、世の中的に割と知られているお話なのでしょうか？」

「知っている者は知っている、といったところだろうか。少なくとも私やそこのドラゴンは知っていた。過去には人間同士の争いに介入して、国を滅ぼしたことがあるからな。その記録と共に名前が残っているのだ」

これまたどこかで聞いたようなお話ではなかろうか。

そう思ったのも束の間、ご主人様が声を上げた。

「お、おい。それってグラヌスの戦いのことか？」

「うむ、人の世ではそのように呼ばれることもあるそうだな」

「だとしたらグラヌスの戦いは、小国の魔法使いが行使した召喚魔法が、大国の軍勢を圧倒することで決着したはずだ。祖国の書庫にはたしかに、そのような内容の資料が納められていた。当時の品を思わせる古い書物だった！」

「そのような話もまま耳にするが、実際には不死王の介入が原因だ」

「ど、どうして断言できるんだよ！」

「当時、実際にその地で大量のゾンビを確認しているからな」

「え……」

歴史の舞台裏を語ってみせるエディタ先生、めっちゃ格好いい。

大昔を知っている賢者様的なポジ、ブサメンも憧れる。

その堂に入った語りを目の当たりにしては、ご主人様も続く言葉を失った。ピンと尖ったエルフ耳のおかげで、説得力もバッチリである。個体によっては四桁を超えて生きる方もいらっしゃるのだとか。

しかし、なんという皮肉もあったことか。

ニップル王女が祖国を救う為に目指し、憧れすら抱いていた強大な召喚魔法の使い手は、巡り巡ってその力を彼女に継承させせんと提案していたのだ。だというのに、ほんのちょっとだけ本人の勇気が足りなかったばかりに、最終的には鳥さんにインである。

今、ご主人様はどんな気分だろうか。

ふと脳裏に過ぎったのは、先代の不死王様の逝き際の台詞である。

『しかし、よりによって鳥かぁ……』

エディタ先生の話を聞いた後だと、ブサメンも同意できてしまう。

本来ならもう少しいい感じの話になっていたかもなのに。

「歴史とは人の数だけ存在する。不死王の存在をよく思わない者や、戦勝国の扱いを飾り立てたい者も大勢いたことだろう。そうした者たちによって書き起こされた書物が、貴国の書庫には眠っていたのだと思う」

「…………」

ご主人様、絶句である。

ブサメンは慰めの言葉が浮かびません。

エディタ先生も困惑されておりますね。

「ど、どうした？　今の話に至らない点があっただろうか？」

「……いいや、なんでもない」

「しかし、それにしては随分と気落ちして見受けられるが……」

『ふぁー？』

時を同じくして鳥さんに反応があった。

ブサメンの腕を飛び出して、ピョンと正面のローテーブルに移動である。そうかと思えば、対面に座った彼女を気遣うように、俯きがちであった顔を覗き込んでみせた。耳に届いた鳴き声もシットリとしたものだ。

対して居合わせた皆々は、彼の挙動を受けて誰もが身構えた。何をするつもりだと言わんばかりの振る舞いである。キモロンゲに至っては縦ロールの正面に瞬間移動、防衛用と思しき魔法陣を面前に掲げている。

『ふぁー？　ふぁー？』

「……いいや、そうだったな。むしろお前には悪いことをした」

鳥さんをすぐ近くに眺めて、ご主人様の顔に笑みが戻った。

腕を伸ばして、頭部をナデナデしてみせる。

「僕が不甲斐ないばかりに迷惑をかけたこと、申し訳なく思うよ」

『ふぁぁー……』

繰り返し撫でられて、鳥さんは心地好さそうに鳴いた。なんとも平和な面持ちである。

間延びした彼の鳴き声は、張り詰めた応接室の雰囲気をいくらか緩和してくれた。二人のやり取りを眺めたことで、皆々も強張った肉体を弛緩させる。キモロンゲの正面に浮かんだ魔法陣も、すぐに消えてなくなった。

「ちゃんと懐いているのよねぇ？　暴れたりしたら嫌よぉ？」

「ご覧の通り、その点については問題ないと思います」

下僕の背後から顔を覗かせて、縦ロールが問うてくる。

率先して苛めたりしたら、その限りではないと思う。けれど、ちゃんと友好的に接したのなら、その思いには答えてくれる鳥さんだ。実際にご主人様とも円満な関係を築いている。少なくともブサメンは信じているぞ。

あとは先代の言葉ではないけれど、彼の知性の今後の向上に期待である。成鳥のフェニックスを目撃した後だと、いささか不安は残る。ただ、そこは我々との交流によって後押しする心意気だ。

「当代の不死王の扱いについてだが、我々は前向きに考えるべきだろう」

「あらぁん？　貴方は王という存在を毛嫌いしていたと思うのだけれどぉ」

「不死王の代替わりは避けられない出来事だった。場合によっては今の世に対して不満を持った者が、これを手にする可能性も考えられた。だからこそ、次代の不死王を内密に確保できた点は、決して悪いことばかりではない」

『だけど、不死王は龍王と仲が悪いから、バレたら大変だぞ？』


「えっ……そ、そうなのか？」

エディタ先生の主張に対して、ロリゴンが気になることを口にした。

ブサメンも初耳である。

っていうか、やっぱりいるんだな、龍王様も。

『あのスケルトン、前にドラゴンと喧嘩してたからな』

「…………」

なにかとドラゴン業界に通じているロリゴンの言葉だから、与えられた情報には信憑性が感じられる。突っ込みを受けたエディタ先生も、ギョッとした表情となり、壁際に立った彼女を見つめているぞ。

本日は普段にも増して、表情の変化が多彩な先生である。

「……貴様がグラヌス湿地帯で慌てていたのは、それが理由か？」

『べ、別に慌ててなんかない！　最後は私たちが勝ったしな！』

「どういった経緯で喧嘩が始まったんだ？」

『そんなの、ど、どうでもいいだろ？　ずっと前のことだしっ……』

自ら声を上げたのも束の間、ロリゴンはプイッとそっぽを向いた。

　こうなると彼女から詳しい話を引き出すことは困難である。

「まあ、いずれにせよ不死王の存在は秘匿とするべきだ。その為にもこの場の者たちで口裏を合わせておくことは重要だと思う。仮にその力を頼るときが訪れたとしても、由来は隠しておくべきだ」

　エディタ先生の眼差しがご主人様に向けられた。

ただ、そういった意味だと既にやらかしている鳥さんだ。

「タナカ伯爵、その者が語ってみせた点について、なるべく早い内に二人だけで話がしたい。悪いとは思うけれど、少しだけ人払いを頼めないか？　これはニップル王国のみならず、ペニー帝国の今後にも関係してくる相談だ」

　醤油顔に向き直ったご主人様が、居住まいを正して言った。

　まず間違いなく、会場で放たれた鳥さんの魔法についてだろう。

「それでしたら、こちらの面々であれば大丈夫です」

「い、いやしかし……」

「というよりも、これは会場で居合わせた北の大国の使者から確認したのですが、先方は既にグラヌス湿地帯における、地下構造物の崩壊を知っていました。会場で行使された魔法の出処として、不死王の力を疑うことは止められないと思います」

「え？」

「その上で狙われたのはニップル王国の隣国の代表者です。こちらについては判断が分かれそうですが、可能性の一つとして殿下や私の存在が疑われていることは、間違いないのではないかなと思います」

「そういえばタナカ伯爵は、北の大国の使者と面識があるのだったな……」

「我々が次代の不死王を擁している、とまでは考えていないでしょうが、先代の不死王と交渉を行っている、といった可能性は考慮していると思います。少なくとも先代の不死王が何らかの理由で会場を訪れていた、という認識はまず間違いないかと」

　鳥さんの魔法、めっちゃゾンビ属性だった。

見るからにアンデッド流派だった。

スペンサー伯爵がグラヌス湿地帯を訪れた理由が、不死王の力を求めてのことだとすれば、タイミング的にも結び付けて考えない筈がない。会場に張り巡らされた強力な障壁を突破したという事実も、その考えに拍車を掛けることだろう。

「だとしたら会場での魔法は……」

「北の大国とチェリー王国は魔法の出処として、既に我々を疑っていると思います。今頃は不死王の存在や、我々との関係を探っているのではないでしょうか？　先代が既に亡くなっているので、こちらが黙っていれば何が出てくることもありませんが」

そしてこれはドラゴンシティの皆々も同様だ。

会場では会議を見聞きしていたようだし、既に魔法の出処については察していることだろう。それなら下手に隠し立てするよりも、丸っと説明の上、ご協力を願ったほうがいい。むしろ恐れるべきは、先代と仲が悪かったという龍王様だ。

「いかがでしょうか？　ロコロコさん」

「……だいたい当たってる」


部屋の隅の方から、可愛らしいお声が届けられた。

チャラ王の心を読んでいたゴッゴルちゃんだから、彼とスペンサー伯爵のやり取りも、多少は把握していることだろう。そんな彼女からお墨付きを得られたことで、ブサメンも心が落ち着くのを感じる。

ちなみに現在、我々がお邪魔しているこちらの応接室には、エディタ先生にお願いして魔法を掛けて頂いている。人が出入りすることは当然、会話を盗み聞きすることもできないだろう、とのお言葉を頂戴した。

「ですからエディタさんの仰るとおり、こちらの彼が当代の不死王であることは、向こうしばらく伏せておきたいと考えています。不死王の力の所在がハッキリと伝わってしまうと、面倒な仕事が増えるのは間違いないと思いますので」

今後はペニー帝国に対する北の大国からの当たりも強くなりそうだ。

南部諸国におけるスペンサー伯爵の暗躍を思えば、ペニー帝国にも先方が入り込んでいる可能性も考えられる。実際問題、ブサメンも彼女からアプローチを受けている。同じように目をつけられている人物がいてもおかしくはない。

「それだと我が国に融通してくれる戦力はどうなるんだ？」

「私が赴かせて頂こうと考えています」

「えっ……お、お前がくるのか!?」

ご主人様、素の反応が出てしまっているぞ。

嫌がられるかもとは思ったけれど、あまりにも露骨だ。

「お嫌ですか？」

「だってお前、ペニー帝国の伯爵だろ？　いいのか？」

「移動の手間を言っているのであれば、飛行魔法でどうにかなると思います。場合によってはニップル殿下の召喚魔法のお世話になる、といった選択肢もありますので、時間的な問題は解決できるかと」

「そ、そういえば、やたらと飛ぶのが速かったな……」

「我が国の陛下も南部諸国の扱いについては、それなりに成果を出さないことには人を動かすことに躊躇すると思います。ですので向こうしばらくは、言い出しっぺである私に対応させて頂こうかなと」

「……まあ、それならそれでいいけどさ」

やったぞ、これで向こうしばらくご主人様との関係は継続だ。召喚獣というポジションは失われてしまったが、当面は同盟を結ぶ上でのカウンターパートとして、男同士のお付き合いを楽しませて頂こう。

取り急ぎドラゴンシティのお風呂をご紹介したくて仕方がない。

＊

【ソフィアちゃん視点】

タナカさんを捜してチェリー王国の首都アヌスに赴いた我々は、そこで無事に彼と再会することができました。行き先をクジ引きで決めていたメイドとしては、肩の荷が下りた気分でございます。とてもホッとしました。

その後、同日はアヌスで一泊する運びとなりました。

宿泊先は貴族街を思わせる区画に設けられた、非常に立派なお屋敷です。なんでも南部諸国の統一に向けた会議において、各国の代表の方々、こちらの場合はニップル王国の王子様にあてがわれた施設だそうです。

お部屋は十分な数があり、世話をしてくれるメイドや執事の方々にも余裕があるとのことで、ニップル王国の王子様からお誘いを受けた次第です。そのご厚意に対して我々は、タナカさんの存在も手伝い、お世話になることを決めました。

ちなみに王子様、イケメンです。

中性的な顔立ちがお綺麗なイケメンであります。

王子様でイケメンとか、もう完璧ではないでしょうか。

食事の席などで居合わせた際には、メイドも自然と目で追いかけてしまいます。王族にしては些か貧しい身なりをされてはおりますが、それを補って余りある美貌の持ち主です。

タナカさんにご相談したら、紹介して頂けるでしょうか。

いえいえ、流石にそれは不敬でございます。

けれど夢に見るくらいなら、許されるのではないでしょうか。イケメンの王子様に見初められてのご成婚。年頃の娘ならば、誰もが一度は憧れるシチュエーションです。かくいう自身も幾度となく妄想してまいりましたとも。

今晩もその麗しいお顔を思い浮かべつつ、メイドはベッドに入りました。

すると寝入ってからしばらく。

まだ夜も暗い頃合いに、喉の渇きから目が覚めました。

「…………」

室内に水差しは見受けられません。

本来であればメイドを呼ぶのが正しいのでしょう。けれど、こちらは他所様のお屋敷ですし、わざわざ夜中に水を持って来てもらうのも申し訳ありません。なによりこの身は平民に過ぎません。

そこで自らの足でキッチンに向かうことにしました。

人気も皆無の静かな廊下を、寝間着姿でコソコソと歩きます。

このあたりはペニー帝国よりもいくらか暖かいので、日が暮れてからも過ごしやすいですね。普段であれば寒気から早足になりそうなところ、そう急ぐこともなくお屋敷の内観を楽しみながら進みます。

すると行く先で、ドアの隙間から漏れる明かりが目に入りました。

光が細長い筋となって廊下の暗がりに差し込んでおります。

「……こんな……すればっ……あぁ……」

しかもなにやら声が聞こえてくるではありませんか。

その響きはニップル王国の王子様を思わせます。

「…………」

こうなると好奇心が鎌首をもたげます。

気になってしまいます。

止めておけばいいのに、一歩を踏み出しておりました。

過去に同じような行いから、幾度となく痛い目を見ているメイドです。ですがこちらにはタナカさんと仲の良い方しかおりません。ペニー帝国の王女様や大聖国の聖女様のような、何気ない遭遇が生命に関わる危うい方もおりません。

そして、相手はイケメンの王子様です。

結婚適齢期のメイドが勇み足となるのも仕方がないことでしょう。

足音を殺して光の漏れるドアに近づきます。

すると声はより鮮明なものとして聞こえてきました。

「同盟を結ぶのが先か……いやしかし、後々になってバレる方が……」

やはりニップル王国の王子様のお声ですね。どうやらお一人で考え事をされているようです。居室からは彼以外、人の声や気配は感じられません。深夜の静けさも手伝い、小さな呟きも耳を澄ませば聞き取ることができそうです。

ドアの正面で立ち止まり、メイドは聞き耳を立てます。

「……今になって僕が女だと知られたら……やっぱり、駄目だよな」

直後に妙な独白が聞こえて参りました。

女、女とのことです。

「いっそのこと兄上と入れ替わるか？」

一体何を言っているのでしょうか。

なんとも不穏な響きを感じたところで、私はドアの隙間を覗き込んでおりました。好奇心に突き動かされて、光の漏れる元に視線を巡らせます。暗がりに慣れた目を室内の照明に細めつつのことです。

ニップル王国の王子様は部屋の中程に立っておりました。

就寝を目前に控えて下着姿です。

その胸元には、あぁ、どうしたことでしょう。

膨らみが見受けられるではありませんか。

「いいや、絶対にバレる。そもそも兄上に交渉など……」

「…………」

メイドは絶句でございます。

王子様は王女様でした。

足元にはサラシと思しき、白くて長い布が落ちております。どうやら普段は上から押さえつけているようです。決して大きいとは言えませんが、形の良い綺麗な胸がちゃんと二つ並んでおりますよ。

しかもこうして耳にした感じ、タナカさんもご存じないようです。

だからこそ彼女も焦っていらっしゃるみたいです。

「いっそのこと子を孕(はら)んでしまうか？　いやしかし、伯爵にはバーズリーのヤツと同じ雰囲気を感じるからな。もしも僕の身体が理由なら、女とバレた途端に今までの話がなくなる可能性も考えられる……」

段々と思案の内容が過激になってゆきます。

これは危険ですよ。

他国の王族の、人には言えない秘密、大変危うくございます。

「あぁ、それだけは駄目だ。絶対に隠し通さないと」

メイドは撤退を決めました。

私は何も見ておりませんし、聞いてもいません。ええ、そうなのです。ですからさっさとキッチンに向かい、喉を潤して眠るとしましょう。大丈夫です、タナカさんならきっと上手いことやってくれるはずです。

もしも残念に思うことがあるとすれば、それは一つ。本日夢に見る予定の王子様が、一瞬にして消えてしまいました。

＊

翌日、皆で朝食を摂っていると来客があった。

お屋敷に勤めるメイドさんの案内に従い、ブサメンは食堂から応接室へ。するとそこにはスペンサー伯爵の姿があった。連れの姿は見られない。どうやら一人でこちらを訪れたようである。

まさか昨日の今日で、醤油顔に顔を見せるとは想定外だ。

「朝っぱらから訪れてしまったこと、申し訳ありません」

「いえ、それは構いませんが……」

挨拶を交わす彼女の言動は以前と変わりない。軍服を

思わせるパリッとした衣服を着用の上、ハキハキと語る姿は出会った当初から一貫したもの。昨日の、会議場での出来事など微塵も感じさせないサッパリとした態度だ。

　これに対するブサメンは、内心少なからず緊張している。

　今度は何をしに来たのかと、疑問も一入だ。

　応接室を訪れるに際しては、ご主人様に同行を願われて、お部屋までご一緒した。しかし、同席は先方の要望から却下。現在は醤油顔が一人で臨んでいる。どうしても二人だけでお話をしたい、との申し出であった。

　彼女には鳥さんと一緒に食堂までお戻り頂いた。

　ご主人様にスペンサー伯爵の顔を確認して頂けただけでも良しとしよう。

「私にどういったご用件でしょうか？」

「素直に伝えると、南部諸国における我々の動きが、見越されているとは思いませんでした。しかもニップル王国を抱き込むに飽き足らず、チェリー王国の息子たちにまで接近しているとは、完全に想定外です」

「…………」

　こちらの質問はさておいて、先方はタナカ伯爵をヨイショし始めた。

　デキる女って感じの彼女から褒められるのは普通に嬉しい。こういう女上司に、昇進したかったら私のことを気持ちよくしてみせなさい、とか言われたい人生だった。やはりスペンサー伯爵には、ミニスカートのスーツが似合うと思うんだ。

「タナカ伯爵、貴方の手腕には敵ながら惚れ惚れします」

「そうは言っても、すべて北の大国の後追いに過ぎません」

　どれもこれも偶然の賜物なのだけれど、せっかくの機会なのでブサメンは格好つけておこう。事実を素直に伝えても旨みは少ない。それならこの場では少しでも、ペニー帝国の動きを盛って、先方から躊躇を引き出すべきだ。

　我々と喧嘩をしてもいいことはありませんよ、と。

「不死王の存在に至っては、足取りすら掴めていません。過去の文献に従えば、魔王すらも凌ぐと言われている存在と、どのようにして交渉を行ったのか。いつか個人的に話を聞いてみたいものです」

「そちらは誤解ですよ。我々も協力を取り付けた訳ではありません」

「だとしてもグラヌス湿地帯から彼の存在が消失したのは事実です」

「左様ですか」

不死王様との関係、これでもかと言うほどに疑われている。

やはり、確信に近いものをお持ちだ。

それでも鳥さんという実態までは掴めていないと思いたい。ロリゴンが語っていた龍王様との間柄もあるし、当面は秘密のまま過ごしたいところ。こちらは北の大国との関係以上に注意する必要がありそうだ。

「昨日、会議場では貴方のすぐ近くに、ゴッゴル族を見かけました。これは私の勝手な想像なのですが、彼女は通常のゴッゴル族ではなく、暗黒大陸に住まうという上位種族なのではありませんか？」

「さて、どうでしょうか」

なんということだろう、ゴッゴルちゃんの素性までバレバレだ。

いやしかし、会場における彼女の立ち振る舞いや、ブサメンとチェリー国王の会話を思えば、そのように捉えられても仕方がない気もする。離れた場所から舞台を眺めていた彼女だからこその判断だろう。

妹であるスペンサー子爵が暗黒大陸に赴いている点からも、彼女の頭の中には両者が結びつく下地が既にあったのだ。場合によっては彼女以外にも、ゴッゴルちゃんのハイな部分に気づいた人がいるかもしれない。

ブサメンも昨日はかなり彼女の力に頼ってしまった。

これからは今まで以上に気をつけないと。

「そうした交友関係の広さも、タナカ伯爵の魅力であり価値でもあると、我々は強く考えています。それは恐らく今後とも、この世界が秩序を保っていく上で、とても有意義なものではないでしょうか」

「……繰り返しますが、私にお話というのはなんでしょうか？」

「改めて提案します。我々の国に来てはもらえませんか？」

この期に及んでまで懐柔を続けるとは、とても強(したた)かなお国柄である。

もしもペニー帝国からの使者であったのなら、一度でも断った時点でメンツがどうのという話になり、次の機会にも兵を送ってきたことだろう。それが彼女は今回のやり取りで既に三度目の勧誘である。

「我が国におけるタナカ伯爵の立場には、最低でも私より上等な地位をお約束します。伯爵が営んでいる領地の者たちについても、可能な限り迎え入れたいと思います。そして、これが我々からの最後のご提案です」

「…………」

けれど、それもいよいよ終わりが近そうだ。

居住まいを正したスペンサー伯爵からジッと見つめられる。碌に感情の感じられない淡々とした面持ちに迫力を感じる。ブサメンが同行を拒んだ場合、母国では彼女にペナルティーが発生したりするのかも。

そう考えると申し訳ない。

ただ、だからといって今更頷く訳にもいかない。

「申し訳ありませんが、お断りします」

「……そうですか」

鳥さんが不死王の力を手にした時点で、当面、北の大国に対するペニー帝国の優位は覆らないだろう。王と名の付く存在の危うさは、彼女たちも魔王様の魔法を受けた時点で把握していると思われる。早々挑んでくることはないと思う。

「ところで私からもスペンサー伯爵にお願いしたいことが」

「……なんですか？」

「チェリー王国の王子二人と私の関係についてです」

「…………」

先方からのお誘いを断っておきながら、虫のいい話だとは思う。けれど、相談だけでもしておこう。今回の一件ではチェリー国王に次いで、不利益を被ったチャラ男ブラザーズである。親子揃ってババを引かされた形だ。

「過去に暗黒大陸で彼らを助けたことがありました。先日の出来事はそうした背景が手伝っての結果だと思います。私としてはチェリー国王には伯爵からよしなに伝えて頂けないでしょうか」

「頼みを引き受ける前に一つ確認させて下さい」

「なんでしょうか？」

「それは優しさですか？　それとも、私に対する驕(おご)りですか？」

「どのように受け取って頂いても結構です」

結果的にスペンサー伯爵を煽る形になってしまった。

しかし、自身のせいでチェリー王国が国を二つに割っての騒動、延いては内乱に、なんてお話になったら申し訳なさ過ぎる。北の大国に対する牽制としては、これ以上ない行いだけれど、そこまでするのも違う気がする。

リチャードさんや宰相が隣にいたら、きっと怒られただろうけど。

「……承知しました。そのように伝えておきます」

「ありがとうございます」

「それと私からも伯爵に対して一言だけ、よろしいですか？」

「はい、伺わせて頂きます」

最後の最後、スペンサー伯爵の綺麗なお顔に感情が浮かび上がる。

それはほんの僅かばかりの苛立ちだった。

「いつの日か必ず、この場での返答を貴方に後悔させてみせます」

「それでも我々ペニー帝国は、伯爵の亡命をお待ちしておりますよ」

「っ……」

こういう年下の女上司と、オフィスラブしたい人生だった。

*

スペンサー伯爵を見送った後、我々はペニー帝国に戻ることにした。

チェリー王国の首都アヌスで行われている南部諸国の統一に向けた会議は、向こうしばらく休会が続くとのことである。それなら次の会合に先んじて、ニップル王国との間で話を進めてしまおう、という算段だ。

次回の会議で南部諸国におけるイニシアチブを確保する為に、何枚かカードを確保しておきたいという思惑があってのこと。可能であればニップル王国の他に、もう二、三ヶ国ほど同盟国を得られたらいいな、などと考えている。

道中の移動では、エディタ先生の空間魔法のお世話になった。

ニップル王国の殿下共々、一瞬にしてペニー帝国に移動である。

チェリー王国の首都アヌスに設けられた滞在先のお屋敷から、首都カリスに所在するリチャードさんのお屋敷の中庭まで。急に変化を見せた周囲の光景を目の当たりにして、ご主人様はとても驚いていた。

事後、エディタ先生に説明を求める姿は魔道貴族さながら。

キラキラとした眼差しで先生のことを見つめていた。

満更でもない面持ちでテレテレする先生がとてもラブリーであった。

そして、以降はリチャードさんのお世話になり、王宮の二人組にアポイントメント。こちらから軽く事情を説明したところ、そういうことなら陛下や宰相も交えて検討を行いましょう、とのことである。

相変わらず話が早くて喜ばしい限りだ。

午前中に話を通すと、午後には王宮に招かれる運びとなった。

他所の貴族が相手では絶対に不可能なテンポである。

そうして訪れた陛下の私室でのこと、我々はソファー越しに王様と向き合っている。片や陛下が一人で腰掛けており、その背後に宰相が立っている。一方で我々はリチャードさん、ご主人様、ブサメンの並びで対面のソファーに臨む。

特筆すべきは宰相の表情だ。

苦虫でも噛み潰したような面持ちで我々を見つめているぞ。

「……ニップル王国との同盟、か」

「どうか前向きにご検討を頂けたらと」

ブサメンから陛下や宰相に対して、南部諸国における北の大国の動向を説明させて頂いた。ペニー帝国やプッシー共和国に対して、同国に交戦の意識が高まっていること。その為に南部諸国を味方に付けようとしていること。

そして、既にチェリー王国との間に隷属関係が存在していること。

更にはそうした北の大国の動きに対抗する為、南部諸国の統一にむけた会議に乱入して、偉そうにあれこれと語ってしまったタナカ伯爵の罪状と、これを受けて協力の意向を見せてくれたニップル王国について。

「せめて事前に連絡をしてくれればいいものを……」

「その点については申し訳なく思います」

陛下の口からはため息交じりに、諦めにも似た声が上がった。

宰相からは、そうだそうだ！　と訴えんばかりの視線が。

これを受けてご主人様は、緊張から全身を強張らせる。同所を訪れてからというもの、最初に軽く挨拶を交わして以降は黙ったままの彼女だ。ピンと背筋を伸ばして、我々のやり取りを耳にしていらっしゃる。

「議決を目前に控えて、皆さんと連絡を取っている余裕がありませんでした。先程説明したとおり、議会は現在中断されておりますが、早ければ数日中にでも再開するかもしれません。早急にニップル王国との同盟を結べないものでしょうか」

「タナカ伯爵の言うことは分かった」

「ご理解ありがとうございます」

「しかし、そういった話はもう少し時間を掛けて進めるものではないか？　同盟を結ぶも何も、我々はこうして先方の王子と面識を得たばかりだ。どうやってニップル王家と交渉の場を設けるというのだ」

「移動の手間を惜しんでいるのであれば、魔法で解決します。半刻もあればニップル王国まで行って帰ってこれるでしょう。同盟の条件などについては、すぐに草案を作成します。宰相にもチェックをお願いしましょう」

「い、いや、たしかに解決できるのかもしれんが……」

陛下、めっちゃ躊躇している。

娘のロイヤルビッチが恐ろしいまでの決断力を有している一方で、パパの方は割と優柔不断な性格をしていらっしゃる。ぽっと出の平たい黄色族の言葉が信用ならない、というのは仕方がないことだとも思うけれど。

すると早々、リチャードさんから援護射撃が。

「私はタナカ伯爵の提案に賛成します。このまま北の大国の行いを放置したのであれば、ペニー帝国は北と南、双方から攻められてしまいます。プッシー共和国に少し歩み寄っただけでも国内外からの反発が大きい昨今、南部諸国での立場は必要でしょう」

「もし仮に同盟を結んだとして、援助はどのような形で行うというのだ。その方は国政を領地経営と同じように考えているのではあるまいな？　フィッツクラレンス家がニップル王国に出資するとでも言うのか？」

リチャードさんに向かい、挑むように語ってみせる我らが陛下。

そこはかとなくドヤっていらっしゃる。

これぞ王族の威厳。

領地経営と国政は別物だと言わんばかり。

当初想定した通りの流れだ。

陛下のこういうところ、その下で働く我々としては不安である。

「そういうことでしたら、是非ともお任せ下さい」

「へ、陛下っ！　それはよくありませんぞ!?」

満面の笑みを浮かべて、意気揚々と快諾するリチャードさん。

一方で間髪を容れずに声を上げたのが宰相殿。

背反する両者の反応を受けて、え、どうして？　みたいな陛下。

「だがしかし、言い出しっぺが何もしないというのは……」

「陛下は近い将来、南部諸国がタナカ王国、あるいはフィッツクラレンス王国となっても構わないというのですか？　それができるからこそ、この者たちはわざわざニップル王国の王族までをも連れて、陛下の下を訪れているのです」

「っ……」

くそう、やっぱり宰相殿が邪魔をしてきたぞ。

このまま承諾を得られたら理想だった。

なんとか王国云々はさておいて、手っ取り早く始められた。

あと、当事者を前にして、そのぶっちゃけ具合はどうなのか。国内外を問わず、事実上政務のトップを務める宰相の立場は大変なものだと思う。問題を持ち込んだ我々に、文句の一つも言いたくなるのは道理だ。しかし、些か距離感が近くないか。

ご主人様に誤解されては大変なのでフォローしなければ。

「宰相殿、ニップル殿下の前でそのような人聞きの悪いことを言わないで下さい。我々の願いはただ一つ、南部諸国の恒久的な平和です。それを現実のものとする為に、こうして殿下にもお越し頂いているのです」

少なくとも自分には宰相が語ったような意思はない。

リチャードさんはどうだかしらないけれど。

すると以降は、陛下からバトンタッチして宰相が質疑応答。

「だとしてもタナカ伯爵、勝算はあるのですかな？」

「もし仮に勝算がなかったとしても、このまま手をこまねいていては後手に回るばかりだと、宰相殿にはご理解を頂けると考えておりました。それとも既に泣きつく先に当てがあったりするのでしょうか？」

「伯爵は我が国と北の大国の関係悪化に、随分と自信があるようだ」

「先方と近しい人物、チェリー国王の心を読んで確認しております」

「……あのゴッゴル族か」

ご自身が深く関与する問答においては、義理や人情から何かと快諾を頂戴できる一方で、小心者が所以か、こうした物事の判断には難色を示すのが我らが陛下である。対して傍らを支える宰相殿は、割と実利で右へ左へ動いて見せる人物だ。

相性が良いと言えばその通り。

「いかがでしょうか？」

「…………」

そこでブサメンは陛下を無視して宰相殿に訴える。

こういう場合、彼の判断はペニー帝国の意思決定に他ならない。

「陛下、ここは試してみるのも悪くはないかと」

「本当にそのように考えているのか？　宰相よ」

「タナカ伯爵が南部諸国に向ける思いは本物でしょう」

「ふむ……」

「とはいえ我が国とニップル王国との間には、他にも多くの国々がありますからな。こちらについては陛下の意向も踏まえて進捗させたいものです。この手の話は本来であれば、地方領主ではなく王宮の領分なのですから」

陛下からブサメンに視線を移して、宰相殿が語ってみせる。

彼としては、割とガッツリ入り込みたいようだ。

上手い小遣い稼ぎの方法でも浮かんだのか。

ブサメンには先方が言うような野心もない。手間や出費を省く意味でも、宰相殿からの提案は都合がよろしい。また、外交に際しては陛下のご出陣が必要なので、円滑な協力関係を得る為にも、この場は素直に頷いておきたい。

「他国との関係についても、前向きにご検討下さるというのであれば、私としては嬉しい限りです。ニップル王国との同盟が締結され次第、陛下には続く同盟先の検討に入って頂けたら幸甚です」

「どうですかな？　陛下」

「二人がそこまで言うのであれば、余も腰を上げるとしよう」

渋々といった面持ちで陛下は頷いてみせた。

この調子ならニップル王国より以降は、宰相に丸投げしてしまっても差し支えなさそうだ。南部諸国における北の大国の活躍には、十分危惧を抱いて頂けた。実際に足を運んだ先で、その存在を垣間見れば、彼らも焦り始めることだろう。

「陛下のご英断に感謝したく思います」

対面に向かい座ったまま頭を下げて、ブサメンは交渉を完了。

すぐ隣でもご主人様が立ち上がり、深々とお辞儀をしてみせる。

「ニップル王国を代表して、ふ、深くお礼申し上げます！」

「他の誰でもないタナカ伯爵の頼みだ。余も無下にはできんのでな」

チラリと醤油顔に視線を向けてのお返事は、貸しを作ってやったぜアピールなのか、純粋にニップル殿下の前でヨイショしてくれているのか、判断に困るところだ。何も考えていない可能性もあるので、陛下にはこういうのマジ止めて欲しい。

他方、リチャードさんはノーコメント。

この人は本気で独立とか考えていそうで怖い。

ということで、話が終わったのなら早急にお城から脱出だ。ロイヤルビッチとの婚姻がどうのと、また要らぬことを言い出される前に退散するとしよう。次はニップル王国に向かい、ご主人様のパパに事情の説明をしなければならないからな。

＊

結論からいうと、ペニー帝国とニップル王国の同盟は無事に締結された。

この間、僅か数日の出来事である。

事なかれ主義に定評がある陛下らしからぬスピード感

だ。

ニップル王国を訪問するに当たっては、同行したニップル王女の存在が響いた。彼女が第一王子を装っていることは、やはりご両親も承知の上のようだ。ポンコツだというご兄弟に代わり、祖国の行く先を憂いて活動していることも然り。

そんな人物が連れてきたペニー帝国からの使者、ブサメンとリチャードさんの存在は、こちらが考えていた以上にすんなりと受け入れられた。我々が事前に想定していたよりも、ニップル王国の行く先は危ういものであったのかもしれない。

際しては数日前、流行病の薬を届けに伺っていた点が、図らずも先方を動かすのに一役買った。事実関係はどうあれ、ニップル国王はタナカ伯爵の身分を偽っての来訪を、ペニー帝国側の下調べさながらに受け取ったようだ。

仕事を斡旋してくれたフィストの町のギルド職員には感謝である。

そうして王宮の二人組とリチャードさんが協力して作成した条約は、取り立てて反発もなくニップル王家に受け入れられた。そういうことなら是非にと、ペニー帝国は首都カリスの王城まで足を運び、親子揃って謁見の間で陛下に頭を下げていた。

条約の内容はシンプルだ。ニップル王国が他国から侵略された場合、ペニー帝国はこれをお助けするよ。その代わり北の大国の味方はしないでね、みたいな。あとはペニー帝国への貢献に応じて、金銭的な投資を実施するとも。

実際にはより形式張った文言であったけれど、概ねそのような感じ。

ちなみにニップル一家の移動は、キモロンゲの空間魔法が活躍した。

どうしてもヤツに手伝わせたいと、縦ロールが声を上げたからである。プッシー共和国も北の大国に危機感を覚えているのだろう。ブサメンのように表立って動けない一方、何気ないところで確実に恩を売っていく、強かな処女である。

ニップル王国では同日からすぐさま、ペニー帝国との同盟が公布された。

これはチェリー王国の首都アヌスでも同様である。

ニップル王家が現地で人を雇い、そこかしこで噂を流し始めた。費用は宰相が出してくれたので、タナカ伯爵としては取り立てて何をすることもなかった。せいぜい人員の移動でキモロンゲが苦労したくらいだろうか。

現地でスタンバっていたノイマン氏のお話によると、なんでも即日で我々が滞在していたお屋敷に、他国の代表者が訪れたそうな。これはペニー帝国による魔王退治の情報が、南部諸国まで伝わったことも影響してだろう、とのこと。

そして、同盟の締結後は早速お仕事である。

南部諸国の統一に向けた会議で、ニップル王国を煽っていた隣国について、取り急ぎ両国の国境沿いにある山脈の形を、ブサメンのファイアボールで少し変えておいた。隣国からはすぐさま抗議の声明が出されたが、兵は一人も出てこなかった。

これで当面は攻め入られたりしないと信じている。

「南部諸国の統一に向けた会議だけど、今回はそのまま閉会するみたいだよ。チェリー王国としては公の場で、現在の混乱を広めたくないんだろうな。向こうしばらくは各国間も、水面下でのやり取りが続くと思う」

「なるほど、左様でございますか」

「聡明なタナカ伯爵には、これも想定していた話かもしれないけどさ」

「いえいえ、滅相もありません。とても貴重な情報ですよ」

ニップル王国で仕事を終えたブサメンは、これに付き合ってくれたご主人様と共に、チェリー王国の首都アヌスまで足を運んだ。理由は今まさに報告を受けた通り、同所で開催されていた会議の状況を確認する為だ。

現在は会場から戻った彼女と、お屋敷の居間で顔を合わせている。

ソファーに向かい合わせで腰掛けてのことだ。

ブサメンは先の騒動でチェリー王国から出禁を受けてしまった。無理をしてチャラ男ブラザーズの立場を悪くする訳にもいかないので、会場内で南部諸国の情報を得るには、ご主人様の協力が必要不可欠である。

「以前は空気扱いだったのに、今日はやたらと声を掛けられた」

「南部諸国においてニップル王国の存在感が増すことは、我々としても非常に喜ばしいことです。今後ともニップル殿下のご活躍には期待させて下さい。必要であれば公私ともにお手伝いさせて頂きます」

「せいぜい伯爵に見捨てられないように尽くすさ」

宰相やリチャードさんの意向としては、ニップル王国には当面の間、ペニー帝国の南部諸国における目や耳として頑張って頂きたい、という思いがあるようだ。国が貧乏なので、他に頑張って頂く方向性がないとも言える。

あと今の台詞、少しエッチな感じが良かった。

「ゆくゆくは王国を背負う立場にあらせられるのですから、そのような弱気な発言はよろしくないかと。現時点では両国間にも国力差が見られるかもしれません。ですがそれでも殿下は、ニップル王国の第一王子なのですから」

「っ……そ、そうか？」

ところで彼女はいつになったら、ネタをバラすつもりだろう。

気になったブサメンは軽く小突いてみることにした。

「当面はお家の存続も確約されたのですから、これからは身なりにも気を遣ってはどうでしょうか？　平民と大差ない格好をしている私がこのようなことを言うのも変な話ではありますが、もう少し着飾ってもよろしいかと」


「たしかに伯爵の言うことは尤もだが……」

「どうされましたか？」

「けど、やっぱり倹約するに越したことはない」

ペニー帝国的にはニップル殿下が男であろうと女であろうと、ニップル王国に対する扱いに変化を付けることはしないだろう。少し考えれば分かりそうなものだけれど、先方は認識が違っているのだろうか。

むしろ告白は早ければ早い方がダメージも少ない気がする。

「もしよろしければ、この後で我々の町にいらして下さい」

「え、タナカ伯爵の領地に、か？」

「色々とお世話になったお礼に、礼服をお送りさせて頂けたらと。今後は社交場でのご活躍も増えることでしょう。鳥さんの食事なども含めて、これまで一方的に頂戴してばかりだったので、この機会にお返しをさせてもらえませんか？」

「っ……」

ちなみに本日は鳥さんも同行している。

ただ、ご主人様の帰宅を待っている間に眠ってしまった。今はブサメンのすぐ隣で、スースーと穏やかに寝息を立てている。ソファーの上でポテっと横に倒れた姿は、お亡くなりになったのではないかと見紛うほどのくつろぎっぷりだ。

「あぁ、そういえば私が下賜されている領地には、上質な温泉が湧き出しております。差し支えなければ、是非とも体験して頂きたく存じます。この世のものとは思えない心地良さだと、我が国の王女殿下からも評判なのですよ」

「いや、そ、それはちょっと……」

攻める醤油顔に彼女は躊躇してみせる。

衣服の新調にせよ、温泉にせよ、他者の視線が気になるのだろう。一連の反応から彼女が当面、自らの性別を素直に伝えるつもりがないことが分かった。ただ、理由についてはサッパリである。

「温泉はお嫌いですか？」

「嫌いということはないけど、なんというか、ほら、僕ばっかり楽しんでいたら、く、国の者たちに申し訳ないからな！　やっぱりこういうところは、ちゃんと気を引き締めて臨むべきだと思うんだ」

「私の領地で過ごす者たちにとっては、毎日の習慣と称しても差し支えない入浴です。このように言っては失礼かもしれませんが、そこまで大層なものではありません。ちょっと汗を流すような気分で浸かって頂けますよ」

「ぐっ……」

何がそこまで彼女を男装に駆り立てるのか。

もしや平たい黄色族から性的な目で見られるのが嫌とか、そういった理由からだろうか。改めて考えてみると、あぁ、たしかにその可能性は決して低くないように思われる。年頃の娘さんとして、当然の反応だ。

「……わ、わかったよ。そういうことなら、僕も腹をくる」

「ご一緒して頂けますか？」

ただ、そうしたブサメンの想像は、次の瞬間にも裏切られた。

決意を新たにしたかのような面持ちで、彼女は語ってみせる。

「タナカ伯爵がそこまで言うなら、相手をしようじゃないか！」

「相手、ですか？」

「だがしかし、ぼ、僕も男同士というのは初めてだからな！　いきなり下の穴を捧げるというのは抵抗が大きい。だから今回は、て、てて、手と口でどうだ？　拙いかもしれないが、ちゃんと最後まで務め上げてみせる！」

えぇ、ちょっと殿下、何を言っているの。

一瞬、ブサメンは耳を疑った。

こちらの想定をすべて飛び越えて、懐に入り込んできたぞ。こうなるといよいよ、ご主人様の男装にこだわる理由が分からない。もしかして性同一性障害というやつだろうか。なるほど、そういうこともあるのかもしれない。

いや、待てよ。

他にもう一つ、大きな可能性がある。

タナカ伯爵のよくない噂を鵜呑みにしていたりするのかも。

ここ数日はペニー帝国で活動する機会のあったニップル一家だ。そこで居合わせた帝国の貴族たちから、あることないこと吹き込まれた可能性は十分に考えられる。未だに王宮では、憎まれ口の絶えない平たい黄色族だから。

「これでも手先は器用なんだ。ど、どうだ？」

左手の指を輪っかにして、上下に動かしてみせるご主人様。

だとしたら、デッドロック状態である。

これまで男性として接してきた手前、ブサメンから事実を指摘することは憚られる。また彼女も自身が男性であることが、ペニー帝国とニップル王国、二国間の友好につながっていると考えたのなら、今後も男性を装い続けることだろう。

つまりご主人様はこれからもずっと男の子。

「ちゃ、ちゃんと残ったのも吸い出して飲むからさ！　な？」

「…………」

しかも知識に偏りがあるのか、妙な方向に暴走しているように思われる。

すべてを理解する童貞的には非常に魅力的な提案だ。

しかし、タナカ伯爵としては完全にアウト。

同盟国の王女様を早々に頂いた事実がアウトなら、実態はどうあれ男色を周囲に知らしめることもアウトである。とりわけ後者に限っては、彼女が男を偽っている限

り、取り返しのつかない影響を醤油顔に与える。

　こちらの娘さん、どう足掻いても第一王子として生きるつもりだ。

　早急に醤油顔の性癖を正しい形でお伝えしなければ、自分のみならず彼女の人生まで狂わせてしまう。いいや、先方が第一王子を偽っている点を思えば、ご家族だって無関係ではいられない。延いては王家を巻き込んだ問題に発展しかねないぞ。

　これは困った。ショタチンポのせいでニップル王国が大変だ。

「以前にもお伝えしましたが、その手の趣味はありませんので」

「まあ、な、なんだ？　手と口でよければいつでも言ってくれよ！」

　強がった笑みを浮かべるご主人様、めっちゃ愛らしい。

　その笑顔を素直に受け取れないのが切ない。

　同時にこちらから素直にお頼み申し上げたのなら、まず間違いなく手と口で応じて下さるだろう状況に、強烈なエロスを感じる。夢にまで見た処女のフェラチオが、手を伸ばせば触れられるところに存在している。


「…………」

　どうして伝えたら信じてもらえるだろう。

　タナカ伯爵がドラゴンシティで数多くの美少年を囲っているのは事実である。ナンヌッツィさんが経営するマッサージ店など、貴族の奥様方と一部の好色家の間で大人気だという。これが噂に拍車を掛けていることは想像に難くない。

　身の回りにもショタチンポやピーちゃんなど、それっぽい嗜好や趣味の方々がいらっしゃる。これがまた噂を顕著なものとして周囲に響かせていることだろう。更に本人は初婚がまだであると、近隣諸国にまで知れ渡ってしまった。

　たしかにこうして考えると噂の信憑性が半端ない。

「あっ、なんだったら前に着てたメイド服、あれを着てもいいぞ？」

「ニップル殿下、こちらはチェリー王国が用意したお屋敷です、どこに他者の目があるか分かりません。そのようなはしたない発言を聞かれては、殿下のみならず、祖国の品位も疑われてしまいますよ」

「っ……そ、それはよくないな」

もし万が一にも誰かに聞かれたりしたら大変だ。

タナカ伯爵にまた一つ、謂れなき汚名が追加されることは避けられまい。胸中に抱いた焦りを悟られることがないように、ブサメンは努めて冷静に受け答えさせて頂く。正しい性癖の発信は、場を改めて行うとしよう。

そうこうしていると、居間の外から賑やかな足音が響いてきた。

自ずと我々の意識はそちらに向かう。

二人の視線が廊下側に移った直後、バァンとドアが開かれた。

『おい、迎えに来たぞっ！』

「だ、だからいきなり開けるなと何度もっ……」

『さっさと町に戻るぞ！　私たちの町に！』

姿を現したのはロリゴンとエディタ先生のペアだ。

勢いよくドアを押し開き、自信満々に語ってみせる前者の傍ら、あわあわと慌てる後者の姿が印象的である。

彼女たちとは本日の夕方に、こちらのお屋敷で落ち合う約束を事前にしていた。

エディタ先生の空間魔法でペニー帝国に帰還するためだ。

些か到着が早い気もするけれど、当初の約束通りである。

殿下をドラゴンシティにお誘いしたのも、こうした経緯があってのこと。ロリゴンまで付いてくるとは思わなかったけれど、先生の魔法であれば彼女一人増えたところで、これといって問題にはならないだろう。

『ふぁぁぁぁ？』

ドアの開かれる音を受けて、鳥さんが目を覚ました。

のそのそと身体を起こして、部屋の出入り口に並んだエディタ先生とロリゴンに視線を向ける。彼はこれまでにも何度か、彼女たちが自分やご主人様と仲良くしている姿を目撃している。急に襲うようなことはないと思う。

『っ……な、なんだ！　やるのか!?　鳥の分際でっ！』

『ふぁ？』

「おい、やめろ、無駄に刺激してどうする！」

慌て始めたロリゴンに対して、キョトンと首を傾げる鳥さん。

寝起きのボンヤリとした雰囲気が素敵だ。

普段にも増して阿呆っぽいの可愛い。

「お忙しいところ、ご足労下さりありがとうございます」

「う、うむ。少しばかり早い気もしたが、無事に会えてよかった」

『ぐるるるるっ……』

ソファーから立ち上がった醤油顔は、鳥さんを抱き上げると共に、迎えに来てくれた二人にご挨拶。

ご主人様の誤解に対する言及は後日としよう。取り急ぎこの場はお開きである。対策は町に戻ってから落ち着いて考えるべきだ。この場で何の算段もなく会話を続けたところで、良くない方向に転ぶのが目に見えている。

きっとこれはソフィアちゃんのシーシーをゴクゴクしてから臨むべき案件だ。

「そちらの者はニップル王国まで送ればいいのだったな？」

「恐れ入りますが、まずは殿下のご送迎からお願いできたらと」

「うむ、承知した」

「ちょ、ちょっと待ってくれ！」

エディタ先生が頷いた直後、ご主人様から制止の声が上がった。

彼女はソファーから腰を上げて、我々に向かい一歩を踏み出す。

まさか先程の話の続きをするつもりだろうか。いやいや、エディタ先生とロリゴンの前でそんなエッチな話、少し興味があるけれど駄目でしょう。そういうのは縦ロールの前でしてくれないと。

「なんでしょうか？」

「父上からタナカ伯爵に言伝を預かっているんだよ」

と思ったけれど、ちょっと違った。

ニップル国王からの伝言とはまた大仰な。

「いきなりで申し訳ないけど、僕と一緒にニップル王国まで来てはくれないか？　ペニー帝国との同盟に当たっては色々と世話になったから、是非とも王宮を挙げて歓迎したいと伝えられているんだ」

「なるほど」

「そちらの二人も一緒で構わないから、どうか招かれて欲しい」

今後のニップル王国との関係を思えば、国王様からのお誘いを断るのは憚られる。既に陛下や宰相とは式典だ何だと交友を交わしているけれど、できることならタナカ伯爵個人としても、ニップル王家とは繋がりを持っておきたい。

「そういうことであれば、是非ともご一緒して……」

『いいや、駄目だ！　そんなの駄目駄目だ！』

「どうして貴様が判断するんだ？」

　ブサメンの口上を遮ってロリゴンが声を上げた。

　どうやらドラゴンシティが恋しいらしい。

　一方でエディタ先生からは、これといって反対の声は上がらない。大きく吠えるように訴えてみせる町長殿に、疑問の表情を浮かべて突っ込みを入れるばかり。

『コイツは私たちと一緒に町まで帰るんだ』

「そんなに帰りたいのなら、貴様だけ先に送ってやろう」

『そ、そういう意味じゃない！』

　そこで醤油顔はロリゴンに向き直る。

　ここ数ヶ月の付き合いから、彼女を説得するのに最適な文句はすぐに浮かんだ。先方の視界に自身が収まっていることを確認の上、些か大仰な振る舞いで居住まいを正す。そして、頑なに帰宅を訴える彼女に対して、形式張った語り草で伝える。

「クリスティーナさん、これは絶好の機会ですよ」

『……オマエ、もしかして町に帰りたくないのか？』

「クリスティーナさんは町作りを始めてから、どれだけ人の町を見てまわることがありましたか？　他国ともなれば、その数は片手に数える程度でしょう。他所の国の町を視察することで、良くも悪くも、我々の町作りに活かせる点は多いと思います」

『…………』

　ロリゴンには申し訳ないけれど、できればご主人様に同行させて頂きたい。

　たぶん、食事をご馳走になって、一晩お泊まりするくらいだと思うんだ。

「殿下の前でこのようなことを言うのは申し訳ありませんが、ニップル王国は南部諸国において、あまり恵まれた立場にありません。我々とは対極にあります。そうした町を訪問することで、得られるものはきっと大きいことでしょう」

『でも、それだったら……』

「相手国の代表から直々に招待されるような機会は滅多にありませんよ？」

『っ……』

「それとも町長殿は、この千載一遇の好機を逃すのですか？」

『わ、わかった！　行ってやる！　行ってやっても、いい！』

「ありがとうございます」

ニップル王国の貧乏っぷりを出しにしてしまった手前、ご主人様からの視線がちょっと痛い。けれど、これでニップル国王からのご招待をお受けすることができる。また、視察云々については、決して建前ばかりという訳でもない。

過疎期にある町の光景は、きっと彼女にも価値があるものだと思う。

「つまり皆でニップル王国に向かう、ということでいいのだな？」

「すみません、エディタさん。どうかお願いします」

「うむ、任された」

エディタ先生が小さく頷くと同時に、足元に魔法陣が浮かび上がった。

ご主人様の生まれ故郷まで、空間魔法でひとっ飛びである。

ニップル王国
The Kingdom of Nipple

ニップル王国の首都ラックを訪れた我々は、ご主人様によるエスコートを受けて王宮に足を運んだ。際してはエディタ先生の魔法が、町の正門前を転移先にしていたことも手伝い、首都の通りを馬車で眺めながらの移動となった。

醤油顔的には、かれこれ数度目となる来訪だ。

最初は流行病の薬の配達。

以降はペニー帝国との同盟を巡るあれやこれや。

エディタ先生もその関係で何度か足を運んでいた。

ただし、ロリゴンは今回が初めての来訪となる。

『……なんか、寂しい町だな』

馬車の窓から首都ラックの町並みを眺めて、彼女はボソリと呟いた。

そうして語る本人の面持ちも、どことなく寂しそうなものだ。

当初は他国の町の視察なる行いに、鼻息を荒くしていた彼女である。

「これでも国内じゃあ、割とマシな方なんだけど」

『え、それじゃあ他の町はもっと寂しいのか？』

「…………」

ロリゴンのあまりにも素直な物言いが、ご主人様の心を抉った。

そこまで言うの？　みたいな表情をされているぞ。

たしかに前者の言葉通り、首都ラックの町並みはドラゴンシティと比較して寂しげに映る。通りを行き交う人々には賑わいが見られず、軒先に並んだ露天も疎ら。通りに面した飲食店や商店も半分くらいは戸を閉じている。

「申し訳ありません、ニップル殿下。決して悪気はないのです」

「……承知している。その小さいのは人間じゃないんだよな？」

「ええ、そのとおりです」

『おいこら！　小さいのってなんだっ⁉』

「実態は魔王に比肩するほど強大なドラゴンだと聞いた」

『ま、まあ、許してやる……』

ロリゴン、掌返し早すぎだろ。

魔王に比肩するほど強大な、のあたりが響いたに違いない。

微妙に照れているの可愛いなもう。

「なんでも少し前に、流行病が猛威を奮っていたらしいんだよ。その影響を今も若干引きずってて、普段より元気がなくなってる。本当だったらもう少しは活気があるんだからな？　これが本来の光景だとは思わないで欲しい」

『……人間は病気で簡単に死ぬもんな』

「あ、今はもう収まってるから平気だぞ？　なんなら薬もある！」

数日前、ご主人様にそれとなく確認したところ、少なくとも首都ラックの患者は、ある日を境にして誰もが急に快復したそうだ。恐らくブサメンの回復魔法が効果を発揮したものと思われる。


そのため我々も気兼ねなく同国を来訪できた。

『ふぁー、ふぁー』

「ところでその鳥も、先程から外の様子を気にしているな」

鳥さんの視線が向かうのは、馬車前方に設けられた窓だ。

その先には馬車を引くお馬さんが窺える。

「どうやら馬が気になるようですね」

「野生のフェニックスにしてみれば、餌以外の何物でもないからな」

「そうなのですか？」

「フェニックスは雑食だ。割と何でも食べる」

「なるほど」

どうやらフェニックスとしての本能が、彼にお馬さんを求めさせているようだ。エディタ先生のご説明を受けて、これまで彼が馬に執着していた理由を理解した。思い起こせば学園の生徒が召喚した召喚獣の何体かにも、意識を向けていたような気がする。

一方で人間は暗黒大陸において少数種族。自身が訪れた限りではあるけれど、似たような生き物は見受けられなかった。当然ながらフェニックスが出会うことも稀なのだろう。そういった意味では同大陸が未開の地であって良かった。

そして、これまでご主人様やブサメンから、繰り返し餌付けされている鳥さんだから、実際に食指が動く一歩手前で、興味や関心が止まっているものと思われる。以前も急接近することはあったが、決して喰らいつくことはしなかった。

万が一にも変な襲い癖が付いては大変である。責任あるブリーダーとして、彼にはちゃんと言って聞かせなければ。

「鳥さん、こういった馬は食べてはいけません」

『ふぁー？』

「アレは我々の仲間です、食べたら駄目なんです」

『ふぁー？　ふぁー？』

ジェスチャー付きで、馬食禁止令を通告させて頂く。果たしてこのやり取りに意味はあるのか。

こちらの意思がどれだけ彼に伝わっているのか、まるで見当がつかない。けれど、こういうのは地道な繰り返しこそが大切だと思う。犬や猫の躾と同じように、当面は気長にやっていこうと思う。

「あ、おい、王宮が見えてきたぞ！」

そうこうしていると、ご主人様が窓の外を見つめて声を上げた。

彼女が指し示す先、石造りの建物が近づいてくる。恐らく首都ラックを初めて訪れるロリゴンを気遣ってのことだろう。

彼女がドラゴンシティで町長の立場にあることは事前に伝えてある。

ペニー帝国の王城と比べると規模感で見劣りするけれど、周囲の建造物と比較したのなら大きく映るお城だ。自分やエディタ先生にとっては、ここ数日で何度か足を運んでいるので見覚えのある風景でもある。

馬車はその正門に向かい、トコトコと穏やかに進んでいった。

＊

同日、我々はニップル王家の計らいで王宮に宿泊することになった。

タナカ伯爵を持て成したい、というご主人様からの言伝通り、夜にはお城での晩餐にお呼ばれした。現在は食堂と思しき一室で大きな円卓を共に囲んでいる。席には彼女の他に、ニップル国王と奥さん、更にご兄弟二人の姿が見受けられる。

奥さんはなかなか若々しい方で三十路ほどと思われる。

二人のお子さんはご主人様より少し年下で、十代前半ほど。

共にお顔立ちがご主人様と似ている。

そして、ニップル王女がニップル王国の第一王子を偽っている為、兄弟の内一人は女装をしての登場だ。ステータスウィンドウで確認したので間違いない。パッと見た感じ普通に女の子しているから、ブサメンとしては複雑な気分である。

ニップル国王からも、第一王女としてご紹介を受けた。

どうやら本人は女装に慣れていないようで、我々に挨拶をする仕草はぎこちなさが感じられた。よくよく見てみれば頬が引き攣っていたりして、かなり無理をしているだろうことが容易に察せられる。

ご両親も気になるようで、チラリチラリと視線を送っているぞ。

おかげでこっちまでハラハラしてしまう。

ただ、それ以上に気になるのが第二王子だ。女装王子の隣に腰掛けた彼は、完全に目が死んでいた。食事に臨む姿は虚ろなものだ。視線は卓上に落とされたまま、これまで一度として上げられていない。食卓では発言もゼロ。

お子さんたち、大丈夫なのだろうか。

眺めていてとても不安になる。

ちなみに鳥さんは別室で面倒を見てもらっている。ご主人様は一緒でも構わないと言ってくれたけれど、ブサメンの方で辞退させて頂いた。もし仮にご一緒するとしても、それはもう少しニップル一家と仲良くなってからだ。

「タナカ伯爵、ど、どうだ？　料理が口に合えばいいのだが……」

「ええ、とても美味しいです。ニップル殿下」

主にお喋りをしているのはご主人様とニップル国王。

ご兄弟は完全に置物状態だし、奥さんも目に見えて緊張していらっしゃる。彼女たちとは本日初めて面識を持ったことも手伝い、我々の存在がご主人様やニップル国王からどのように伝わっているのか、些か気になる光景だ。

『この肉のやつは、味が濃くてなかなか美味しいな！』

一方でマイペースに食事を楽しんでいるのがロリゴン。にぱーっと笑みを浮かべて、料理に舌鼓を打つ。

ドラゴンシティの町長宅で頂いている料理と比較すると、申し訳ないけれど個人的には、程度が下だと感じざるを得ないお食事だ。縦ロールあたりに食べさせたのなら、きっと素直に感想を口にしたことだろう。

けれど、我らが町長殿は割と満足気に箸を進めていらっしゃる。

味が濃ければだいたい美味しいと感じるロリゴンの舌に感謝だ。

アクセントに辛味があると尚良いらしい。

あと、甘いものも大好きだ。

今更だけれど、完全に子供の味覚だよな。

「たしかにこのスープなど、なかなか凝った風味で楽しめる」

「私もこちらのスープが気に入りました。とても美味しいですね」

エディタ先生からもお世辞が続けられた。

せっかくなのでブサメンも二人に倣っておくことにする。

すると間髪を容れず、ニップル国王から反応があった。

「ペニー帝国屈指の貴族であらせられるタナカ伯爵にお褒め頂き、とても光栄でございます。炊事場で調理を担当している者たちにも、閣下から頂戴したお言葉、伝えさせて頂いてもよろしいでしょうか？」

「自分などの言葉でよろしければ、是非お願いいたします」

「おぉ、なんという光栄！　ありがとうございます、閣下」

これがまた、とんでもなく卑屈である。

同盟を締結する関係でお会いしてから現在に至るまで、ずっとこのような調子で畏まっていらっしゃる。彼の立場を思えば仕方がないとは思うが、こちらも一介の貴族に過ぎないので、もう少し王族としての立場を意識してもよいのではなかろうか。

ご主人様のお顔もパパさんが何かを喋るたびに曇って

いく。

冒険者として出会ったときの印象も手伝い、ギャップが凄い。

接待に慣れた大手企業の役員などであれば、これはこれで楽しむことができるのかもしれない。けれど、万年平であったブサメンにはちょいと堪えるものがある。どうにもそわそわとしたものを感じてしまうぞ。

「いやはや、今宵の晩餐は我が家の歴史に残りますぞ」

「こちらこそ貴重な機会にお招き下さり恐縮です」

ペニー帝国との同盟がすんなりと進んだのも、こうした彼らの圧倒的な小物感が所以である。宰相やリチャードさんなどは、むしろ逆に怪しんでいたほどだ。陛下に限っては、ノリノリで対応していたけれど。

「ああそうだ、そちらのエルフ殿にはアレをお持ちしなさい」

ニップル国王が部屋の隅に控えたメイドさんに指示を出す。

メイドさんは大慌てでキッチンに向かっていった。

「お褒め頂いたスープを利用して作る料理がございまして、是非ともご賞味頂けたら幸いです。もしよろしければ、コックにレシピを書かせましょう。お帰りの際までには材料と併せてご用意させて頂きます」

「い、いや、そこまで気を遣って頂かなくとも……」

ヨイショの対象はブサメンに限らない。

かれこれ何度目になるだろう。繰り返し持ち上げられたことで、エディタ先生も段々と落ち着きを失い始めているぞ。ニップル国王から話しかけられるたびに、チラリチラリと縋るような眼差しが醤油顔に向けられる。

これに対して、一連の接待に満足しているのがロリゴンだ。

気分も良さげに語ってみせる。

『おい、私もこの肉の料理をもっと食べたい』

「気に入って下さり恐縮です。すぐに用意させましょう！」

ニップル国王が声を上げるのに応じて、お台所に通じていると思しきドアから、次々と料理が運び込まれてくる。ご主人様との共同生活を通じて、同国の懐具合を理解するブサメンとしては、なかなか気を揉む光景だ。

首都ラックの状況を垣間見た後だと、より顕著なものとして感じる。

そしてどうやら、これは我らが町長殿も同じであったようだ。

『だけど、私たちばっかり沢山食べていいのか？』

ふと漏れたのは素朴かつ真っ直ぐな疑問だった。

非常に彼女らしい。

地方都市のシャッター街さながら、見るからに寂れた大通り。人も碌に見受けられない広場にはゴミが散乱。建物の大半は老朽化も著しく、更には馬車が進む通りから一本入った先、路地裏には浮浪者が随所に転がっている。

そうした光景をロリゴンは、馬車に揺られながら目撃していた。

いずれも彼女が代表を務めている町では滅多に見られない。ドラゴンシティの経済状況はペニー帝国においても指折りである。ブサメンが腐心して作り上げたスラム街さえも、勝手に住宅街に変化しているほど。

だからだろう、こと視察という意味では、彼女にも刺激的な光景であったに違いない。

強大なドラゴンにとって我々人類など路傍の石に過ぎない。恐らくこれまでは人の集落など、意識して眺めたこともなかっただろうから。

「たしかに民を重んじる心は重要だと存じております。ですが、我が国に救いの手を差し伸べて下さった方々に対する礼儀も、とても大切なものだと感じております。どうか本日は心ゆくまで食事を楽しんで頂けたら幸いです」

『ふぅん？』

客人の不躾な物言いに対しても、ニップル国王の態度は変わらない。

一貫して腰を低く構えたまま、粛々と応じてみせる。

『でもお前、他のヤツから奪ってるんじゃないのか？』

「……はい？」

『誰だって自分が大切だからな。だから、他のヤツから奪うことも大切だ。私だって沢山奪ってきた。最近は奪う以外にも楽しみが増えたから、あまり奪うことはないけどな。でも、お前はそうじゃないのか？』

「と、申しますと……」

『ニンゲンはそういう仕組みを作るのが好きだろ？』

「あの、どういったお話でしょうか」

『私は知っているぞ？　租税とか、そういうの』

「…………」

一歩突っ込んだロリゴンの物言いを受けて、先方は返答に窮する。

テーブルを囲んでいる皆々の意識も自ずと二人に向けられた。エディタ先生など、おい、貴様は何を言っているんだ、と訴えんばかりの面持ちだ。タナカ伯爵的にもちょっと、ハラハラとしてまいりました。

ただ、この場は彼女のやりたいように任せてみる。

ロリゴン、外交デビュー。

するとしばしの沈黙の後、ニップル国王は口を開いた。

それまでの朗らかな語り草からは打って変わって、声色を落としてのお返事である。あまりこういったお話はしたくないのですが、といった前置きと共に、彼は彼女からの質問に答えてみせた。

「……我々も本日のような食事は数週間ぶりのことです」

『そうなのか？』

こういう一直線な会話、ブサメンには不可能な芸当である。

先方が素直に答えてみせたのは、彼女の実態が強大なドラゴン、人とは異なる価値観の持ち主であることを事前に伝えているからだろう。その歳幼い外見も手伝って実現される、異文化コミュニケーションならではの話題の運びだ。

「国外の方には分からないかもしれませんが、この国は本当に何も無いのです」

『畑もないのか？』

「ないということはありません。ですが国土の大半を山林が占める我が国では、畑を開墾することも容易ではないのです。また、高山性の土地柄も手伝い、畑を作っても作物の育ちは良くありません」

『土に栄養が足りないんだな？　たしかにそれは大変だ！』

ここ最近になって学んだ、ロリゴンの畑に対する知識が炸裂。

町長宅の中庭で始めた菜園の成果である。

なんかちょっと嬉しい。

同時に本日の食卓の席、奥さんやお子さんたちが緊張している理由が分かった。こうしてテーブルに並べられたお食事は、ニップル一家にとっても滅多に食べられない、久しぶりのご馳走だったようだ。

ご主人様が必死になって節約したお金を散財させてしまったようで、ブサメンとしては申し訳ない気分である。見ればエディタ先生も切なそうな面持ちとなり、匙（さじ）を手元に置いてしまっているぞ。

「ですが未来永劫、このままということはありません。我々も国を良くする為に前に進んでおります。タナカ伯爵のご厚意から結ばせて頂いた同盟により、十分な猶予も得られました。近い将来、必ずや国を立て直してみせます」

メイドさんにより、ロリゴンの手元にお肉料理が運ばれてきた。

石製のプレートに盛り付けられて、ジュージューと音を立てている。焼きたてのアツアツだ。こちらにまで香ばしい香りが漂ってくる。これまでの彼女であれば、すぐにでも手を付けていたことだろう。

けれど、その視線はお肉と先方との間で行ったり来たり。

「いやはや、私のせいで食事の席が湿っぽくなってしまいましたな。それもこれも我々の国の問題です。どうかお気になさらず、食事を楽しんで頂けたら幸いです。本日はこの後に甘いデザートも用意しているのですよ」

ニップル国王は仕切り直すように語ってみせる。

そのお顔にはニコリと小さく笑みが浮かべられた。

ところで、こうしてお肉料理を眺めるドラゴン殿は、嫌いな相手には容赦がない一方、自分に良くしてくれる相手に対しては、意外と義理堅かったりする。そういった意味では本日、ニップル国王による手厚い接待は、大成功と称しても差し支えない。

続く彼女の言葉を耳にして、ブサメンはそんなふうに思った。

『よし、それなら私が何か探してきてやろう！』

「はい？」

『何もないんだったら、何か役に立つものを探してきてやる！　こうして美味しいご飯を食べさせてもらったからな、そのお礼だ！　そうすればお前たちも、町のヤツらも、もっとちゃんとご飯を食べられるようになる』

「あの、そ、それはどういった……」

『町が寂しいのは悲しいからな！』

ニップル国王の顔に困惑が浮かぶ。

そりゃそうだろう。

自分が同じ立場だったら、きっと似たような反応を見せたと思う。奥さんやお子さんたち、更にはご主人様に至るまで、誰もが同じように首を傾げていらっしゃる。コイツは何を言っているのだと。

対してスイッチが入った町長殿は、勢いよく醤油顔に向き直った。

『おい！　い、いいよな？』

「クリスティーナさんがやりたいというのであれば止めませんが」

『それじゃあ明日からは探しものだな！』

「承知しました」

「しかし、探すといっても何を探すんだ？　貴様は当てがあるのか？」

『なんだよ、お前、私のこと邪魔するのか？』

「いや、決してそんなことはないが……」

「それも含めて、今晩あたりにでも考えていきましょう」

行き当りばったりには違いないが、それでも何かしらことを起こしてしまえるのが、こうして提案してみせた彼女の凄いところである。そういうことであれば、ブサメンとしても是非ご協力したく存じます。

そんなこんなで晩餐の時間はゆっくりと過ぎていった。

＊

夕食後はご主人様が自ら、本日の宿泊先となる部屋を案内して下さった。

なんでも王宮内でも指折りの客間だという。

たしかに室内はとても広々としており、家具や調度品も立派なものだった。後者については古いものが目につくが、それはそれで落ち着いた雰囲気が感じられて、個人的には居心地良く思う。

見栄っ張りなペニー帝国の王宮とは対照的だ。

ベッドも柔らか過ぎず硬過ぎずいい感じ。

身体を横たえるとすぐに意識が微睡み始めた。

ロリゴンやエディタ先生と話し合った結果、明日は朝イチでニップル王国内を巡ることになった。なので本日は早めに眠ろうと考えた次第。彼女たちも今頃は、自身にあてがわれたお部屋で寝入っていることだろう。

そうして一日を終えようとした間際の出来事である。

不意に部屋のドアがノックされた。

コンコンコンと乾いた音が室内に響く。

自ずと意識は引き戻されて、視線は廊下に通じるドアへ向かう。

「…………」

シーツの上、仰向けに横たわっていた身体を起こす――

いいや、待てよ、
このタイミングで自室に誰かが来訪とか、ブサメンにはこの先の展開が読めたぞ。きっとこれはあれだよ、ほら、生えてる系の子が薄いネグリジェとか着用して、部屋の前に立っているパターンだろ。

童貞は知っているんだ。

これまでにも似たような展開、めっちゃ沢山あったからな。

過去に一度として、満足のいく夜這いを受けたことがあったろうか。

いいや、ない。

生えているのとか、アサシンとか、そういうのばっかり。

つまりこの場における正しい選択は一つ。

寝た振りである。

幸い、鳥さんも起きた気配がしない。

ブサメンが横たわったベッドの傍ら、巣箱でスヤスヤとお眠りになられている。その寝台は彼の丸っこい図体に合わせて作られた大きめの木箱に、藁をたっぷりと敷いた上、厚手のシーツを被せたベッド風味。

四方には短いながら脚も取り付けられており、なかなか立派なものだ。

「…………」

このままベッドの上で静かにしていれば、何事もなくやり過ごすことができるだろう。そのように考えてジッとしていると、もう一度だけ、コンコンコンとドアがノックされた。先程よりも控えめな音だった。

それからしばらくして、ドア越しに足音の遠退いていく気配。

どうやら無事にやり過ごせたようだ。

ふぅとため息を一つ吐いて、ブサメンは改めて夜の眠りに就いた。

＊

翌日、朝食を終えた我々は、首都ラックの王宮を出発した。

昨日の夕食の席でロリゴンから提案があったとおり、同国の経済事情を改善する何かを探す為である。共連れは彼女とエディタ先生の他に、案内役としてご主人様も同行して下さる運びとなった。

道中は飛行魔法で身体を浮かせて空の旅である。

事前の話し合いの結果、まず最初に足を運ぶことを決めたのは、首都界隈の各産業地域である。農業から工業、観光など、ニップル王国の主立った収益源について、軽く拝見させて頂くことにした。

その上で何かしら、我々より提案を行うといった流れである。

最初に足を運んだのは農村地帯だ。

これは最近になって農耕に目覚めたロリゴンたっての希望による。

他所様の畑に多大なる興味関心を抱いてのこと。

飛行魔法を急がせたこともあり、移動はあっという間だった。馬車で一日から二日という道のりも、小一時間ほどで到着。その間、終始ワクワクとしていた彼女である。ご主人様の案内に従い、我先にと率先して飛んでいた。

しかし、そうして訪れたニップル王国の農村地帯は、彼女に同国の悲しい現実を知らしめた。前後左右を土壌に囲まれた畑の一角。一方向には遠く農村の窺える界隈で、我々は地面に植えられた作物を眺めている。

『……なんかどれも、葉っぱに元気がないな』

「お、おい、どうして貴様は本人の前でそういうことをっ……」

面前の光景を見つめて、ロリゴンの口から漏れたのは素直な感想。

エディタ先生からは即座に叱咤の声が上がった。

ご主人様のお言葉に従えば、ニップル王国でも比較的規模があって、取れ高の見込める地域だそうな。首都圏の食料需要を支えている大切な畑だとも伺った。たしかに面積的には結構なものである。

しかし、町長殿の言葉どおり作物に元気がない。

というか所々、枯れている。

こちらの世界の植生に理解のないブサメンであっても、これは元気がないな、と感じてしまうくらいには、頼りない光景だ。エディタ先生の顕著な気遣いからも、それはきっと事実なのだと思われる。

「ニップル王国は土地柄も手伝って、どうしても作物が育ちにくい。あと、今年は雨が少なかったから、例年と比較しても育ちが悪いんだ。それでも数年前にあった大干ばつと比較したら、まだマシなんだけどさ」

「……なるほど」

ロリゴンの大変失礼な反応を受けて、ご主人様から補足が入った。

それって今年の冬あたり、ニップル王国のピンチなのでは。

他所の国の人間なのに危機感を抱いてしまう。

『きっと栄養が足りてないんだ！　地面に栄養をあげればっ……』

「クリスティーナさん、畑については諦めましょう」

『えっ……』

こちらを振り返ったロリゴン、めっちゃ愕然としている。

なんでそういうこと言うんだよ、みたいな。

そんな目で見られるとブサメンも辛いんだけど。

ただ、この手の問題を一朝一夕でクリアすることは不可能だと思う。枯れた土地を改善するような素敵な魔法があれば別だけれど、そうでなければ畑全体の土質の改善など、何年掛かるか分かったもんじゃない。

そこいらの山から腐葉土や石灰石を持ってきてバラまいた程度では、取れ高が改善するようなこともないだろう。また、仮に改善されたとしても、収穫は早くて数ヶ月後だ。それまで我々が同国での農作業に注力する訳にはいかない。

著名なマニュアルを片手に、ホームセンターで売っている肥料を利用しても、人によっては失敗してしまうのが農業である。それを土地勘や風土への理解もない我々が手を出して、この規模で成功させることはまず不可能だと思う。

場合によっては、空から草食性の大型モンスターが群れを成してやって来る、みたいなこともありえそうだ。

自分たちも過去には精霊なる存在のせいで、幾度となく畑を荒らされて頭を悩ませたものである。そう考えると色々とヤバいな、異世界農業。

『でも、それだとここの畑が……』

「ま、まあ、判断は他を見て回ってからでもいいのではないか？」

不甲斐ないブサメンに、エディタ先生からフォローを頂いた。

ここ最近、畑愛も著しいドラゴン殿に気遣ってだろう。そうした二人のやり取りを眺めて、ご主人様から声があがった。

「たしかに情けない光景ではあるが、少なくとも向こうしばらくは希望も見えている。これは父上から聞いた話なのだが、ここ数日の間に、我が国内では怪我人や病人が急に回復するという珍事が多発しているそうだ」

『なんだそれ？』

「それはまた妙な話だな」

「正直、理由はさっぱり分からない。だが、本来であれば失われていた労働力が戻った為に、向こうしばらくは国内の産業も活気づくだろうとのことだ。元気のない作物も、多少は具合がよくなるに違いない」

これまたどこかで聞いたような話である。

恐らく戦犯は醤油顔のエリアヒール。

以前、ニップル王国まで足を運んだ際に、そこかしこに放ったことを思い出した。流行病のついでに、怪我や病気も治ったようである。それ自体は悪いことじゃないけれど、この場では黙っておくとしよう。

「農村で聞いた話によると、農作物や家畜も同じように元気になったらしい。しかし、前者については日照りの影響もあって、大半が数日で元に戻ってしまったそうだ。自然環境を相手にした仕事は、本当に難しいものだと思う」

ご主人様の言葉に従うのなら、毎日一回、ニップル王国の農村地帯にブサメンがヒールをして回れば、かなり顕著に農作物の取れ高が上がりそうだ。しかし、考えただけでも大変な作業なので、提案はしないでおこう。

まず間違いなくドラゴンシティに戻っている暇もなくなる。

「…………」

「……どうかしましたか？　エディタさん」

すぐ傍らから金髪ロリムチムチ先生の視線を感じた。

もの言いたげな眼差しだ。

もしや醤油顔の行いがバレてしまっただろうか。

「いや、なんでもない」

しかしながら、これと言って突っ込みは入らなかった。

多分、空気を読んで下さったのだろう。

聡明な先生のことだから、ブサメンが考えている以上に、あれこれと対策を検討して下さっているに違いない。今し方に浮かんだ提案も選択肢としてお持ちのはず。それでも口にしないということは、やはり現実的ではないのだと思う。

「それでは次に向かうとするか」

先生のお言葉に従い、我々は再び空に飛び立つことになった。

＊

次いで向かった先は、ニップル王家も別荘を持つという観光地帯。

界隈に湧き出た温泉は国内でも随一だと評判らしい。

雰囲気的には熊本の涌蓋山(わいたさん)近隣を彷彿とさせる。随所から白い湯気の上がる界隈は、その只中を流れる川に沿って、木造あるいは石造りの家屋がぽつりぽつりと立ち並ぶ。かなり歴史があるようで、建物はどれも古めかしいものだ。

一部では老朽化が進み、朽ち果てたものも見受けられる。

それを良しとするか悪(あ)しとするかは、人によって判断が分かれそうだ。秘境の二文字に惹かれる温泉マニアには堪らないだろう。個人的にはかなり好みだ。一方で見栄っ張りなペニー帝国の貴族には、絶対に好まれないと太鼓判を押せる。

ただ、同所の問題点はそうした景観とは別にある。

『……なんかここ、人が少なくないか？』

「き、きっと今日は休みなんだろう！　そうに違いない！」

それは今まさにロリゴンが指摘した点だ。

歯に衣着せぬ彼女の物言いを受けて、エディタ先生は即座にフォロー。

しかし、むしろそれはご主人様に追い打ちをかける結果となった。

「いいや、残念ながらここはずっとこんな感じだよ」

「っ……す、すまない」

「情けない話だけれど、今のニップル王国の王侯貴族には、このような僻地に足を運んでまで、温泉を楽しんでいる余裕がないんだよ。これでも一昔前までは、湯治に訪れる貴族も多かったという話なのだけれどさ」

付近の光景を眺めて、ご主人様は語ってみせる。

その口上からは彼女自身もまた、温泉街の賑やかであった頃を知らないのだろうと察しがついた。熱海(あたみ)の温泉街でバブル期を知る人の話にでも耳を傾けているよう感じ。とても切ない気持ちになる。

「それではこちらの集落は……」

「当時からこの地に住まっていた住人たちの一部が残り、ほそぼそと暮らしている。形の上ではニップル王家の別荘も存在しているけれど、ここ十数年は利用された記録がない。かくいう僕自身も数年前に一度、視察に訪れたきりだよ」

「左様でございますか」

『ふぁぁー？』


随所から上がる湯気を眺めて、鳥さんも興味深げにしている。

観光資源としては決して悪くないと思う。

もし同じような場所が日本にあったのなら、観光名所となっただろう。しかし、新幹線や飛行機が存在していない世界観、更には貧困国の僻地という場所柄も手伝い、再開発は困難を極めそうである。

少なくとも我々でどうにかすることは困難だろう。

「クリスティーナさん、次の視察地に向かうとしましょう」

『ここも駄目なのか？』

「駄目ではありません。ただ、最初の一歩として、この地に注力することは効率が悪いのです。色々と思うところはあるかもしれませんが、まずは一通り確認することを優先してみませんか？」

『……わかった』

差し支えなければ是非ひとつ風呂、などとご相談できる雰囲気ではない。せっかく訪れた温泉イベントの機会、しかも本日は先生やロリゴンが一緒というミラクル。けれど、童貞は涙を飲んでこれを見送ることにした。

「と、ところで一つ、貴様に尋ねたいことがあるのだが……」

ロリゴンが頷いた直後のこと、先生から声を掛けられた。

クリクリとした大きな青い瞳にジッと見つめられる。

「なんでしょうか？　エディタさん」

「昨日、夜はどこかに出掛けていたりしただろうか？」

「昨日の夜ですか？」

先生のお声を受けて、ふと昨晩の出来事が思い起こされた。

予期せぬ深夜の来客である。

もしやあれは、望まれない夜這いなどではなく、先生のご来訪であったのではなかろうか。だとしたらブサメンが逃がした魚はあまりにも大きい。深夜、プライベートな空間で過ごす先生と二人きりの時間、プライスレス。

「ああいや、やっぱりなんでもない！　気にしないでくれ」

『オマエ、どうして慌ててるんだ？』

ただ、頂戴したお声掛けは早々に引っ込められてしまった。

代わりに続けられたのは、場を取り繕うような反応だ。

「別に慌ててなどいないぞ？　あぁ、いないとも！」

いつかニップル王国の経済状況が回復したら、改めて遊びに来よう。

そのときはエディタ先生やロリゴンと一緒にゆっくりと浸かりたいものである。縦ロールに声を掛けることも忘れてはいけない。ただし、キモロンゲは不要だ。きっとご主人様とも、裸の付き合いができると信じている。

＊

人も疎らな温泉街を出発してしばらく。

三度目の正直、とまでは望まないけれど、そろそろ何かしら取っ掛かりくらいは欲しいなと思いつつ、我々は空を飛んだ。移動の間、段々と会話が減っていく感じが、ブサメン的にはメンタルに響いた。

続いて足を運んだのは、温泉街からほど近い場所にある鉱山跡だ。

跡、というのがポイントである。

過去には良質な鉱物が沢山取れていたのだという。

ご主人様の説明に従えば、同鉱山跡を筆頭とした国内各地の鉱物資源の枯渇が、ニップル王国の衰退の一因になっているのだとか。そして、これは今も着々と悪化の一途を辿っているのだそうな。

『あっちこっち穴だらけだぞ。ここは何かの巣なのか？』

「いや、生き物の巣ではない。炭鉱とはこういうものだ」

露天掘りであれば、もう少し大々的に凹みが確認できただろう。しかし、そこまでの埋蔵量は望めなかったのか、それとも地面を大きく削り取る労働力が得られなかったのか、界隈には坑内掘りによる穴が随所に見受けられた。

たしかにロリゴンの言葉通り、何かの巣のようにも見える。

場合によってはモンスターとか住み着いているかも。

「しかし、廃鉱から時間が経っているのであれば、何かしら生き物が住み着いている可能性は十分に考えられる。そう大したモノはいないと思うが、最低限は警戒しておくべきだろう」

エディタ先生も同じようなことを考えていたようだ。なんかちょっと嬉しい。

「近隣には産出された鉱物を運び込み、その加工を生業（なりわい）とする職人たちの町があった。ただ、それも今となっては細々と農業や牧畜で食べているという。見ての通り坑内に敷かれていたトロッコのレールも剥がされて久しい」

「なるほど」

ご主人様の説明通り、廃鉱からはかなりの時間経過が感じられた。

ここ数年の出来事ではないように思われる。

そして、鉱山資源がどうのとなると、こちらとしては農作業以上に門外漢である。ロリゴンが何か知っているとも思えないので、頼るとすればエディタ先生だろうか。

ブサメンはチラリと彼女に視線を向けてお伺い。

すると彼女はコクリと小さく頷いて口を開いた。

「新たに鉱脈を探すというのは、たしかに悪くない案だ」

「ほ、本当か!?」

先生の言葉を受けて、ご主人様のお顔に変化があった。驚きと喜びの混じり合った表情が浮かぶ。

「しかし、これも土壌や観光地の改善と同様に、一朝一夕で行えるものではない。地面を掘り返す分には、そこのドラゴンなどかなりの手練（てだれ）だと言える。だが、必ず当たりを引けるという訳ではないからな」

『ここの地面を掘ればいいのか？』

「端的に言えばその通りだ。だが、仮に本日ある程度の量が掘り起こされたとしても、それが今後とも継続して得られるとは限らない。試掘を繰り返して、鉱脈の配置や埋蔵量を試算するなどの作業が必要不可欠だ」

『よし、それなら掘るぞ！』

「だ、だから待て！　無秩序に掘り返しても意味がないのだ」

『ぐるるるる、だったらどうすればいいんだっ……』

「埋蔵が見込めそうな場所の地図を用意して、試掘する場所を決める必要がある。このあたりはだいぶ掘り返されているから、場所を改めるか、より深い場所を探るか、まずはそのあたりを決める必要があるな」

『またエルフが面倒なことを言い始めた』

「し、仕方がないだろ？　必要なことなんだから」

たしかに面倒臭そうである。

けれど、これまで確認してきた畑や温泉街と比較すれば、まだ可能性はありそうな気がする。労力的に考えても、地面を掘り返すだけであれば、土建魔法を利用してあっという間だ。運搬も魔法で浮かせれば楽々である。

数日という期間であっても、試掘くらいならできそうだ。

そして、数日のスパンで一つ成果を出せるのであれば、今後も暇が生まれた際などに、ちょくちょくこちらを訪れて作業に従事する、といったスタイルでのお手伝いも可能。ご主人様との交流も捗るというもの。

「そういうことであれば、一つ試してみませんか？」

「うむ、そうだな……」

「や、やってくれるのかっ!?」

ご主人様のお顔に歓喜の色が浮かぶ。

めっちゃ期待していらっしゃる。

「しかし、必ず鉱脈が見つかるという保証はないのだが……」

「だとしても、その判断を僕はとても嬉しく思う！」

かれこれ半日ほど、我々はニップル王国の内地を巡ってきた。その過程で目の当たりにした同国の懐事情から、面前で歓喜の声を上げてみせる彼女が、藁にも縋る思いであることは理解できる。

だからこそ、ぬか喜びはさせたくない。

けれど、それは難しそうだった。

「作業に当たっていた術者の力量にもよるだろうが、浅いところは近隣も含めて確認が行われている可能性が高い。そこで今回は現在の廃鉱を下り、その先を探ってみようと考えたのだが、どうだろうか？」

「ああ、是非とも頼みたい！」

エディタ先生と言葉を交わすご主人様のお顔には満面の笑み。

これを恒久的なものとできるように、ブサメンも頑張りたく存じます。

＊

その日の作業は、地図の作成と試掘ポイントの決定で終えられた。

複雑に入り組んだ炭鉱の内部を確認している間に、日が暮れてしまったのだ。廃鉱以前の資料が見当たらなかった為に、内部を自分たちの足で移動して、大まかな構造を把握する必要があった。

その作業を終えた時点で空は暗くなっていた。


細かな作業に終始した手前、ロリゴンはこれ以上ないほどに不完全燃焼。いつになったら地面を掘れるのだと、土建屋根性を滾（たぎ）らせながらも、碌に地面を掘り起こすこともなく過ぎた同日に、憤慨しながらの帰宅と相成った。

一方でエディタ先生は大忙しである。

我々が炭鉱内から持ち帰った地下構造の情報を元に、現地の地図を作成。そうして描かれた図面に向かい、延々と頭を悩ませていた。歩数や手尺のみで測られた曖昧な情報をどのように組み立てているのか、ブサメンはあまり想像したくない。

本当に申し訳ない限りである。

また、そうした一連の作業に当たって醤油顔は、こちらの世界にも故郷にあったような数学的知見が存在していることを知った。三角関数を筆頭とした初等数学の他、微積分から始まる高等数学についてだ。

坑水や地下水がどうのと言いながら、対数の扱いに微積分を利用して計算を進める先生。過程式がほとんど見当たらない数値の並びを目撃した醤油顔は、愛らしい彼女のお顔に畏怖を覚えた。

ちなみに数字を筆頭として、各種記号などは自身が知るものとは当然ながら別物。そこでいくつか質問をしたところ、よく知っているなと褒めてもらえたの、めっちゃ嬉しかった。教師コスの金髪ロリムチムチ先生に逆レイプされたい。

帰宅先はニップル王国の首都ラックにある王宮だ。

空間魔法でひとっ飛びである。

日暮れと共に鉱山跡から撤収した我々は、同日もニップル王家のお世話になる運びとなった。このあたりはご主人様からの熱烈なお誘いあってのこと。鉱山の調査を請け負っていることも関係してのご厚意だろう。

笑みの裏に必死さを感じた我々は、お断りすることができなかった。

そうして夕食を終えた夜の時間。

我々は王城の中庭で顔を向き合わせている。

理由はご主人様の召喚魔法について調査を行うためだ。

術者ご本人のみならず、エディタ先生やロリゴンの意向もあり、この機会に平たい黄色族のポップアップ現象に終止符を打つべく集まった。個人的にはもう少しこのままでもいいと思うのだけれど、周りはそうでもないらしい。

「実を言うと既にある程度、見当はついているのだ」

「ほ、本当かっ!?」

居合わせた面々を眺めてエディタ先生が言った。

顕著な反応を見せたのはご主人様である。

クワッと目を見開いて、声も大きく問い返して見せる。

「この場ではその確認を行いたいと考えているのだが……」

「むしろ僕としては願ったり叶ったりだ。是非とも頼みたい」

『だ、だったらさっさとやるぞ！　やるべきだっ！』

『ふぁー？』

若干一羽を除いて、居合わせた誰もが乗り気である。

こうなると自分だけ反対することはできない。

ブサメンも彼女たちに倣って頷く。

すると皆々の承諾を得たことで、エディタ先生が語り始めた。

「完璧な召喚魔法とは、自らの魔力で支配可能な対象を呼び出し、一方的に精神を拘束して使役する。ただし、これはある種の理想だ。拘束が難しい場合は、お互いに契約を結ぶことで助力を得る。時には口約束になることもあるだろう」

「あぁ、それは僕も学園で学んだ」

「そして、召喚魔法というのは他の魔法と比較して、センスや相性が物を言う。人によって呼び出せる対象に偏りがあることも有名だろう。例えば炎を扱う魔法が得意な術者は、炎と相性のいい対象を呼び出す傾向が強かったりする」

　このあたりの召喚魔法に対する説明は、ご主人様以外、自分やロリゴンに対する気遣いだろう。先生の口上を耳にしたことで、ブサメンは自身の召喚魔法に対する認識が間違っていないことを理解した。

　やはりスキルのレベルを上げると、拘束の度合いが強固になりそうだ。

　腕の中でうたた寝をしている鳥さんを眺めて、醤油顔は当初考えていたとおり、レベルアップを控えることに決めた。戦力が欲しければ召喚魔法に頼らずともファイアボールがある。向こうしばらくは現状維持としよう。

　下手を打って彼の機嫌を損ねたら大変なことだ。

　なんたって当代の不死王様だからな。

「ところで貴殿は、同じ人が呼ばれたことに驚いていたな」

「当然だろう？　人が呼ばれるなんて聞いたことがない」

「たしかに人が人を召喚魔法で呼ぶことは滅多にない。だが、決してあり得ない訳ではない。同族嫌悪とでも言うのか、先に上げた相性としての問題だろう。人に限らず召喚魔法で同族が呼ばれることはないと主張する者もいるが、それは違う」

「えっ……それじゃあ、僕みたいなヤツが他にもいるってこと？」

「機会は多くはないが、同族が召喚される現場に立ち会ったことがある。あぁ、このようにして考えると、同族を呼び出すことができる術者は召喚魔法の使い手として、ある意味では優秀だと言えるのではないだろうか」

「だけど、ど、どうして僕は同じ相手ばっかり……」

「そうした思い込みが、召喚魔法に作用している可能性が高い」

「…………」

「本来なら呼ばれるべきでない対象を呼び出したという意識が、貴殿の魔法に干渉しているのだろう。それくらいこの者が呼ばれてきたことは、貴殿にとって衝撃的だったのではなかろうか？」

「……そりゃまあ、衝撃的と言えば衝撃的だったけどさ」

　年若い娘さんが全裸のオッサンを呼び出したのだからな。

　その光景が脳裏に焼き付いていてもおかしくない。

　ＰＴＳＤというやつだ。

　こうなるとブサメンは完全に変質者認定である。

「ただでさえ一度召喚した個体は再び呼ばれやすい。危機感から反射的に召喚魔法を行使した際、召喚頻度の高い個体が呼ばれるケースが多いのは知っているだろう？　召喚魔法を行使する者は、誰もが大なり小なり呼び癖が付いている」

「だけど、こんなに繰り返し呼ばれるなんて変じゃないか？」

「そこで私から提案がある」

　改めて伝えられたエディタ先生からの一言。

　ゴクリと息を呑む音がご主人様の喉から響く。

「この者を強固な障壁内に配置して、召喚魔法が作用しない状態にする。その上で貴殿には召喚魔法を行使してもらう。貴殿の魔法が本物であるならば、この者以外が対象として呼ばれてくるはずだ」

「え、そんなの無理でしょ？　どれだけ魔力があればできるんだよ」

「たしかに指摘のとおり、召喚魔法は術者個人の魔力ではなく、世界に存在する膨大な魔素に作用することで、対象を空間移動させる。しかし、だからといって無限の力が働いている訳ではない。作用する以上の魔力を用いれば、抗うことは可能だ」

「……本当に、できるの？」

「実績はある。安心して欲しい」

「お、おぉ……」

　先生を見つめるご主人様の表情が変化を見せた。

　恍惚とした面持ちではありませんか。

　めっちゃ尊敬されておりますね、金髪ロリムチムチ先生。

「それで人以外が呼ばれたのなら万事解決だ。もし仮にそうならずとも、この男以外が呼ばれる光景を目撃すれば、呼び癖は改まるだろう。王族である貴殿の場合、人を召喚獣として使役するメリットはあまりないかもしれんが」

「分かった。是非とも頼まれてはくれないだろうか？」

「うむ、それでは早速だが始めるとしよう」

ご主人様の快諾を受けて、すぐさまエディタ先生が作業を始めた。

王宮の中庭にせっせと魔法陣を描き始める。

中央にはブサメンが立つ。

ご主人様とロリゴンはこれを遠巻きに眺めている。

『お、おい、本当に大丈夫なんだろうな？』

「障壁を張るだけだ。これといって害がある行いじゃない」

『コイツがまたどっかに飛んでいったら承知しないぞ？』

「そうならない為の措置をしているのだ」

もし仮に飛んだとしても、すなわち皆様の前で堂々の御開帳。

それならそれで童貞にも旨みのある実験だ。

幸い近隣には自分以外、野郎の姿も見受けられない。

鳥さんについてはご主人様にお渡しした。今は彼女の両腕に抱かれて、うつらうつらとしている。日中も大半を寝ていたというのに、よく眠る鳥類だ。未だ年幼い彼だから、多くの睡眠が必要なのかもしれない。


ややあってエディタ先生の足元に魔法陣が浮かび上がる。

自身の足元に描かれていたそれも、呼応して力強く輝き始めた。直後に薄く色付いた透明な膜のようなものが浮かび上がる。半球状のそれは地面にお椀を伏せたような感じで、ブサメンの身体を包み込んだ。

「よし、これで準備は整ったな」

膜の具合を確認して先生が言った。

どうやらこの半透明の何かが障壁なのだろう。

「それじゃあ、よ、呼んでもいいのか？」

「ああ、頼んだ」

「よしっ……」

皆々の意識がご主人様に向けられる。

彼女はこちらから少し離れた地点で、自らの前方数メートルの地点に意識を向ける。これまで召喚魔法を行使してきた際と変わらない振る舞いだ。次いで現れた魔法陣のデザインも、醤油顔は見覚えがございます。

果たしてそこに現れるのは、どのような生き物なのか。

先輩召喚獣として、後輩の存在はやはり気になる。

「こい！　僕の真なる召喚獣っ！」

微妙に醤油顔のメンタルを傷つける掛け声と共に、召喚魔法は行使された。

魔法陣からまばゆい輝きが発せられる。

目を細めたことで狭まった視界の先、何かが像を結ぶ様子が確認できた。

一方で自身には変わりがない。この身が召喚の対象として選ばれたのであれば、周囲の光景は即座にも変化を見せていただろう。つまり召喚されたのはブサメン以外の何者か、ということになる。

エディタ先生の想像、大正解の予感。

「お、おぉぉぉ」

十分な成果から、ご主人様も興奮していらっしゃる。

真なる召喚獣の登場を受けて、早々に感嘆の声が――。

「ぉぉっ……お、ぉんっ……！」

大きく上がりかけて、即座に盛り下がるのを感じた。

更には驚愕から息を吞む気配が伝わってくる。

理由は召喚が終えられると共に、輝きが消失したことで判明。

我々の見つめる先には人が一人立っている。

あぁ、これは困ったことになった。


ブサメンも面識のある人物だ。

よりによってこの人なのか。

「な、なんですかこれは！　何がどうしたというのですかっ⁉」

そこには全裸に剥かれたスペンサー伯爵が立っていた。

過去には平たい黄色族が呼び出されているのだから、再び同じように人が呼び出される可能性もあるとは考えていた。エディタ先生もそれは同様であったことだろう。きっとご主人様だって、頭の隅では考慮していたはずだ。

けれど、この人が呼ばれてくるとは思わない。

『おい、人間が出てきたぞ？』

「う、うむ……」

スペンサー伯爵と面識のない二人は通常運行。

そこまで焦った素振りは見られない。

対してご主人様は完全に固まってしまっている。

二人はチェリー王国の首都アヌスにあるお屋敷、その応接室で顔を合わせている。伯爵がブサメンを訪ねて足を運んだ際、同席を願い出たタイミングで、ほんの僅かではあるが言葉を交わしていた。

「っ……そ、そこに見えるはタナカ伯爵ではありませんか！」

咄嗟に胸と股間を両手で覆い隠したスペンサー伯爵。

しかし、その僅かな間をブサメンは逃さなかった。

童貞の視界に映ったのは、潔癖症である彼女らしいツルツルの無毛地帯。果たして天然かお手入れの賜物か、仔細は遠目に判断がつかない。それでもこうして確認できたオ●ンコは、お年を召されて尚も綺麗な縦スジであった。

しかもスタイルが素晴らしい。

オッパイは縦ロール以上に大きい。腰回りはモデルさながらに括れている。お尻は今まで見た誰よりもふっくらと。しかもお腹周りは腹筋の描く陰影が感じられるほどの引き締まりっぷりだから、あぁ、どうしよう。

逆レイプだなどと贅沢なことは言わない。

ただただ、力尽くで組み伏せられたい欲求に駆られる。

こんなにも素晴らしいものが、衣服の下にお隠れしていたとは。

「くっ……これは貴方の行いですね？」

右手の平で股間、左腕で両方のオッパイを隠す。

若干引けた腰周りが、かえって括れを強調。

お顔は羞恥から真っ赤っか。

アダルトビデオのパッケージにはあり得ない、本気の恥じらいを感じさせるポージングは極上のオカズである。ありふれた素人モノには決して醸し出せない、当事者の社会生命を犠牲にした上で存在しているエロスに悦びを感じる。

「以前聞いた驕りは、やはり口先だけであったようですね」

どのように答えたらいいだろう。

国力に乏しいニップル王国が、北の大国の矢面に立つような流れにはしたくない。かといってペニー帝国の過失とするのも駄目だ。そういった意味ではタナカ伯爵個人に対して、ヘイトを向けるのが一番無難である。

それもスペンサー伯爵の個人的な嫌厭として。

「そうですね。素直にお伝えすると、スペンサー伯爵の美貌があまりにも麗しく、どうしてもこの手に納めたく感じておりました。どうせならと考えて召喚魔法により呼び出してみたのですが、どうやら精神の従属が上手く働いていないようですね」

「っ……」

ついでに女の子大好きアピールをご主人様にお届け。

ピンチをチャンスに変えたい。

そう、変えてみせたい。

けれど、今回ばかりはマイナスの方が大きい気がする。

「このままでは今晩にでも、一物を食い千切られかねません。一方的に呼び出したところ申し訳なくは思いますが、お帰りを願わせて頂きましょう。どうぞ、妹さんにもよろしくお伝え下さい」

「……相変わらず伯爵は余裕がおありのようだ」

「いえいえ、決してそのようなことはありませんよ」

こうなると悪役ポジは免れない。

だって完全にデリヘル。

こっちは本番はおろか、ペロペロさえ経験がないのに。なんだよ、一物を食い千切られかねないとか。

食い千切られても回復するから、どうか咥えて頂きたい。

竿ごと食ザーして下さい。

「お、おい、なにを言っているんだ！　これは僕がっ……」

「エディタさん、いきなりのご相談となり申し訳ありませんが、彼女をチェリー王国の首都アヌスまで、どうかお送りしては頂けませんか？　場所は以前にも我々が滞在していたお屋敷で構いませんので」

「えっ……だ、だが……」

「事情は後ほどご説明しますので、どうかお願いできませんか？」

先生にご主人様の真なる召喚獣の送迎をご相談しつつ、ブサメンは自らが羽織っていたマントを手に取る。そして、これをスペンサー伯爵に肩にふぁさっと掛けた。このままでは息子が目を覚ましてしまう。

「ひっ……」

すると先方は顔を引き攣らせて、大慌てで数歩ほど遠退った。

大仰に地面を蹴ってのことである。

やめろ、それを触れさせるな、みたいな。

マントはそのまま地面に落ちた。

どうやら他人が着ていた衣服に触れることもアウトみたいだ。

素肌を晒す以上のものとなると、彼女の潔癖症も筋金入りである。

「……申し訳ありません。私のマントはお気に召しませんでしたか」

「あ、哀れみは結構です！　送るなら早くして下さいっ……」

もし仮に醤油顔の召喚が低ラックの賜物だとすれば、スペンサー伯爵の召喚は、ご主人様の彼女に対する意識が原因ではなかろうか。自分と二人で応接室に消えた南部諸国統一の黒幕、チェリー国王を傀儡とする陰のフィクサー。

召喚獣に世界への影響力を求めるご主人様だから、そんなふうに思った。

「分かった、お、送ろう……」

幸いエディタ先生からは、これといって反論も上からなかった。

自身の発案で行われた召喚、という点も影響してだろう。

素っ裸のスペンサー伯爵に気圧された様子で、素直に了承して下さる。その視線は伯爵の優れたる肉体、あまりにも巨大なオッパイを凝視していた。先生には未来永劫、備えられることがないと思しき突起である。

その事実がブサメンは喜ばしい。

＊

エディタ先生の空間魔法により、スペンサー伯爵は無事に送迎された。

彼女との関係は絶望的と考えて差し支えないだろう。童貞的にはかなりショック。

そして、自身と同様に気落ちしているのがご主人様だ。

静かになった王宮の中庭で我々の見つめる先、足元を見つめて静かにされていらっしゃる。心なしか肩が落ちて感じられるのは、真なる召喚獣の代わりに厄介事ばかり引き寄せてしまう自らの魔法の出来栄えを憂いてのことだろう。

「ニップル殿下、あまり気になさらないほうがよろしいかと」

「すまない、タナカ伯爵にも迷惑を掛けることになってしまった」

「いえ、それは別に構いませんが……」

仮想敵国の人間から、いつどこに召喚されるか分からない。しかも全裸。そんな恐ろしいプレッシャーを、北の大国の尖兵として動いているスペンサー伯爵に与えることができた。そのように考えたのなら、決してマイナスばかりではない。

　どうか伯爵のメンタルが強靭であることを祈りたい。

　自分が同じ立場にあったら、きっと数日で心が挫けるな。

「し、しかし、これはこれで凄まじい才覚だな！」

　エディタ先生からお気遣いの声が上がった。

　アセアセとした言動が愛らしい。

　まず間違いなく罪悪感を感じていらっしゃる。

　彼女やロリゴンには、スペンサー伯爵の送迎を終えてから事情を説明した。ご主人様が呼び出した人物が、北の大国で要職にあること。また、昨今では南部諸国の統一を巡り暗躍していたこと。その他、ブサメンが知っている彼女について諸々。

「そうなのですか？」

「あの人物とは知り合いであったのだろう？　意識的にせよ、無意識的にせよ、脳裏に思い描いた相手を、それも同族を呼び出す召喚魔法とは素晴らしい。天賦の才と称しても過言ではない。研鑽を続けたのなら、きっと一角の人物となるだろう」

「研鑽を続けたら、ニップル王国は北の大国に滅ぼされてしまうよ」

「いや、そ、それはまあ、その……」

　せめて服を着用していたら、何か違っていただろうか。

　あぁ、分からないな。

『それで結局、コイツが召喚されるのはどうなんだ？』

「あぁ、そちらについては今の確認を受けて対策も立った」

『え、本当か？』

「先程にも行使した障壁魔法、あれと同程度の抗魔力効果がある装備を身に着けていれば、予期せぬ召喚から免れることができるだろう。実は昨晩の内に、こうした結果を見越して作製しておいたのだ」

　そうして語りながら、懐をゴソゴソと漁るエディタ先生。

　取り出されたのは指輪だ。

　しかもどことなく見覚えのあるデザインである。

「エディタさん、これは魔王を封印していた指輪では？」

「うむ、魔王を封じていただけあって、かなり耐久力がある。召喚魔法によって行われる転移は強大な力が働くが、こちらの指輪であれば、それに抗するだけの魔力を付与することができるだろう」

もしかして、ブサメンに下さるのだろうか。

エディタ先生から指輪のプレゼントとか嬉しい。

普通にめちゃくちゃ嬉しいのですけれど。

「つ、着けてみるといい」

「ありがとうございます」

差し出された指輪を受け取り、左手の薬指に嵌めようとして、その一つ隣の指に装備した。ちょっとした冗談であっても、童貞には敷居の高い行いだ。こちらの世界に同じような文化があるかどうかは分からないけれど。

しかしなんだ、これはもう一生モノだな。

ずっと着けていよう。墓場まで持ち込む心意気である。

「定期的に魔力を込める必要がある。その点に注意して欲しい」

「承知しました。忘れないようにしないといけませんね」

これでご主人様からのホットラインも廃止か。

そう考えると、同時にちょっと切ない気分である。

「タナカ伯爵、できれば当面は確認を控えておきたいんだけど……」

「ええ、それがよろしいかと」

またスペンサー伯爵が呼ばれてきたら大変なことだ。

醤油顔もフォローが難しい。

ただ、個人的にはもう一度くらい、あの我儘ボディーを拝みたいところだ。

*

スペンサー伯爵のパイパン発覚の翌日、我々は再び鉱山跡を訪れた。

昨日に引き続き、同所で鉱物の試掘を行うためである。

掘り下げるべき箇所については、昨晩の内にエディタ先生が目星をつけて下さった。本日からは実際に、魔法で地面の下を掘り進める。そこでまずは採掘の指南を受けるためにも、一つ目のポイントに向かい皆で移動することになった。

坑道内に設けた照明は、魔力切れとやらでどれも灯らない。

真っ暗な洞窟内を自前の魔法の明かりを頼りに進む。

最初の試掘地点に到着するには、地上から数分ほどを要した。

『よし、それじゃあやるぞ！』

目的の地点に到着するや否や、ロリゴンから声が上がった。

とても嬉しそうだ。

やる気も満々である。

昨日は碌に地面を掘り起こすこともなく過ぎたので、不完全燃焼であった情熱が再燃しているように思われる。

頭を使うことも決して苦手ではないと思うけれど、一緒に身体も動かしていたい質なのだろう。

ドラゴンシティでの土建屋っぷりを思うと、そんなふうに思う。

「ちゃんと掘り起こすのだぞ？　消滅させたら駄目だからな」

『いちいち五月蝿いヤツだな、そんなこと分かってる』

「それと一気に掘るなら、地層を保存して掘り起こして欲しい」

『ふふん、そんなの簡単なことだ！』


試掘地点となる現場は、本来あった坑道をエディタ先生の魔法により拡張して作られた、ちょっとした広場のような空間だ。広さは三十平米ほど。そこにロリゴンとエディタ先生の他、ご主人様と鳥さん、ブサメンの姿がある。

『ふぁ？』

「これから彼女が魔法を使いますが、大人しくしていて下さいね」

『ふぁー』

本日は鳥さんもちゃんと起きて皆々の様子を眺めている。

ポジションは普段と変わらず醤油顔の腕の中だ。

『いくぞっ！』

我々の注目を受けて、声高らかにロリゴンが吠えた。

直後に浮かび上がったのは魔法陣。

位置は彼女のすぐ手前となる。

間髪を容れず、魔法陣の描かれた地面に変化が見られた。

輪っか状に地面が沈んでいく。

ドラゴンシティで建物や道路を造る際に、彼女が好んで利用している土建魔法である。石製の壁を凸するばかりでなく、凹することも可能な魔法を利用して、ゆっくりと真下に向かい地面を削っていく。

輪の中央には一部地面が残っているので、適当な深さまで削ってから、中央の残された部分を魔法で浮かび上がらせる算段だろう。そうすればエディタ先生の注文どおり、地層を崩すことなく地面を掘り上げることが可能だ。

要は穴あけパンチのような感じ。

パッと見たところ、輪の直径は一メートルほど。

削られている部分の厚みは、穴全体に対して一割くらい。

「ところで貴様、どれくらいまで掘るつもりなんだ？」

『たくさん掘ったほうが、いろんなものが見つかるかもしれない』

「それはそうだが、地下水脈に当たったりしたら面倒ではないか？」

『その時は凍らせればいい』

「まあ、それもそうか」

先生とロリゴンの話を聞いていると、今更ながら魔法の利便性を思い知らされる。

元の世界で同じことをやろうとしたら、様々な重機や多くの人員を投入して、更に決して少なくない危険を伴いつつの作業となるだろう。思い起こせばこうした感慨は、今回に限らず、過去にも何度か覚えていた。

これだけ魔法が便利だと、科学技術的な何かの出番は遠そうだ。

「しかし、あまり掘り過ぎると確認するのが大変だからな」

『……なんか、感触が変だ』

「どうした？」

ロリゴンの表情に変化があった。

真下に向かい伸びた輪を眺めて眉をひそめる。

すると直後にズドンと大きな地響きが届けられた。

足元がグラグラと揺れたほどだ。

「おいっ、な、何をしたんだ？」

『べ、別に何もしてない！　本当だぞ!?　本当っ！』

「しかしそれにしては、なにやら地響きのようなものが……」

更に立て続けて、ズドンズドンと震動が足元から伝えられた。

これを受けてはご主人様も、顔色を青くして声を上げる。

「ちょっとちょっと、まさか地揺れじゃないだろうねっ!?」

地震にしては、えらく単発的な震動である。

むしろ壁ドンでもされているような感じ。

しかし、こちらの世界の地震が、自身の知る地震と同じとは限らない。彼女の言葉を否定することはできなかった。そして、もし万が一にも地震であったら、坑道内に入り込んだ我々は生き埋めの危機である。

そうこうしていると、足元にピシリと亀裂が入った。

「エディタさん、地面にヒビ割れがっ……」

『あ、これっ……』

ロリゴンが何か言おうとした直前、亀裂が勢いよく広がった。

それはエディタ先生が用意した地下空間全体に広がり、我々が立っている場所を飲み込んで余りあるほど。一部は壁にまで至り、周囲を覆うように広がっていく。なんて危機感を煽られる光景だろう。


そして、陥没。

砕けた足場は我々を巻き込んで落下を始めた。

原因は定かでないけれど、崩落の危機だ。

「うぉあああああああああ！」

最初に落ちていったのはご主人様である。

直後にどうにか飛行魔法で持ち直すも、あっという間に結構な距離を離れてしまった。数十メートルという間隔である。照明に乏しい環境も手伝い、その姿を視認することが困難なほど。ブサメンも当初の位置から十メートル以上を落ちている。

『ふぁー！　ふぁー！』

一連の出来事を受けて、鳥さんが荒ぶっていらっしゃる。

まさかこの状況で彼に魔法を使われては堪らない。

頭をナデナデして、どうにか落ち着いて頂けるよう宥める。

『おい！』

「まて、あの者と距離がっ……」

自身のすぐ傍ら、ロリゴンが先生に向かい吠えた。

空間魔法の催促である。

しかし、エディタ先生は行使を躊躇する。ご主人様と離れてしまった手前、我々だけ逃れる訳にはいかないと考えてのことだろう。そのお優しい心遣いに、ブサメンはいつも救われております。

そうかと思えば足元の暗がりから、ご主人様の声が聞こえてきた。

「し、下に何かいるぞ⁉　蠢いてる！」

『何かってなんだよ？』

「いや待て、たしかに魔力的な反応が感じられる」

下方に向かい、エディタ先生が照明の魔法を放った。

坑道内を歩むに当たって利用していた明かりよりも、遥かに強烈な輝きだ。深夜の道路工事などで利用される、業務用の照明機器さながらの光量である。めっちゃ眩しい。それが暗がりの中を下へ下へと降りていく。

すると時を同じくして、我々の目に映る光景があった。

「なっ……」

巨大な口がこちらに向かい迫っていた。

崩れ落ちた足場より先にあったのは、広大な地下空間。その只中を我々に向かい、ミミズ状の大きな生き物が、牙のびっしりと生えたグロテスクな口を広げて、凄まじい勢いで迫っていた。

サイズ感としては、大型の旅客機を正面から見たような感じ。

めっちゃビビる。

「うぉあああああああ！」

いの一番、声を上げたのがご主人様だ。

甲高い悲鳴があたりに響く。

それと同時に彼女のすぐ正面、魔法陣が浮かび上がるのをブサメンは目撃した。つい昨日にも目撃したデザインは、間違いなく召喚魔法のそれだ。目の前に迫った危機を受けて、反射的に行使してしまったものと思われる。

もしそれが平たい黄色族を頼ってのことだとしたら嬉しい。

けれど、こちらの醤油顔は既にその束縛から外れてしまった。

「ニップル殿下、お待ち下さいっ！」

大慌てで制止の声を上げるも時既に遅し。

そして、エディタ先生から頂戴した指輪の効果により、ネイキッド中年の召喚は回避。これといって変化の訪れないブサメンの視界で、自身に代わり他の誰かが呼び出される様子が垣間見えた。

魔法陣の上に人の形が像を結び始める。

「こうなっては仕方がない！」

時を同じくしてエディタ先生が動きを見せた。

勢いよく飛行魔法で身を飛ばして、ご主人様の下に向かう。そして、彼女や彼女が生み出した魔法陣をも含めて、周囲を膜のようなもので覆ってみせた。昨晩にも目の当たりにした、障壁魔法というやつである。

現場からの脱出よりも、ご主人様の安全を優先してくれたようだ。

「エディタさん！　ニップル殿下！」

『ふぁ？　ふぁっ⁉』

そういうことならブサメンも覚悟を決めましょう。

持続性の回復魔法を皆々へ行使すると共に二人の下へ急ぐ。

『あ、おい！　ちょっと待てよっ！』

ロリゴンもこちらに続く姿勢を見せた。

そのまま皆々まとめて、巨大なお口の中にパックンである。

＊

予期せず遭遇した巨大ミミズの口内は、その入り口付近にこそ凶悪な牙をびっしりと備えていた。しかし、これを過ぎた先にはヌメヌメとした粘膜部位が広がっており、飲み込まれたとしても、即座にダメージを受けるようなことはなかった。

真っ赤な粘膜の上、皆の無事な姿が見受けられる。

先んじて取り込まれたエディタ先生とご主人様も健在だ。

そして、彼女たちのすぐ傍らには素っ裸のスペンサー伯爵。

召喚魔法デリヘルの成果である。

羞恥から顔を真っ赤にした伯爵は、先日と同様に右手の平で股間を、左腕で両方のオッパイを隠している。現地まで全裸でお呼び出しとか、高級店の全オプ嬢も真っ青の出動風景ではなかろうか。

ご主人様、完全に呼び癖が付いてしまったな。

恐らく平たい黄色族と同様、初回のインパクトが大きかったんだと思う。

「……タナカ伯爵、貴方は一体何がしたいのですか？」

醤油顔の存在に気づいたスペンサー伯爵から、ギロリと睨まれた。

ご尤もな突っ込みである。

感覚としてはあれだ、翌日に遠方への引っ越しを控えた友人と、派手に別れの言葉を交わした日の晩、近所のコンビニで遭遇したような気分。しかも先方は雑誌コーナーでアダルト誌を楽しんでいたりして。

ところで伯爵、腕一本では隠しきれない巨乳が最高でございます。グイッと正面から圧迫されたことで、より一層強調された上乳と下乳が、童貞の視線を奪って止まない。しかも少し下に視線を移すと、そこにはムチムチの太ももが股関節に至るまで窺える。

「強いて言えば、スペンサー伯爵の肉体美を間近で楽しみたく……」

「下らない問答は結構です。召喚主はそこのニップル王子でしょう」

「…………」

やはり、バレバレのようだ。

こうして言葉を交わす彼女との間には距離がある。尚かつ呼び出された直後は、すぐ近くにご主人様しかいなかった。しかもモンスターに飲み込まれる直前のコールとあっては、まさかお楽しみのためと主張するには無理がある。

いやしかし、四方を囲うヌメヌメとした粘液をスペンサー伯爵の全身に塗りたくって、というのはなかなか悪くないプレイ。潔癖症を発動させた彼女の反応を想像すると、サディズムが胸の内でスクスクと育ちゆくのを感じる。

よくよく見てみると、伯爵のお肌には随所に鳥肌が立っておりますね。恐らく足の裏に感じている粘膜が原因だろう。小刻みに膝の震える様子を眺めていると、膝カックンを敢行、粘膜の上に転ばせたい欲求に駆られる。

「しかも今の巨大な口、我々を飲み込んだこの生き物は……」

「こ、これはグレートワームだな！」

さて、どうしたものか。ブサメンは伯爵へのお返事に窮する。

するとと即座、エディタ先生がフォローに入って下さった。

　せっかくなのでご厚意に与っておくとしよう。スペンサー伯爵の召喚とは別に、ロリゴンが掘り当てた謎の巨大ミミズについても、色々と気になっている。だって食べられてしまっているし。

「エディタさん、グレートワームというのは……」

「うむ、地中に生息するワームで、生き物や植物のみならず、土や岩までをも喰らう悪食な生き物だ。環境次第では幾百年と生きる上に、食べた分だけ大きくなる。こうして巨大化したものが地上に現れては、度々騒動になっているな」

「なるほど」

　軽くお尋ねすると、例によってスラスラとご説明を頂戴した。

　流石はエディタ先生、とても物知りである。

　せっかくなのでステータス画面を確認してみよう。

名　前：ダグラス
性　別：オス
種　族：グレートワーム
レベル：958
ジョブ：旅人
Ｈ　Ｐ：2400010／2800076
Ｍ　Ｐ：771900／771900
ＳＴＲ：134344
ＶＩＴ：230588
ＤＥＸ：50114
ＡＧＩ：43000
ＩＮＴ：31899
ＬＵＣ：22210

　巨大な図体に見合った強さをお持ちである。

　ここ最近になって拝見した中では、ドラゴンシティにやって来た大精霊殿と同じくらい。先生やロリゴンなら余裕を持って相手取れるだろう。ただ、魔道貴族を筆頭とした人類枠が、ソロで対応するには厳しい手合いである。

　地中を生活圏にしている点も厄介だ。

　地面の下に逃げられたら、空を飛ばれるよりも苦労しそう。

そう考えると下手なドラゴンよりも面倒臭い相手と思われる。

『コイツが暴れたから崩れたんだ。わ、私のせいじゃないぞ！』

「恐らく貴様の魔法がワームの身体を貫いたのだろう。そうでなければ地殻が崩れるほどに暴れたりはしない。足元に広がっていた空間は、恐らくグレートワームの巣ではなかろうか」

『っ……な、なんだよ！　また私が悪いとか言うのか⁉』

「いいや、そうは言ってないだろう？」

巨大なモンスターに飲み込まれたというのに、エディタ先生とロリゴンは割と余裕が見受けられる。たぶんグレートワームより自分たちの方が強いと理解しているからこその振る舞いだろう。

対してガクブルなのがご主人様だ。

「お、おい！　そんなことよりも早く脱出しないとっ……」

スペンサー伯爵と並んで膝を震わせている。

今にも泣き出してしまいそうな面持ちだ。

「いやしかし、このまま放っておく訳にもいくまい？　かなり浅いところに巣食っているようだし、今後地上に出てきて人里を襲う可能性もある。このくらいの大きさになると、討伐するにしてもかなりの戦力を要するだろう」

「えっ……そ、そうなのか？」

『よ、よし！　だったら私が殺してやる！　この私がっ！』

失態を取り繕うように、声も大きく主張するロリゴン可愛い。

こういう細かいこと意外と気にするタイプなんだよな。

近い将来発生したかもしれないニップル王国のワーム被害。これを事前に防げたと思えば、決して喰われ損という訳でもないと思う。けれど、彼女としては挽回すべき汚点として考えているようだ。

そうした只中の出来事である。

足元がぐらりと大きく動いた。

『コイツ、動き出したぞ』

「地中に潜られる前に済ませるべきだな」

皆々の意識が周りを囲むワームの粘膜壁に向けられる。

直後、天井から粘液の塊が糸を引いて垂れた。

その先に立っていたのはスペンサー伯爵。

「っ……!?」

バケツ一杯分ほどのドロドロとした液体が、彼女の頭部に直撃。ビシャリという音と共に、全身を上から下に粘液が下っていく。まるでローションでも被ったかのようだ。素っ裸であることも手伝い、これがまたいとエロし。

状況を理解した彼女の口からは、すぐさま悲鳴が上がった。

「あっ、ぁぁあああああああああああああ！」

可愛らしさというよりは、悲愴感が先行する声色だ。両腕で自身を抱きしめて、ビクンビクンと痙攣。そのまま泡を吹いて倒れてしまいそうな危うさを感じる。

「スペンサー伯爵、だ、大丈夫ですか？」

『ワームの唾液で濡れただけじゃないのか？』

『ふぁぁ？』

不安に思って声を掛けるも、言葉が届いた気配は見られない。

ビクンビクンと震えるばかり。

豊満な肉体が粘液を被ったことでテカテカと光沢を放つ様子は、まるでローションプレイさながら。どうやらブサメンの願いが通じてしまったようだ。股間や胸元からガードが外れたことで、念願の無修正に童貞は大満足である。

「あっ、あぁぁぁ……」

そうかと思えば、本当にバタリと倒れてしまった。

どうやら汚染の許容値を越えたようだ。

いつの日かローパーに輪姦される伯爵を拝見してみたいものである。

＊

スペンサー伯爵が倒れてから以降は、エディタ先生の提案に従いワームを退治した。こちらはロリゴンの魔法が大活躍。内側から対象を一瞬にして、丸っと氷漬けにしてしまった。頭部を割って破壊することで、悠々と口内から脱出である。

すんなりと片付いた為、周囲に被害が及ぶこともなかった。

坑道内も一部が崩落した限り。

気絶してしまったスペンサー伯爵様については、回復魔法を掛けても意識が戻らなかったので、エディタ先生にお願いしてチェリー王国の首都アヌスまでお送り頂いた。何度も同じようなことをお頼みして申し訳ないばかりである。

細かな面倒は首都アヌスのお屋敷のメイドさんに丸投げした。

そして、以後はワームを地上に移動させたり、事情をニップル王家まで報告に向かったりと、あれこれ忙しくしている内に日が傾いてきてしまった。当初の予定であった鉱山跡の試掘は、残念ながら翌日に持ち越しである。

ロリゴンは昨日に引き続き、本日も鬱憤を溜めた形だ。ちょっとイライラしていた。

明日こそは地面を掘り返したいものである。

そうして我々は本日も、ニップル王家のご厚意から王宮で宿泊。

ワーム退治の報告を受けたことで、ニップル国王からは昨日に続き、豪華なお食事を振る舞われた。恐らく自国の戦力では打倒が不可能だと判断してのことだろう。下手に遠慮しても問題なので、仕事の対価として素直にご相伴に与った。

やがて訪れたるは就寝のお時間。

ベッドに入ったブサメンは、うつらうつらと微睡みを覚える。

鳥さんは既に先刻から巣箱で完全にお休みモード。

すると寝入る真際のこと、コンコンコンとノック音が響いた。

どなたかお客人のようである。

眠気に任せて無視しようかとも考えた。

ただ、そこでふと一昨日の出来事が思い起こされる。ニップル王家からの夜這いかと考えて狸寝入りを決め込んだところ、翌日にもエディタ先生から、深夜のご来訪を仄めかす話題を振られた一件である。

同様の可能性を思うと、このまま眠ることは憚られた。

「すぐに参りますので、しばしお待ち下さい」

ドアの先にパジャマ姿の先生の存在を妄想してブサメンは覚醒。

ベッドから起き上がってガウンを羽織る。

既に寝入った同居人に気遣い、照明を落としたまま部屋を歩む。

いそいそと室外に通じるドアを押し開く。

すると廊下にはご主人様が立っていた。

残念、エディタ先生ではなかった。

「ニップル殿下、このような夜更けにいかがされましたか？」

「……あの、へ、部屋に入れて欲しくて」

普段のズボンスタイルとは一変、ナイトガウンの下に素肌を覗かせる様子は、夜の暗がりの下、たしかなエロスを感じさせる。襟元から覗いた鎖骨や良し。丈の短い裾から太ももより下が露出している点も素晴らしい。

同じ生地で作られたナイトキャップも大変似合っていらっしゃる。

「それは構いませんが、何か私にご用でしょうか？」

「こ、こ、今晩はタナカ伯爵に、そのっ……」

いいや、ちょっと待て。なんだか変だぞ。

よくよく見てみると、顔立ちに変化が見られる。

心なしか声色も低く感じられるような。

まさかと考えて、ブサメンは照明代わりのファイアボールを廊下に放つ。その輝きに照らされて明らかとなったのは、髪の毛や目の色こそご主人様と同様である一方、

少しだけ背が低くて、大人しそうな顔立ちをした人物。

ニップル王国の第二王子である。

「……夜のお相手をと父に仰せつかり、ま、参りました」

「…………」

あぁ、なんということだろう。ニップル王家が満を持して、生えているタイプを投入してきた。いくら第二王子とはいえ、大切な世継ぎを他所の国の伯爵風情に差し出すとか、王族としての意識が低すぎるのではなかろうか。

しかもどことなく、目の焦点が合っていないような。

これってあれだ。

大聖国で見たやつだ。

誰でも気持ちよくなれるお薬。

思い起こせば初日の晩餐の席、絶望した面持ちで食事を取っていた第二王子である。その理由を今更ながら理解した。生贄(いけにえ)的な意味で。更には薬さえをも利用して、我が子を平たい黄色族の下に送り出したニップル国王の所業に戦慄を覚える。

いや、こちらの世界の感覚としては割とありふれた出来事か。

いずれにせよ、部屋に入れては大変なことだ。

丁重にお断りの上、ご家族の下までお帰り願った。

第二王子が来た理由は恐らく、本日行ったワーム退治。現地に同行されていたご主人様の口から、ニップル国王にあれやこれやと現場での様子が伝えられたのだろう。お礼は食事だけで十分だと、夕食の席で繰り返しお伝えしたのに。

ドラゴンシティを離れて数日、段々と低ラックが仕事をし始めた予感。

そろそろソフィアちゃんのお汁をゴクゴクするべきではなかろうか。

＊

王宮で一晩を明かした翌日、我々は昨日に引き続き鉱山跡を訪れた。

メンバーも変わりない。

ブサメン的には一度、ドラゴンシティに帰りたい今日この頃。南部諸国の統一に向けた会議で、ゴッゴルちゃんと約束した交流も未だ果たせていない。慌ただしい日々に疲弊した我が身は、読心マシマシでのお話を求める。

しかし、是が非でも地面を掘り起こさんとするロリゴンたっての意向から、これにお付き合いしている。エディタ先生も乗り気のようで、朝早くからの出発にもかかわらずお元気だ。

歩みが向かったのはグレートワームの巣。

鉱山跡の下にあった巨大な地下空間となる。

巣食っていたワームが直径十メートル以上、全長ともなれば百メートル近い大物であった手前、その巣穴も相応の大きさである。スポーツの県大会が開催されるような、大規模な体育館ほどの空間が、地中にぽっかりと空いていた。

『おい、今日はここから掘るのか？』

「その予定だ。坑内の一部がグレートワームの巣穴に抜けたことで、試掘地点にも考慮すべき箇所が多々出てきた。昨晩のうちにある程度は目星を付けておいたので、本日はそれを踏まえて試掘を行おうと思う」

『ならさっさと始めるぞ！　私は早く大きな穴を掘りたい！』

「露天掘りをするなら、それなりに埋蔵量が望まれるのだがな……」

　エディタ先生とロリゴンの主導により、廃鉱の調査は進められていく。手始めに巨大な地下空間を皆々で見て回りながら、いくつかのポイントで昨日と同様、魔法による試掘を行うことになった。

　掘り起こされた岩石の柱が、平らに均(なら)されたワームの巣に並べられる。

　照明魔法に照らされたそれを先生が順次確認していく。モノクルを着用した姿が、普段にも増して知的で格好いい。

　有用な鉱物が含有されているか否かの判別は、彼女以外に行える者がいない。ロリゴンが片っ端から地面を掘っていくものだから、これを確認する先生は大変だ。早くしろと急かす町長殿のお声に、ヒーヒー言いながら確認を進めていった。

　そうしてどれほどの時間が経過しただろうか。

『……おい、まだ何も見つからないのか？』

「今のところ本格的に採掘を行えるレベルのものはないな」

『それとかキラキラしてて綺麗なのに駄目なのか？』

　足元に転がった岩の塊を眺めてロリゴンが言った。

　そこには彼女の言葉通り、岩石に混じって宝石の原石のようなものが窺える。照明魔法の光を反射して、淡い紫色に輝く様子は綺麗なものだ。町長殿の疑問は尤もなもので、彼女が声を上げなければ、自身が問うていたかもしれない。

　ご主人様も期待の眼差しで先生のことを見つめているぞ。

「たしかに綺麗だが、資源としての価値は低い。どのような場所でもそれなりに産出されるため、貴金属として扱われる機会も少ない。記念に持ち帰ってもいいが、国庫を潤すほどのモノではないな」

『…………』

　先生の説明を受けてガッカリするロリゴン可愛い。

　しゅんと尻尾の下がる様子がラブリーである。

「こうしてみると廃鉱の判断は、妥当であったのかもしれないな」

「それってつまり、ここにはもう何もないってこと？」

　ご主人様からも疑問の声が上がった。

　こちらはロリゴン以上に切実である。

「断言はできない。しかし、あまり深く掘り起こしては運び出すにも手間が掛かる。そのように考えると、他の場所を探ってみるというのも、一つの選択肢として考えておくことは悪くはないように思う」

「……そうか」

　デキる召喚獣改め、友好国のカウンターパートとしては、慰めの言葉をお掛けすべきシーン。しかし、地下資源云々といった話題には、どうにも知見が及ばない。上手い慰めの言葉が浮かばずに開きかけた口を閉じる羽目となる。

　そうこうしていると、不意にどこからか声が聞こえてきた。

「オマエたち、こんなところで何をしているんだ？」

　耳に覚えのある響きだった。

　咄嗟に振り返ると、そこには掘り返されて地面に並んだ岩石群の傍ら、ひょいと顔を出した小動物の姿があった。ぴょんと尖った耳が印象的な、フェネックを思わせる生き物である。大きさは五、六十センチほど。

　もしや以前にもお会いした大地の大精霊殿ではなかろうか。

　ドラゴンシティの中庭で、エディタ先生が召喚した個体である。

『あ、オマエッ！』

　顕著な反応を示したのは我らが町長殿。

　過去には町長宅の菜園を巡ってひと悶着あった仲だ。

「グレートワームがドラゴンやエルフと共に暴れていると、この辺りの精霊から相談を受けてやってきた。まさかとは思うが、話にあったドラゴンやエルフというのは、オマエたちだったりするのか？」

「ええまあ、ご指摘の通りかと思います」

　どうやら昨日の出来事が彼の耳にも入ったようだ。

　以前ステータスウィンドウで確認した、中間管理職なる彼の肩書きを思うと、この手の騒動の相談先として、日々働かれているのかもしれない。魔王様の討伐と前後しては、精霊王様のお使いでも足を運んでいた。

「タナカ伯爵、この生き物は一体……」

「大地の大精霊殿です。我々とは以前から面識がありまして」

「え、だ、大精霊？　大精霊ってこんななのか!?」

ギョッとした面持ちとなり、大精霊殿を見つめるご主人様。

精霊はあまり人前に姿を現さないと、前に先生が言っていた。それが大精霊ともなれば、レアリティに驚いての反応と思われる。しかもこうして現れたのは、見た感じ精霊というよりは、愛玩動物さながらの生き物だ。

対して大精霊殿は、我々を前に淡々と言葉を続ける。

「見たところ、ここはグレートワームの巣穴のようだが」

「悪いが巣食っていたワームは排除させてもらった」

「ふむ……」

エディタ先生の言葉を受けて、思案の素振りを見せる大精霊殿。

外見は完全に獣だから、人語を解する様子は違和感も甚だしい。

『ふぁ？　ふぁー？』

鳥さんも先方の存在に疑問を覚えたようで、しきりに首を傾げていらっしゃる。サイズ感的にはお互いに同じくらい。しかも共に愛らしい外見をしているものだから、横に並べて写真など撮りたい衝動に駆られる。

願わくば彼の興味が食欲から発していませんように。

「排除したワームはどうしたんだ？」

「人里に運び込ませてもらった。確認するようであれば案内するが」

「……そうか」

ロリゴンによって氷漬けになったグレートワームは、細切りにされて近隣の村々へ食料として運び込まれた。ワーム類はグロテスクな外見に似合わず、栄養に富んでおり滋養強壮によろしいのだとか。味も意外と悪くないとのこと。

これは食べごたえがあると、ご主人様もホクホク顔であった。

ミミズを食べる美少女という構図が、個人的にはとても興奮する。

「本来であれば、ワームは私が対処する予定だった。既に目的が達せられているとあらば、これに越したことはない。どうしてオマエたちがこんな場所にいるのかは知らないけど、ここは素直に喜んでおくとしよう」

「あぁ、そういった意味では、どうか安心して欲しい」

「まさかワームを狩りに訪れた訳ではないだろう？」

「決して妙なことは考えていない。鉱物の調査を行って

「この上には放置された坑道があっただろう？　廃れさせてしまうのは惜しいと考えて、より深いところを探っていたのだ。その過程でグレートワームと遭遇した。近隣の精霊たちを驚かせてしまったことは申し訳なく思う」

「……なるほど」

二人のやり取りを眺めていて、ブサメンはふと閃いた。目の前の相手ほど地面より下と相性の良い存在はない。だって大地の精霊。

そのお仲間たちは地下で暴れるワームの姿をも、地中のどこからか窺っていたのだという。それなら我々人類の目に留まらないまま、未だ手付かずとなっている貴重な鉱脈の所在をも把握していたりするのではなかろうか。

「あの、一つよろしいでしょうか？」

「なんだ？　人間」

「大地の精霊たちの住まいを賑やかにしてしまうのは、こちらとしても申し訳なく感じています。ですが我々も鉱物の利用は種の存続にさえ関わり、避けては通れない行いです。恐らく今後ともあちらこちらで、穴を掘ることになるかと存じます」

「あぁ、たしかにオマエたち人間は、モノを加工する術に優れているな」

「そこでご相談なのですが、この辺りで我々人間が喜びそうな、何かしらの鉱物が確認されている場所を教えて頂くことはできませんでしょうか？　そうすれば今後は、その界隈に限って我々も穴を掘らせて頂きます」

「…………」

ちょっと欲張り過ぎただろうか。

下心満載のご提案である。

ご主人様からも、おいおい、大丈夫かよ？　と訴えんばかりの視線を感じる。ただ、これまでお話をした感じ、目の前の相手は駄目なら駄目だと、素直にお答えしてくれるタイプの精霊さんだと、ブサメンは感じている。

「今回のような騒動が頻発しては、我々としても困る。特にオマエたちのようなよく分からないのが動き回ると、精霊たちも驚いてしまう。エルフはまだしも、そっちのドラゴンのせいでこの辺りの精霊は、皆々震え上がってしまっている」

『なんだよ、また私が悪いのか？　エルフばっかりズルいぞ！』

「そういった意味では、人間からの提案は検討する意義がある」

「本当でしょうか？」

『ぐるるるるっ……』

「このような形で我々精霊が、他の種族と関わり合いになることは滅多にない。しかし、今回はグレートワームを対処してもらった礼も兼ねて、そちらの願いに応えようと思う。この巣穴の大きさからして、結構な大物であったことは察しがつく」

　おぉ、想像した以上にすんなりとご承諾を頂戴してしまった。

　何事も言ってみるものだな。

「ありがとうございます。ご快諾下さりとても嬉しいです」

「ここから少し行ったところに、オマエたち人間がミスリルと呼んでいる金属の鉱脈が存在する。それなりの規模で埋蔵しているから、当面はそちらを掘り返していれば、他を掘って回ることもないのではなかろうか」

「え、ミスリルッ!?」

　大精霊殿のお返事を受けてご主人様が声を上げた。

　どうやらそれなりにお値打ちな鉱物らしい。

「ご主人様、どうされました？」

「いやだって、ミスリルの鉱脈だなんて……」

「不服か？　人間」

「そんな滅相もない！　むしろ本当にいいのだろうか？」

「我々にとってはそう価値があるものではない。これを人間たちに受け渡すことで、そこのドラゴンが他の場所で暴れまわらずに済むというのであれば、妥当なやり取りなのではないかと考えている」

『……』

　一方的に悪者扱いされたことで、ロリゴンが拗ねてしまった。

　ぷいとそっぽを向いて、足元の小石とか蹴り始める。

　どうやら会話に交じることを諦めたようだ。

　本人はこれといって暴れたつもりなどないのだろう。けれど、精霊たちの領分で彼女のようなお強いドラゴンが魔法を使って回ることは、それだけで脅威として受け取られてしまうのだろう。そう考えると先日のワームと大差ない扱いである。

「ありがとう、大精霊殿。これでニップル王国は救われる！」

「感謝される筋合いはない。この者たちとの取り引きの結果だ」

ただ、そうした彼女のおかげで我々は、目標を達したように思われる。

ご主人様の反応を見る限り、ミスリルの鉱脈はこちらの世界において、かなり価値のある代物のようだ。満面の笑みを浮かべて、ペコペコと大精霊殿に頭を下げていらっしゃる。これで少しでもニップル王国のお財布事情が改善すればいいのだけれど。

＊

大精霊殿からご案内を受けた我々は、その日のうちに現地まで移動、エディタ先生の主導により試掘を行った。場所は鉱山跡から飛行魔法で数分の距離にある山脈地帯。地理的にもニップル王国の領土で間違いないとのこと。

際してブサメンはそれとなく、ミスリルについて先生にご確認させて頂いた。

過去には何度か耳にしていたものの、具体的に調べたことはなかったから。

どうやらこちらの世界では割と知られた金属のようで、知名度は金や銀と大差ないらしい。半ば常識のようであったので、下手に疑問を口にすることも憚られた。そこで知ったかぶりを織り交ぜつつ、その価値を測らせて頂いた次第である。

すると得られたのは、金にも増して高価な金属だという事実。

魔力との親和性に優れており、魔力を通わせるような道具を作る際に必須である為、常に高い需要があるらしい。しかし、生産量は世界的に見ても少なく、どの国でも非常に高価で取り引きされているとのこと。

元の世界におけるプラチナやパラジウムみたいな金属なのだろう。

そして、いざ訪れたミスリルの鉱脈は大したものであった。

門外漢の自分には何がどう凄いのか、地中から掘り起こされた岩石を確認しても判断がつかない。ただ、同じものを目の当たりにしたエディタ先生が、これは大したものだと、しきりに声を上げていたので、間違いなく凄いのだろうと判断した。

ちなみにこれはロリゴンも自分と一緒で、何がどう凄いのかと、執拗に説明を求める姿が印象的だった。あまりにも先生がお褒めするものだから、もしかしたらドラゴンシティ界隈でも、地面をほじくり返そうと企んでいるのかもしれない。

もしそうなら大精霊殿との約束もあるので止める必要がありそうだ。

他方、こうなるとご主人様は狂喜乱舞である。

岩石に紛れて煌めく銀色のツブツブ。エディタ先生曰くミスリルの原石。これを指先で撫でながら、涙で頬を濡らしていらっしゃった。ちょっとヤバい人みたいに感じてしまったのは、ブサメンだけの秘密である。

そうして山中で賑やかにすることしばらく。

無事に鉱脈が確認されたことで、大精霊殿は去っていった。

その姿を見送った我々は、すぐにニップル王国の王城まで移動である。鉱脈の発見をニップル国王に知らせるためだ。他所の国からちょっかいなど出されては堪らない。早急にお国の管理下におく必要があった。

そうして迎えたお打ち合わせの席でのこと。

我々は応接室のソファーで、ニップル国王と顔を向き合わせている。

「た、たしかにこの輝きはミスリルに違いないようですが、しかし……」

山中から持ち帰ったミスリルの原石を眺めて、ニップル国王は声を震わせる。手には細かく砕かれた原石の一欠片。現地でご主人様がそうされていたように、指先で銀色の輝きをナデナデしていらっしゃる。

信じられないと言わんばかりの面持ちだ。

「軽く試掘した限りだが、埋蔵量はかなりのものだろう」

「本当にこれが我が国から産出されたのですか？」

「その事実を確認する意味でも、早急に現地へ人を向けるべきだろう。他所の国が兵を向けるのに十分な理由だ。秘匿とすることは不可能だろうが、運用体制が整うまでは不用意に口外しないことだな」

「で、ですが……」

「軽く見積もっても貴国を向こう数十年、潤すことが可能な埋蔵量だ。今後、ミスリルの価値が暴落でもしない限り、当面は安泰だと考えていい。とはいえ、どのように運用するか次第ではあるだろうが」

「なっ……それほどの埋蔵量が見込まれるのですか？」

応接室にはニップル国王と殿下、それにエディタ先生とロリゴン、ブサメン、鳥さんの姿がある。前者と後者でお互いに顔を向かい合わせるように座っている。鳥さんについては例によって醤油顔の膝の上だ。

両者の間に設けられたローテーブルの上にはミスリルの原石。

試掘で得られた中でも、一際キラキラしているものをいくつか運び込んだ。

「父上、この者たちの言う通り、早急に兵を出すべきだ！」

「う、うむ。お前も確認したとあらば、恐らくその通りなのだろう」

ご主人様が興奮気味に捲し立てる。

鉱脈を発見して以降、ずっとこんな感じだ。

「……しかし、我々の取り分はどの程度頂けるのでしょうか？」

「あっ……」


遠慮がちに呟いたニップル国王が、こちらに向かい目配せをした。

ご主人様も何かに気づいた様子で表情を強張らせる。

どこぞの世界だと、この手の資源が発展途上国で発見されたとき、大半は他所の国の資本家が利益を独占していた。産出国の国民がその恩恵に与れるケースは、あまり多くなかったように思う。

それはこちらの世界でも同じなのだろう。

ニップル国王の卑屈な態度から、ブサメンはそれを察した。

もしもこの場に居合わせたのが、リチャードさんや王宮の二人組であったのなら、まさに彼が心配したとおりの話の流れになったと思われる。ああだこうだと理屈をこねくり回して、それなりの中間マージンを主張したことだろう。

しかし、ブサメンの隣に座った我らが町長殿は一味違う。

『取り分？　オマエたち、何を言っているんだ？』

「も、申し訳ありません！　つい差し出がましいことを……」

『オマエたちのところで取れたんだ、オマエたちのモノだろう？』

「え……」

疑問に首を傾げつつ、ロリゴンは伝えてみせた。

エディタ先生からも取り立てて声は上がらない。

彼女たちの懐の広さったらないな。

ブサメンとしては多少なりとも、利益を頂戴するべきなのではないかと思う。ただ、それもこれもロリゴンが自ら声を上げて始めた行いである。この期に及んで、自分が横から口出しするのは違うだろう。

『私はこれで約束を果たしたからな！　代わりにオマエたちも、町とか、畑とか、これからちゃんとするんだぞ？　畑には栄養が必要なんだ、栄養が。あと、生き物の骨を砕いたのとかを撒くといいんだ。どうだ、知っていたか？』

得てから間もない農業への知見を意気揚々と語ってみせる。

これをニップル親子は呆然と眺めるばかり。

自ずとその視線はロリゴンから離れてこちらに向けられた。


「あの、タ、タナカ伯爵、本当によろしいのでしょうか？」

「これは彼女が始めたことですから、私はその意向に従います」

「ではまさか、ほ、本当にミスリルの鉱脈を我が国に……」

「私個人としては今後とも末永く、ニップル王家の皆さんとお付き合いしていけたらと考えております。ペニー帝国との同盟はもちろんですが、併せて我々とも仲良くして頂けたら嬉しく思います」

「っ……あ、あ、ありがとうございます！」

ペニー帝国に戻ったら、色々な人から怒られるかもしれない。事情を説明するのが恐ろしい。けれど、そのあたりはロリゴンの為にも頑張りどころである。ご主人様のポイントを稼いだと思えば、童貞としても決して悪くない話の流れだ。

それと同時にニップル王国内を巡ったことで、改めて気づいた事柄がある。

こちらの王国の貧乏具合は、自身が想定した以上だった。

北の大国に抗する為とはいえ、王国との同盟はタナカ伯爵にとって、かなり分の悪い行いであった。それが今回、ロリゴンの提案によって助けられた形だ。でなければ南部諸国の統一云々の前に、ニップル王国の破産に巻き込まれていたかもしれない。

だからこそ、この場で彼女を立てることは醤油顔にも意義がある。

『あと、畑に種を植えると鳥が邪魔をするから、網とかを使って……』

『ふぁー？』

『オ、オマエじゃない！　オマエじゃないからなっ⁉』

腕を組んで得意気に語ってみせる我らが町長殿。

その横顔を眺めてブサメンは、胸の内で感謝の言葉を送った。

予期せぬ召喚魔法に発する南部諸国での騒動も、これにて一段落である。

来訪者
Visitor

ニップル王国からドラゴンシティに戻ってしばらくが過ぎた。

一番の懸念事項であったロイヤルビッチとの婚姻については、南部諸国の問題から王宮が忙しくしているため、これといって声が掛かることもなく過ごしている。そのまま自然消滅してくれたらとは、童貞の本心からの願いだ。

併せて魔王討伐に伴う首都カリス凱旋についても、現時点では宙に浮いている。陛下的には近隣諸国のみならず南部諸国も巻き込んで、その事実を大々的に知らしめたいらしい。宰相をこき使ってあれやこれやと手を回しているそうだ。

こうした話はリチャードさんが手紙で教えてくれた。つい先日届いたばかりのホットなニュースである。

手紙には他にも色々と書いてあった。たとえば近い将来、こちらの町にも魔道通信を利用するための魔道具を導入してくれるそうな。かなり値の張る品らしく、これまでは王宮の二人組も躊躇していたらしい。

以前、お酒の席で魔道貴族から聞いた話によると、大聖国や北の大国は飛空艇にも搭載しているとのこと。ペニー帝国にはそれを行う資金的な余裕がないそうで、とても悔しそうに語っていたのを覚えている。

手紙の末尾にはリチャードさん自身も、南部諸国での出来事を受けて忙しくしているとの連絡があった。なので向こうしばらく、ドラゴンシティは各所に投げたボールが返ってくるのを待つことになった。

そうした世の中の動きも手伝い、町での暮らしは平和そのものだ。

ニップル王国で見つかったミスリルの鉱脈については、もうしばらく黙っておこうと考えている。実際に産出が開始されて市場にモノが流れ始めてから、事後報告的に説明を行い、なし崩し的にこちらの主張を通させて頂こうという腹積もりだ。ロリゴンの存在を利用すれば、決して不可能ではないと思う。

「タナカさん、あの、お、お茶をお持ちしました……」

手元の紙面から顔を上げると、ソファー正面に設けられたローテーブルの傍ら、ソフィアちゃんがお盆を手に立っていた。つい先程までは執務デスクに座り、書類に向き合っていた彼女である。いつの間にやらお茶を淹れてくれたようだ。

本人もお仕事中であったところ、申し訳ないばかりである。あまりにも申し訳ないので、過去にはやんわりとお断りしたこともあった。ただ、どうやら彼女としては気分転換も兼ねているようで、昨今では素直に頂戴している。

「どうもありがとうございます」

「いえ、め、滅相もないです……」

彼女の視線はブサメンのすぐ隣、鳥さんにチラリチラリと。

ソファーにちょこんと座った彼が気になるらしい。

するとメイドさんの視線を受けて、鳥さんに反応が見られた。

『ふぁ！』

何を考えたのか、彼の丸っこい身体がピョンと跳ねた。

向かった先は正面に設けられたローテーブルである。

そして、同所では今まさにメイドさんがお茶の支度をしていらっしゃる。先んじて用意されたソーサーの上、湯気を上げるカップを差し出した直後の出来事であった。

「きゃっ……」

予期せぬ鳥さんの動きを受けて、メイドさんはビックリだ。

腕とオッパイが大きく揺れると共に、淹れたてのお茶がカップから溢れる。

それは不幸にもパシャリと、彼に頭から掛かってしまった。

『ふぁ!? ふぁ！ ふぁきゅ!?』

鳥さん、アチチである。

これは大変なことだ。

ブサメンは大慌てで立ち上がり、持続型の回復魔法を行使する。対象はもちろんメイドさんだ。彼女から攻撃されたと勘違いした鳥さんが、反撃に出たりなんかしたら、それこそ目も当てられない。

「も、申し訳ありません！　ごめんなさい！」

一方でメイドさんはカップを置き、大慌てで鳥さんに手を伸ばす。

そして、お茶で濡れてしまった彼の身体を、お盆に用意されていた布巾で丁寧に拭い始めた。その間、延々と繰り返されるのは謝罪のお言葉である。今にも泣き出しそうな表情で必死にフキフキ。醤油顔的には胸がドキドキ。

『ふぁ？　ふぁぁ？』

「すみません、熱かったですよね!?　本当に申し訳ありません！」

『ふぁぁぁ……』

すると鳥さん、まんざらでもなさそうな表情である。気持ち良さげに鳴いて、メイドさんに身体を預けて見せた。

どうやら大丈夫そうだ。

思ったよりも我々のことを信頼してくれているみたい。

「ソフィアさん、こちらの鳥さんには訳あって回復魔法が使えないので、お湯が掛かってしまった部分を冷やすための水を持ってきます。すみませんが少しの間、そうして面倒をみていてもらえませんか？」

「は、はいっ、承知しました！」

ブサメンも彼を信頼して席を立つ。

執務室に併設された湯沸かし室に向かい、小さめの桶に手早く水を注いだ。これを両手に抱えてフロアに戻り、鳥さんの傍らに置かせて頂く。彼の凶悪なステータスを思えば不要かもしれないけれど、まあ、それならそれでいいじゃない。

蛇足ながらドラゴンシティの面々には、鳥さんが不死王であることを伝えた時点で、回復魔法は厳禁だとお伝えしている。見た感じまるでアンデッドしていないから、ついついヒールしそうになってしまうんだよな。

「お待たせしました。こちらで冷やして頂けたら幸いです」

「ありがとうございます、タナカさん」

「いえ、こちらこそ鳥さんが急にすみませんでした」

「そんな滅相もないです。多分、私が持ってきたお茶請けの焼き菓子の匂いに、反応されたのだと思います。次からは重々注意しますので、どうかその、お、お許し頂けたら嬉しいのですけれど……」

「許すも何も本人は気持ち良さそうにしているじゃないですか」

「……あ、ありがとうございます」

メイドさんが水に浸した布巾で患部を撫で付けると、鳥さんはこれまた気持ちよさそうに鳴き声を上げてみせた。たぶん、火傷（やけど）はしていないと思われる。急に熱湯が掛かってビックリした、みたいな感覚だろう。

レベルやステータスが上がっても、熱いものは熱いし、冷たいものは冷たい。

これは自身も日常の何気ないシーンで感じているから、なんとなく分かる。ただ、それが原因で火傷になったりはしない。それがブサメンの経験則。もちろん触れたのが熱湯ではなく、溶けた金属などであったりしたら話は違ってくるだろうけれど。

いや、鳥さんくらいステータスが高いと、それでも大丈夫かも。

「あの、タナカさん。一つお伺いしたいことがあるのですが……」

「なんでしょうか？」

「こちらの鳥さん、お風呂に入れて上げてもよろしいでしょうか？」

「もしかして匂いますか？」

「い、いえ、決してそのようなことはありませんがっ……」

鳥さんとは毎日、お風呂を共にしている。

湯船に浸かってゆっくりしつつ、湯面にプカプカと浮かぶ彼を眺めるのが日課となった。時折、パシャパシャと羽を動かしたりして、水浴びっぽい仕草もしているので、そこまで臭くなっているようなことはないと思う。

けれど、こういうのは女の子の方が敏感っていうし、メイドさんが何か感じているようなら素直に従うべきだろう。思い起こせばブサメンは、ご主人様の下宿先で獣の匂いと共に、鳥さんの匂いにも鼻が慣れてしまっているだろうから。

「承知しました。でしたらすぐにでも入れてきましょう」

「いえ、わ、私が言い出したことですから、ここは私がっ！」

「えっ、よろしいのですか？」

これまた小心者のメイドさんらしからぬご提案である。

何故ならば相手は魔王様並のモンスター。

実際問題、ロリゴンやキモロンゲなどは未だに近づこうとしない。あのエディタ先生でさえも、鳥さんとの交流には緊張が見受けられる。対してエステルちゃんあたりは、割と気さくに接して下さっていたり。

「こうした機会に少しでも、仲良くなれたら嬉しいなと思いまして……」

『ふぁ？』

思い返してみると鳥さんは、ドラゴンシティを訪れてから一度も、人前で力を振るっていない。そして、今まさに首を傾げる姿は、愛嬌を振りまいて止まない愛されボディー。これにミーハーで可愛い物好きなメイドさんは、惹かれてしまったのだろう。

いつぞや大精霊殿がやってきた折にも、何かと世話を焼いていたソフィアちゃんである。普通に抱っこしてお屋敷内を持ち運んでいた。むしろ運ばれている大精霊殿の方が、ぎょっとしていたのを覚えている。

「でしたら私にも手伝わせて下さい。いささか不安がありますので」

「は、はい、よろしくお願いします！」


南部諸国での会議中、ご主人様が苛められる姿を目撃して、ついつい魔法を撃ってしまった鳥さんだ。けれど、それでも相手を殺傷することはなかった。彼の内に秘めた力を思えば、手加減されていたことは間違いない。

つまり醤油顔との約束を守ってくれていらっしゃる。

ご主人様がそうであったように、双方で信頼関係を築くことができたのなら、こうした心配をする必要もなくなるだろう。そして、先程のメイドさんとのやり取りを眺めた限り、そうした日は割とすぐに訪れるのではなかろうか。

などと前向きに、ブサメンは現状を考えている。

それまでの間はしばらく、彼に付いて回ろうかと思う。

ということで、メイドさんとの共同作業の機会をゲットだ。

しかもロケーションはお風呂である。

これは色々とハプニングが見込めてしまうな。

醤油顔の中で鳥さんの株がグングンと上がっていくのを感じる。

それでは早速ですがお風呂場に向かいましょうと、ブサメンは意気揚々、ソファァーから腰を浮かせる。果たしてソフィアちゃんはどういった格好で、鳥さんをお風呂に入れて下さるのか、非常に気になる。

するとタイミングを同じくして、執務室のドアが開かれた。

ノックもなしに開かれたので、ちょっとビックリした。

廊下から姿を現したのは縦ロール。

傍らにはいつもどおりキモロンゲが控えているぞ。

「おや、ドリスさん。どうされました？」

「暇だから来たわぁ」

「流石に直球過ぎやしませんかね……」

そのまま執務室に入り込み、対面のソファーに座る縦ロール。

キモロンゲは彼女の背後に立ち、緊張した面持ちで鳥さんのことを見つめている。思い起こせば出会った当初、ブサメンも同じようにヤツから警戒されていたものだ。

そう考えると感慨深いものがある。

「なにか面白いことはないかしらぁ？」

「これから鳥さんをお風呂に入れようと考えておりまして」

隣に座った彼にチラリと視線を向けて応える。

せっかくの機会なので縦ロールも一緒にどうだろう。

濡れたシャツ越しに眺めるロリ巨乳、それは非常に尊いものだろう。生地の下から如実に浮き上がった乳首など、是非とも鑑賞したく存じます。

「あらぁ、それならゲロスに任せてみない？」

「っ……ご、ご主人！　それはどういうっ！」

「やあねぇ、冗談よぉ」

『ふぁ？』

相変わらずのサディズムである。

どこまで冗談か怪しいものだ。

あと、鳥さんというフレーズにいちいち反応してくれる鳥さん可愛い。特定の単語が何を示しているのか、段々と覚えつつあるようだ。お喋りこそできないけれど、我々が想定している以上にコミュ力が高いような気がする。

「この間の南部諸国の一件は、なかなか面白かったわぁ」

「左様ですか」

「ああいう感じのもっとないかしらぁ？」

「はい？」

「タナカ伯爵なら他にも色々と隠していそうなのだけれどぉ」

「ああいった問題がそう頻繁に転がっていたら大変なことですよ」

「そうかしらぁ？」

縦ロールがそういうことを言うと、本当に何かしらやってきそうで怖いから、どうか止めて頂きたい。それなら鳥さんの入浴を利用して、キモロンゲを弄くり回していた方が、ブサメンとしては心穏やかでいられる。

「ところで私から一つ、ゲロスさんにお伝えしたいことが」

「なんだ？　わざわざ改まって気色悪い」

「北の大国も王の名を冠する存在との接点を求めているようです。場合によっては次代の魔王についても、先方のリストに名前があるかもしれません。魔族として回収を急ぐというのであれば、意識しておいたほうがよろしいかと」

「……そうか」

「あらぁ？　貴方がゲロスに優しくするなんて珍しい」

「ここのところ彼には、色々と世話になっておりましたから」

主にニップル王国との同盟を巡る、陛下や宰相のアッシー的な意味で。

先日には宰相から引き抜きの提案があったと、縦ロールが語っていた。子爵の位を約束するなど、ペニー帝国らしからぬ高待遇を惜しげもなく語っていたそうだ。そのようにキモロンゲから報告を受けたのだという。

たぶん、空間魔法を行使できる魔法使いは、それくらい貴重なのだろう。こうして考えてみると、ブサメンが知らないだけで、既にエディタ先生あたりも各所から声を掛けられていたりするのかもしれない。

「そういうことならわたくしにも、お礼の一つくらい欲しいわねぇ」

「ドリスさんにはいつも礼を絶やしていないと思いますが」

「タナカ伯爵はこのタイミングで一度、アハーン公爵と顔を合わせてもいいのではないかしらぁ？　南部諸国での立場も重要かとは思うけれど、やっぱり一番大切にするべきは、お隣さんとの関係だと思うわぁ」

たしかに彼女の言う通りである。

公爵の下で働いている大罪人の方々にもお礼をしたい。魔王様との件ではブサメンも大変お世話になった。

「たしかに、ドリスさんの言う通りですね」

「いつ頃がいいかしらぁ？」

「そちらの予定さえ合えば、私はいつでも大丈夫ですよ」

こちらは明日の出発であっても問題ない。

移動の手間も隣国というだけあって些末なものだ。縦ロールもキモロンゲと一緒なら付いてきてくれるだろう。馬車だの使用人だの、あれこれ用意する必要もない。彼女のそういう身軽なところ、とても愛らしく映る。

「それじゃあ早速だけれど、明日にでも予定を確認しに……」

嬉々として言葉を続ける縦ロール。

その口上がバァンという大きな音に遮られた。

執務室のドアが外から勢いよく開かれた音である。

「だ、旦那、大変だ！　ちょっと一緒に来てくれ！」

やってきたのはゴンちゃんだった。

てっきりロリゴンかと思った。普段ならノック、ないしは軽くひと声掛けてから入ってくる彼だから、珍しい話もあったものだ。その面持ちは非常に慌てて見受けられる。一体何がどうしたというのか。

「どうされました？　そんなに慌てて」

「北の大国の飛空艇が、町の上へ急に現れやがった」

「なんと……」

たしかにそれは一大事である。

具体的にどの点が一大事かと言えば、もし仮に飛空艇が魔法によって現れたとすると、それほど巨大な構造物を対象として、空間魔法を行使できるような人物が、我々の町にやってきたということになる。

当然ながら人類枠。

キモロンゲやエディタ先生に類する力の持ち主で間違いない。

こうなると鳥さんをお風呂に入れている場合ではないぞ。

昨今の北の大国との関係を思えば、正真正銘、緊急事態である。スペンサー伯爵に対して発生した度重なるデリバリーヘルスを思うと、同国のタナカ伯爵に対する心象は、最悪だと称しても過言ではない。

「悪いがすぐに一緒に来てくれ」

「承知しました。鳥さん、お外に出ますよ」

『ふぁっ⁉』

鳥さんを両手で抱えて、ブサメンは執務室を飛び出した。

＊

お屋敷から屋外に出ると、飛空艇はすぐ目に入った。

かなり大きい。たぶん今まで目撃したなかでも一番だ。数こそ一つだけれど、その威風堂々とした外観を目の当たりにすると、すぐ下にドラゴンシティがあることも手伝い、弥が上にも不安を掻き立てられた。

機体側面にはゴンちゃんの言葉通り、北の大国の国旗が描かれている。以前にもドラゴンシティを訪れた一団から確認したので間違いない。

また、飛空艇の正面には人が二人、横並びで浮かんでいた。

空間魔法を使ったのは、恐らくそのどちらかだろう。堂々と構えた姿は、こちらからの接触を待っているものと思われる。

そのように考えて、飛空艇の機首に向かい身を飛ばす。すると空に飛び立ったブサメンと合流するように、地上からエディタ先生とロリゴンが浮かび上がってきた。


彼女たちも急に現れた飛空艇に驚いたのだろう。共に表情を強張らせていらっしゃる。

『お、おい！　なんか急に来たぞっ⁉』

「そのようですね。北の大国の飛空艇です」

「貴様の知り合いか？」

「だといいのですが、生憎と約束をした覚えはありません」

飛空艇はかなり低い位置に泊まっている。

地上に大きく陰りが生まれるほど。

予期せぬ飛空艇の来訪を受けて、町でも人々が賑やかになりつつある。頭上を見上げて言葉を交わす様子が見て取れた。幸いであったのは、陰りが差したのが平民の住まう南地区であったこと。貴族たちが住まう北地区とは、多少なりとも距離がある。

町長宅を発ってから、飛空艇まではあっという間だった。

数分と要することなく、我々は飛空艇の正面に浮かんだ、二人組の下に到着した。視線の高さを合わせて、数メートルほどの距離感で静止する。お互いに相手の表情を窺える位置関係だ。

『っ……』

直後、ロリゴンに変化が見られた。

ピンと尻尾が伸びたかと思えば、あわあわと全身を震わせ始める。そんな彼女をすぐ隣に眺めて、疑問に首を傾げているのがエディタ先生である。視線の向かう先から察するに、ロリゴンは二人組の片割れと面識があるようだ。

一方でブサメンもまた、見知った相手を確認して疑念も一入。

「スペンサー伯爵……ではなく、妹さんのほうでしょうか？」

「お久しぶりです、タナカ伯爵」

見た目はスペンサー伯爵と瓜二つ。ただし、その身に付けた全身鎧や腰に差した大剣は、お姉さんとは対照的かつ威力的なお姿だ。暗黒大陸で出会って以来となるだろうか、スペンサー子爵である。

彼女の魔法の腕前は自身も知見が及ぶ。

暗黒大陸でグレートドラゴンにフルボッコされていた経緯を思うと、とてもではないけれど、空間魔法を行使できるとは思えない。つまり、背後の飛空艇をこちらまで寄越したのは、隣に浮かんだ人物である可能性が高い。

パッと見たところ、十歳前後と思しき少年である。

赤い頭髪と側頭部に生えた角が印象的だ。

背後からは尻尾が垂れている。

そして、めっちゃイケメン。

まず間違いなく人外だし、外見年齢と実年齢が乖離している可能性は高い。そう考えるとロリゴンやエディタ先生と同じように、見た目相応とは考えない方がよさそうだ。自分より年上として接するべきである。

身に付けている衣服も豪華なものだ。金の刺繍が入れられた肩マントを羽織っている。シャツやズボンも艶のある上等な生地を使っていらっしゃる。デザインもシンプルでありながらお上品に感じられる。

そして、ロリゴンが注目しているのも、こちらの少年だ。鳥さんと接する際にも増して、頬を強張らせている。ピンと伸びた尻尾は小刻みにビクビクと。もしも元カレだとか紹介されたら、ブサメンの失踪は間違いないな。

「わざわざこのような場所までどうされました？」

「龍王様たっての希望で、不死王と面会を願いたく参りました」

　スペンサー子爵の口から聞き捨てならないワードが漏れた。

　時を同じくして、隣に浮かんだ角付きの少年が声を上げる。

「不死王を出せ。隠し立てするならば、この町を滅ぼす」

「…………」

　なんてこった、北の大国が龍王様を連れてやってきたぞ。

あとがき

　本作を読んで下さる皆様におかれましては、これまでも長らく応援のお声を頂戴しておりましたこと、心より感謝を申し上げます。もうしばらく続く『田中』ですが、どうか何卒、完結までお付き合い頂けたら幸いでございます。今後とも皆様に楽しんで頂けるように精進していきたいと思います。

　ところで本巻では、ご主人様や鳥さん、龍王様など、新規のキャラクターデザインが多数入りました。そのすべてを最高のクオリティでご提案下さいました『MだSたろう』先生には、この場を借りて深くお礼申し上げます。多忙な身の上、それでも本作に時間を割いて頂けることを、とても光栄に感じております。

　新生コミカライズ（題名：田中のアトリエ）を担当して下さっている『折月なおやす』先生、株式会社ディー・エヌ・エーの皆様におかれましては、原作小説では表現が困難であった本作の世界観を余すことなく描いて下さること厚く感謝申し上げます。作中ではそろそろエディタ先生が登場とのことで、胸が高鳴るのを感じております。

　また、担当編集I様を筆頭にGCノベルズ編集部の皆様には、書籍の刊行のみならず、毎年のように出して頂けるグッズの制作など、数々のサポートを頂戴しておりますこと拝謝申し上げます。三ロリのタオルケット、今からとても楽しみです。

　最後に本作をご支援下さる校正や営業、翻訳、デザイナーのご担当者様、書籍を扱って下さる国内外の書店様やウェブ販売店様、ご声援を下さる関係各所の皆様には、書籍化当初から変わらないご厚意に感謝の気持ちでいっぱいです。そうしたお声に応えられるように、これからも頑張っていきたいと思います。

　どうぞ今後とも、小説家になろう発、GCノベルズの『田中』をよろしくお願いいたします。

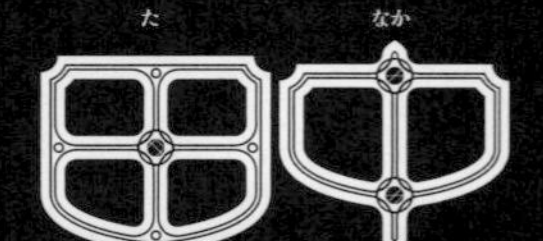

～年齢イコール彼女いない歴の魔法使い～

11

2020年6月3日　初版発行

著者
ぶんころり

イラスト
MだSたろう

発行人
武内静夫

編集
伊藤正和

装丁
横尾清隆

印刷所
株式会社平河工業社

発行
株式会社マイクロマガジン社
〒104-0041　東京都中央区新富1-3-7 ヨドコウビル
［販売部］TEL 03-3206-1641／FAX 03-3551-1208
［編集部］TEL 03-3551-9563／FAX 03-3297-0180
http://micromagazine.net/

ISBN978-4-86716-013-8　C0093

本書は小説投稿サイト「小説家になろう」（http://syosetu.com/）に掲載されていたものを、加筆の上書籍化したものです。

ファンレター、作品のご感想をお待ちしています！

宛先
〒104-0041　東京都中央区新富1-3-7　ヨドコウビル
株式会社マイクロマガジン社　GCノベルズ編集部「ぶんころり先生」係「MだSたろう先生」係